Buch

Sie trug goldene Spinnen als Ohrclips, und über ihre Wange zog sich deutlich erkennbar eine Kratzwunde. Neben ihr, am Steuer des Cadillacs, saß ein Mann, der sie mit einer Pistole zu bedrohen schien...
Pit, der New Yorker Straßenjunge, verstand ihren lautlosen Hilferuf. Doch er lief nicht zur Polizei, sondern trug sein Erlebnis dem Privatdetektiv Nero Wolfe vor, der schon bald einer Reihe von geheimnisvollen Morden auf die Spur kommt.

Autor

Rex Stout wurde 1886 in Indiana/USA geboren. Nach Ausübung verschiedener Berufe war es ihm finanziell möglich, auf ausgedehnte Reisen zu gehen. 1932 begann er mit dem Schreiben von Kriminalromanen, die fast alle den berühmten Privatdetektiv Nero Wolfe zum Helden haben. Rex Stout wurde mit dem »Grand Masters Award« ausgezeichnet. Er starb 1975.

Außerdem bei Goldmann:

Gast im dritten Stock (2284)
Per Adresse Mörder X (4389)

REX STOUT
DIE GOLDENEN SPINNEN

*Aus dem Amerikanischen von
Peter Fischer*

Goldmann Verlag

Originaltitel: The Golden Spiders

Umwelthinweis:
Alle bedruckten Materialien dieses Taschenbuches
sind chlorfrei und umweltschonend.
Das Papier enthält Recycling-Anteile.

Der Goldmann Verlag
ist ein Unternehmen der Verlagsgruppe Bertelsmann

© der Originalausgabe by Rex Stout
© der deutschsprachigen Ausgabe
by Wilhelm Goldmann Verlag, München
Umschlaggestaltung: Design Team München
Umschlagmotiv: Loh Productions, Heidelberg
Druck: Elsnerdruck, Berlin
Krimi 3031
Lekrorat: Ge
Herstellung: sc
Prindet in Germany
ISBN 3-442-03031-5

10 9 8 7

1

Wenn es an der Tür des alten Sandsteinhauses in der 35. Straße West klingelt, solange Nero Wolfe und ich bei Tisch sitzen, so fällt normalerweise Fritz die Aufgabe zu, sich darum zu kümmern. An diesem Abend aber ging ich selbst hin, denn Fritz, das wußte ich, war nicht in der Stimmung, einen Besucher richtig zu behandeln, ganz gleich, wer es sein mochte.

Die Stimmung, in der Fritz sich befand, muß wohl erklärt werden. Ein Bauer, der draußen in der Nähe von Brewster wohnt, hat den Auftrag, jedes Jahr Mitte Mai achtzehn bis zwanzig Stare zu schießen, sie in einen Sack zu stecken, sich in seinen Wagen zu setzen und nach New York zu fahren. Es kommt dabei darauf an, daß sie binnen zwei Stunden, nachdem er sie heruntergeholt hat, an unserer Tür abgeliefert werden. Fritz nimmt sie aus, salzt sie ein, streicht im richtigen Moment zerlassene Butter darüber, wickelt sie in Salbeiblätter, brät sie auf dem Rost und richtet sie auf einer Platte heißer Polenta an – einem dicken Brei aus feinem Maismehl mit Butter, geriebenem Käse, Salz und Pfeffer.

Es ist ein kostspieliges, aber schönes Gericht, und Wolfe freut sich immer schon darauf. An diesem Tage jedoch machte er eine Szene. Als die Platte dampfend hereingebracht und vor ihn hingesetzt wurde, schnupperte er, senkte den Kopf, um noch einmal zu schnuppern, richtete sich wieder auf und sah Fritz an. »Der Salbei?«

»Nein, Mr. Wolfe.«

»Was soll das heißen – nein, Mr. Wolfe?«

»Ich hab' mir gedacht, vielleicht essen Sie's gern mal nach einem Rezept, das ich ausprobieren wollte, mit einer Prise Safran und viel frischem Estragon, so wie man's . . .«

»Weg damit!«

Fritz wurde starr und preßte die Lippen zusammen.

»Sie haben mich nicht zu Rate gezogen«, sagte Wolfe kalt. »Völlig unvorbereitet feststellen zu müssen, daß eines meiner Lieblingsgerichte ganz wesentlich variiert worden ist, bedeutet eine ärgerliche Überraschung. Es ist möglicherweise genießbar, doch verspüre ich keine Lust, ein solches Risiko auf mich zu nehmen. Bitte räumen Sie das fort und bringen Sie mir vier Eier im Glas und ein Stück Toast!«

Fritz, der Wolfe genauso gut kannte wie ich, wußte wohl,

daß diese disziplinarische Maßnahme für Wolfe unangenehmer war als für ihn und daß es nutzlos gewesen wäre, sich auf Debatten einzulassen. Er griff also nach der Platte, doch ich mischte mich ein: »Ich werde was davon nehmen, wenn Sie nichts dagegen haben. Wenn der Geruch Ihnen nicht den Geschmack an Ihren Eiern verdirbt?«

Wolfe funkelte mich an. —

So also war Fritz in die Stimmung gekommen, die es mir ratsam erscheinen ließ, mich um die Tür zu kümmern. Als es klingelte, war Wolfe mit seinen Eiern bereits fertig und trank gerade Kaffee, ein wahrhaft erbarmenswerter Anblick, und ich näherte mich dem Ende meiner zweiten Portion von den Staren auf Polenta, die sehr wohl genießbar waren. Als ich zum Flur und zum Hauseingang ging, knipste ich nicht erst das Licht an, denn es war immerhin noch so hell, daß ich durch den Spion erkennen konnte, ob der Kunde draußen auf dem Vorplatz bei uns vor der richtigen Schmiede war oder nicht.

Ich machte die Tür auf und sagte taktvoll zu ihm: »Das falsche Haus erwischt.«

Ich war aus taktischen Gründen taktvoll, denn meine Politik war es, unter den Kindern der Nachbarschaft den Gedanken des Friedens auf Erden zu fördern. Das erleichterte einem das Leben in dieser Straße.

»Irrtum!« erwiderte er nicht gerade frech mit einer tiefen, aufgeregten Altstimme. »Sie sind doch Archie Goodwin. Ich muß Nero Wolfe sprechen.«

»Wie heißt du denn?«

»Pit.«

»Und wie noch?«

»Drossos. Pit Drossos.«

»Weswegen willst du Mr. Wolfe denn sprechen?«

»Ich hab' da so'n Fall. Ich werd's ihm schon erzählen.«

Er war ein drahtiges kleines Kerlchen mit schwarzem Haar, das er sich wieder einmal hätte schneiden lassen sollen, und blanken schwarzen Augen. Er war gerade so groß, daß sein Scheitel etwa in der gleichen Höhe mit dem Knoten meiner Fliege lag. Ich hatte ihn in der Nachbarschaft gelegentlich schon gesehen. Es kam darauf an, ihn abzuwimmeln, ohne daß dabei Krach entstand, und normalerweise hätte ich das auch getan, aber nach Wolfes kindischem Benehmen gegenüber Fritz dachte ich mir, es täte ihm vielleicht gut, wenn er noch ein weiteres

Kind zum Spielen bekäme. Selbstverständlich würde er poltern und schnauzen, doch falls Pit dabei etwas abbekam, so konnte ich ihn ja hinterher trösten. Ich bat ihn also herein und brachte ihn ins Eßzimmer.

Wolfe schenkte sich gerade noch eine Tasse Kaffee ein. Er warf einen Blick auf Pit, der allerdings nicht gerade salonfähig angezogen war, setzte die Kanne ab, fixierte mich und sprach: »Archie! Ich dulde keine Störungen während des Essens.«

Ich nickte teilnahmsvoll. »Ich weiß. Aber das war doch kein Essen. Seit wann nennen Sie Eier ein Essen? Das ist Mr. Pit Drossos. Er möchte Sie wegen eines Falles zu Rate ziehen. Ich wollte ihm schon sagen, Sie hätten keine Zeit, aber da ist mir eingefallen, daß Sie böse geworden sind, weil Fritz Sie nicht zu Rate gezogen hat, und ich wollte nicht, daß Sie auf Pit auch noch böse würden. Er wohnt in unserer nächsten Nachbarschaft, und Sie wissen ja... ›Liebe deinen Nächsten wie dich selbst!‹«

Wolfe anzufrotzeln, ist immer ein Glücksspiel. Es kann passieren, daß als rascher Reflex eine Explosion ausbricht. Wenn das aber nicht der Fall ist, wenn er sich die Sache eine Sekunde lang überlegt, kann man unter Umständen den kürzeren ziehen.

In diesem Falle überlegte er mehrere Sekunden, während er seinen Kaffee schlürfte, und wandte sich dann zuvorkommend an unsern Gast: »Nehmen Sie Platz, Mr. Drossos!«

»Ich bin kein Mister, ich bin Pit.«

»Gut denn, Pit, nimm Platz! Bitte dreh dich ein wenig mehr zu mir her! Danke. Du möchtest mich zu Rate ziehen?«

»Na ja, ich hab' da so'n Fall.«

»Ein Fall ist mir stets willkommen, jedoch liegt der Zeitpunkt ein wenig unglücklich insofern, als Mr. Goodwin heute abend zu einem Billardturnier zu gehen beabsichtigte und nun natürlich hierbleiben muß, um alles mitzuschreiben, was du sagst und was ich sage. Bitte holen Sie Ihren Notizblock, Archie!«

Ich sagte ja, es ist immer ein Glücksspiel. Er hatte den Spieß umgedreht. Ich ging über den Flur ins Büro, um Block und Füllfederhalter zu holen, und als ich zurückkam, war Fritz da – mit Kaffee für mich und Keks und einer Flasche Cola für Pit. Ich sagte nichts. Mein Federhalter und mein Block würden das Protokoll sozusagen automatisch aufnehmen, ohne viel mehr als ein Fünftel meines Verstandes zu erfordern, und mit dem Rest gedachte ich Pläne zu schmieden, wie ich mich aus der Affäre ziehen konnte.

Pit sprach gerade. »Es schad't wohl nichts, wenn der alles mitschreibt, aber ich muß mich in acht nehmen. Über so was soll man ja die Schnauze halten.«

»Wenn du meinst, es ist eine vertrauliche Angelegenheit – selbstverständlich.«

»Na, da will ich mal loslegen. Ich weiß ja, es gibt Detektive, bei denen kann man nich' so von der Leber weg reden, aber bei Ihnen is' das was andres. Über Sie wissen wir doch hier ganz genau Bescheid. Ich weiß, was Sie von der Polente halten. Genau dasselbe wie ich. Also, da will ich mal auspacken.«

»Ja, bitte schön.«

»Na gut. Wie spät is' es denn?«

Ich sah auf meine Uhr. »Zehn vor acht.«

»Dann wär's vor 'ner Stunde gewesen. Ich weiß, manchmal kommt's auf die Zeitfrage an, und darum bin ich gleich gegangen, wie's passiert war, und hab in der Wirtschaft an der Ecke nach der Uhr geguckt, und da war's Viertel vor sieben. Ich hab' an der Kreuzung von der 35. Straße und der Neunten Avenue die Wischtour gemacht, und da hat ein Caddy angehalten . . .«

»Bitte, was ist das – die Wischtour?«

»Na ja, wissen Sie, ein Wagen muß wegen dem roten Licht anhalten, und da hoppen Sie mit 'm Lappen drauf zu und fangen an, das Fenster abzuwischen, und wenn's ein Mann is' und er Sie dann auch bei der Windschutzscheibe weitermachen läßt, dann haben Sie's geschafft und kriegen mindestens 'n Zehner von ihm. Wenn's 'ne Frau is und sie Sie weitermachen läßt, dann haben Sie's geschafft oder auch nicht. Das is' halt das Risiko dabei. Also, dieser Caddy hat gehalten . . .«

»Was ist ein Caddy?«

Nach dem Ausdruck zu urteilen, der in den blanken schwarzen Augen erschien, erhob sich in Pit der Verdacht, er habe sich vielleicht doch den falschen Detektiv ausgesucht. Ich mischte mich ein, um ihm zu zeigen, daß zumindest einer von uns kein Idiot war, und erklärte Wolfe: »Ein Auto, Marke Cadillac.«

»Ich verstehe. Der Wagen hielt also an?«

»Na ja, wegen dem roten Licht. Ich zum Fenster am Fahrerplatz hin. Es war 'ne Frau. Sie drehte mir direkt das Gesicht zu und sagte irgendwas. Ich glaube nich', daß sie dabei einen Mucks von sich gegeben hat, jedenfalls hab' ich durch das Fenster nichts gehört, denn es war beinah bis oben zu, aber sie hat die Lippen bewegt, und ich konnte erkennen, was es heißen sollte. Sie hat gesagt: ›Hilfe! Hol die Polizei!‹ So – gucken Sie mal!«

Er formte mit den Lippen die Worte, ein wenig überdeutlich, ohne dabei einen Laut hervorzubringen. Wolfe nickte verständnisvoll. Er wandte sich an mich: »Archie! Fertigen Sie eine Skizze von Pits Mundstellung bei dieser Pantomime an!«

»Später«, sagte ich verbindlich. »Wenn Sie schlafen gegangen sind.«

»Es war so klar wie nur was«, fuhr Pit fort, »›Hilfe, hol die Polizei!‹ Das hat mich umgehauen, kann ich Ihn' sagen. Ich hab' mir Mühe gegeben, ein möglichst stures Gesicht zu behalten. Ich wußte, darauf kam's an. Aber ich glaube, ich hab's nicht geschafft, denn der Mann hat mich angeguckt, und der hatte ...«

»Wo war der Mann?«

»Neben ihr auf dem Sitz. Außer den zweien war niemand weiter im Wagen. Ich glaube, er hat an meinem Gesicht gemerkt, daß irgend etwas mich umgehauen hatte, denn er hat den Revolver fester an sie 'rangedrückt, und sie hat ruck-zuck den Kopf 'rumgedreht ...«

»Hast du den Revolver gesehen?«

»Nee, aber ich bin doch nich' doof! Warum hätt' sie denn sonst so ruck-zuck den Kopf 'rumgedreht? Was soll's denn sonst gewesen sein – vielleicht ein Bleistift?«

»Ein Revolver erscheint mir plausibler. Und dann?«

»Ich bin ein Stück zurückgehopst. Ich hab' ja nichts weiter gehabt als 'n Lappen – und der 'n Trommelrevolver! Also bei dem, was jetzt kommt – fassen Sie das nich' etwa falsch auf, ich hab' für die Polente nichts übrig. Ich halte von der Polente genau dasselbe wie Sie. Aber das is' alles so schnell passiert, daß ich gar nich' wußte, was ich eigentlich machte, und da hab' ich mich tatsächlich nach einem Polizisten umgeguckt. Ich hab' keinen gesehen, und da bin ich auf den Bürgersteig gesprungen und wollte um die Ecke sehen, und als ich mich wieder umgedreht hab', da war grünes Licht, und los fuhr der Wagen. Ich wollte einen andern Wagen anhalten und hinterherfahren, aber niemand hat gehalten. Ich dachte, vielleicht könnt' ich ihn an der Achten Avenue einholen, und bin, so schnell ich konnte, die 35. Straße langgerannt, aber er hat an der Achten Schwein gehabt mit dem grünen Licht und is' durchgefahren. Aber die Nummer hab' ich.«

Er griff in seine Hosentasche, zog ein Fetzchen Papier heraus und las davon ab: »Connecticut YY 9432.«

»Ausgezeichnet.« Wolfe stellte seine leere Tasse auf die Untertasse zurück. »Hast du der Polizei die Nummer angegeben?«

»Ich?« fragte Pit voll Verachtung. »Der Polente? Seh' ich etwa so aus, als ob ich nich' alle auf 'm Christbaum hab'? Wenn ich zum Revier hingeh' und 's einem Wachtmeister erzähle, oder sagen wir mal, ich erwisch' sogar einen Kripo-Mann und erzähl' dem – was dann? Erst mal glaubt er's mir gar nich', und dann jagt er mich weg, und dann bin ich abgestempelt. *Ihnen* macht's nichts aus, wenn Sie abgestempelt sind, denn Sie sind Privatdetektiv und haben 'ne Lizenz, und Sie haben über viele von den Kommissaren da irgendwas in der Hand.«

»So? Was denn?«

»Fragen Sie *mich* doch nich'! Aber jedes Kind weiß doch, daß Sie'n ganzen Haufen Dreckwäsche von ein paar großen Tieren auf Lager haben, denn sonst hätten die Ihn' doch schon längst die Luft abgedreht. Aber ein Junge wie ich kann sich's nich' leisten, abgestempelt zu sein, auch wenn ich keine krummen Sachen mache. Ich kann die Polente nich' leiden, aber dazu braucht man ja kein Gauner zu sein. Ich sag' immer zu meiner Mutter, ich mach' keine krummen Sachen, und ich mach' auch keine, aber dazu gehört allerhand Mumm, kann ich Ihnen sagen. – Was halten Sie denn von dem Fall, den ich da hab'?«

Wolfe überlegte. »Er scheint ein wenig nebulos – äh – verschwommen.«

»Na ja, deswegen bin ich ja zu Ihn' gekommen. Ich bin hingegangen, wo ich immer hingeh', wenn ich nachdenken will, und hab' mir die ganze Geschichte überlegt. Ich finde, das is 'n Pfunds-Fall, wenn ich's richtig anfange. Der Wagen war ein Caddy, ein dunkelgrauer 52er Caddy. Der Mann hat eklig ausgesehen, aber doch auch so, als ob er 'ne ganze Menge Moos hätte, als wenn er noch zwei oder drei Caddies haben könnt'. Und die Frau auch. Sie war noch nich' so alt wie meine Mutter, aber ich glaube, danach kann man nich' gehn, denn meine Mutter hat immer schwer gearbeitet, und die da hat bestimmt noch nie gearbeitet. Sie hat einen Kratzer im Gesicht gehabt, an der linken Wange, und ihr Gesicht is' ganz verzerrt gewesen, wie sie zu mir gesagt hat: ›Hilfe, hol die Polizei!‹ Aber wenn ich darüber nachdenke, glaube ich, sie hat gut ausgesehen. Sie hat große goldene Spinnen als Ohrringe gehabt, Spinnen mit ausgestreckten Beinen. Reines Gold.«

Wolfe gab einen Knurrlaut von sich.

»Meinetwegen«, räumte Pit ein, »sie haben ausgesehen wie Gold. Messing war's nich'. Jedenfalls, die ganze Chose hat nach Moos gerochen, und da hab' ich mir das ungefähr so gedacht: Ich hab' einen Fall mit Leuten, die Moos haben, und wie fang' ich das an, damit ich was davon kriege? Da können glatt fünfzig Dollar 'rausspringen, wenn ich's richtig anfange. Wenn er sie umbringt, kann ich ihn wiedererkennen und die Belohnung kriegen. Ich kann erzählen, was sie zu mir gesagt hat und wie er ihr den Revolver . . .«

»Du hast den Revolver doch nicht gesehen.«

»Das is' Nebensache. Wenn er sie nich' umgebracht hat, wenn er sie bloß gezwungen hat, irgendwas zu machen oder ihm zu sagen oder zu geben, kann ich hingehen und zu ihm sagen, entweder er rückt fünfzig Dollar 'raus oder vielleicht auch hundert, oder ich verpfeif' ihn.«

»Das wäre Erpressung.«

»Meinetwegen.« Pit wischte Kekskrümel von den Fingern auf das Tablett. »Deswegen hab' ich mir ja gedacht, ich komm' am besten zu Ihnen. Ich hab' eingesehen, daß ich's allein nich' machen kann und daß ich Sie daran beteiligen muß, aber es is' *mein* Fall, das is' Ihnen doch klar. Vielleicht finden Sie, ich bin bekloppt, weil ich Ihnen die Autonummer verraten hab', eh' Sie an ihn 'rankommen und ihn festnageln und mich dann anschmieren und die Pinke alleine einstecken wollen, dann muß ich ihn immer noch wiedererkennen, und das bleibt nun mal meine Sache. Wenn Erpressung nich' geht, können Sie sich doch eine Tour ausdenken, daß es keine Erpressung is'. Wollen wir fifty-fifty machen – wie wär' das?«

»Ich werde dir mal etwas sagen, Pit.« Wolfe schob seinen Sessel zurück und brachte seinen massigen Körper in eine bequeme neue Stellung. »Wenn wir deinen Fall gemeinsam in die Hand nehmen wollen, so muß ich dir, glaube ich, einiges über die künstlerische und wissenschaftliche Seite des Detektivberufs sagen. Mr. Goodwin wird selbstverständlich mitschreiben und auch einen Durchschlag für dich machen, wenn er es abtippt.

Aber zuerst wird er einen Telefonanruf erledigen. Sie haben die Autonummer notiert, Archie. Rufen Sie in Mr. Cramers Büro an und geben Sie ihnen diese Nummer. Sagen Sie, es sei Ihnen zur Kenntnis gekommen, daß dieser Wagen oder sein Besitzer oder Fahrer möglicherweise in den letzten zwei Stunden in eine gesetzwidrige Handlung hier in der Stadt verwickelt gewesen sei, und empfehlen Sie eine normale Nachprüfung. Drücken Sie sich nicht genauer aus. Sagen Sie, unsere Information sei unbestätigt und die Nachforschung sollte diskret gehandhabt werden.«

»He«, verlangte Pit zu wissen, »wer is' denn dieser Mr. Cramer? Einer von der Polente?«

»Ein Kriminalkommissar«, erwiderte Wolfe. »Du hast doch selbst auf die Möglichkeit eines Mordes hingewiesen. Wenn es sich um einen Mord handelt, muß eine Leiche vorhanden sein. Wenn eine Leiche vorhanden ist, muß sie erst gefunden werden. Solange sie nicht gefunden ist – wo hast du deinen Fall? Wir haben keine Ahnung, wo wir danach suchen könnten. Also werden wir die Polizei einspannen, damit sie die Leiche ausfindig macht. Ich bediene mich ihrer oft auf diese Weise. Pits Namen dürfen Sie natürlich nicht erwähnen, Archie, da er ja nicht abgestempelt sein möchte.«

Während ich ins Büro zu meinem Schreibtisch hinüberging und die Nummer der Mordkommission Manhattan-West wählte, überlegte ich, daß von Wolfes tausend Methoden, sich mißliebig zu machen, die schlimmste die war, wenn er sich ungeheuer amüsant vorkam. Als ich mein Gespräch mit Kriminalinspektor Purley Stebbins beendet hatte und den Hörer auflegte, war ich versucht, einfach loszugehen und zuzuschauen, wie Mosconi und Watrous mit ihren Billardstöcken hantierten, aber das ging natürlich nicht, denn damit hätte ich eingestanden, daß er mich hochgebracht hatte, und er hätte dann lediglich Pit hinauskomplimentiert und sich mit einem Buch und einem befriedigten Schmunzeln um die Lippen gemütlich niedergelassen.

Ich marschierte also ins Eßzimmer zurück, setzte mich hin, griff zu meiner Feder und sagte frisch und munter: »Gut, die sind alarmiert. Schießen Sie mit Ihrem Vortrag über den Detektivberuf los, und lassen Sie nichts aus!«

Wolfe lehnte sich zurück, stützte die Ellenbogen auf die Sessellehnen und legte die Fingerspitzen aneinander. »Du mußt dir darüber im klaren sein, Pit, daß ich mich auf die Probleme und Methoden des Privatdetektivs beschränken werde, der seinen Beruf zum Zwecke des Broterwerbs ausübt.«

»Ja, klar.« Pit hatte eine neue Flasche Cola vor sich stehen. »Das ist es ja gerade, was ich wissen will – wie man damit tüchtig Dollars kassiert.«

»Ich hatte diese Tendenz bei dir bereits wahrgenommen. Du darfst jedoch ihrethalben nicht andere Erwägungen außer acht lassen. Es ist zwar wünschenswert, daß du gute Honorare erhältst, wesentlich ist jedoch, daß du das Gefühl hast, sie verdient zu haben, und das hängt teilweise von deinem Ego ab. Wenn dein Ego gesund und kräftig ist, so wie das meine, so wirst du selten Schwierigkeiten haben.«

»Mein Ego? Was is' das?«

»Es gibt hierfür verschiedene Definitionen, philosophische, metaphysische, psychologische und neuerdings psychoanalytische; aber wie ich den Terminus hier gebrauche, bedeutet er die Fähigkeit, alles in den Vordergrund zu rücken, was dein Selbstbewußtsein hebt, und alles in den Hintergrund zu schieben, was es mindert. Ist das klar?«

»Na, ich glaube ja.« Pit legte bei der geistigen Anstrengung die Stirn in Falten. »Sie meinen, ob man was von sich hält oder nich'?«

»Nicht ganz, aber so ungefähr. Wenn du ein robustes Ego hast, kannst du ...«

»Was heißt denn robust?«

Wolfe machte ein Gesicht. »Ich will mich bemühen, Ausdrücke zu verwenden, die dir bekannt sind. Aber wenn mir das einmal nicht gelingt, wenn einer dir fremd ist, so unterbrich mich bitte nicht! Wenn du intelligent genug bist, ein guter Detektiv zu sein, so bist du auch intelligent genug, die korrekte Bedeutung eines dir unbekannten Wortes aus dem Kontext zu erraten – das heißt aus den anderen Wörtern, die ich daneben gebrauche. Außerdem ist gewöhnlich ein Schlüssel hierzu vorhanden. Ich habe soeben von einem gesunden und kräftigen Ego gesprochen. Daraus ergibt sich, daß ›robust‹ so viel bedeutet wie ›gesund und kräftig‹, und wenn du das Zeug zu einem guten Detektiv besitzt, hättest du das verstehen müssen. Wie alt bist du?«

»Zwölf.«

»Dann freilich muß ich wohl ein Auge zudrücken. Um fortzufahren: Wenn du ein robustes Ego besitzt, kannst du die Beantwortung der Frage, ob du deine Honorare verdient hast oder nicht, getrost deiner Intelligenz und deinem gesunden Menschenverstand überlassen. Nie darfst du ein Honorar fordern oder annehmen, wenn du das Gefühl hast, es nicht verdient zu haben. Tust du dies, so fällt deine Integrität zusammen, und in dein Ego kommen Würmer. Mit diesem einen Vorbehalt nimm so viel, wie du bekommen kannst. Ebenso, wie du nicht nehmen darfst, was du deiner Ansicht nach nicht verdient hast, mußt du zu bekommen trachten, was dir deiner Ansicht nach zusteht. Laß dich mit einem künftigen Klienten nicht einmal auf die Diskussion eines Falles ein, solange du über seine Zahlungsfähigkeit nicht informiert bist. Soviel ...«

»Aber warum ...«, platzte Pit heraus, hielt jedoch inne.

»Warum was?«

»Nichts. Bloß – Sie haben sich doch mit mir jetzt eingelassen, wo ich nur 'n Junge bin.«

»Das ist ein besonderer Fall. Mr. Goodwin hat dich zu mir hereingebracht, und er als mein Vertrauter und höchst schätzenswerter Assistent wäre gewiß sehr enttäuscht, wenn ich deine Angelegenheit nicht gründlich prüfte und alles von ihm zu Protokoll nehmen und abtippen ließe.« Wolfe bedachte mich mit scheinheiligem Blick und wandte sich wieder an Pit. »Soviel über dein Ego und deine Honorare. Was nun deine Methoden angeht, so müssen sie natürlich deinem Arbeitsgebiet angepaßt sein. Ich übergehe Gebiete wie Werkspionage, Belastungsmaterial für Scheidungsprozesse und derartige widerwärtige Schnüffeleien, denn das Ego eines jeglichen Menschen, der sich damit abgibt, ist bereits von Würmern befallen, und das trifft auf dich ja nicht zu. Aber nehmen wir einmal Raub. Sagen wir zum Beispiel, einer Dame ist der Schmuckkasten ausgeraubt worden, und sie will nicht zur Polizei gehen, weil sie ...«

»Nehmen wir doch Mord! Ich würde lieber gleich mit Mord anfangen.«

»Wie du willst.« Wolfe zeigte sich liebenswürdig. »Bekommen Sie alles mit, Archie?«

»Na, und ob! Die Zunge hängt mir aus dem Halse.«

»Gut. Aber ob es sich nun um Raub handelt oder um Mord, ganz allgemein gesprochen, mußt du dir absolut darüber im klaren sein, daß du primär eine Kunst ausübst, nicht eine Wissenschaft. Die Rolle der Wissenschaft bei der Aufklärung eines

Verbrechens ist bedeutsam, wichtig und aller Ehren wert, aber sie hat nur geringen Anteil an der Tätigkeit eines Privatdetektivs, der den Anspruch erhebt, eine Koryphäe seines Faches zu sein. Jedermann kann auch bei mittelmäßiger Befähigung einige Fertigkeit im Gebrauch eines Zirkels, einer Kamera, eines Spektrographen oder einer Zentrifuge erlangen, kurzum, diese Leute sind lediglich Hilfskräfte bei der Aufklärung eines Verbrechens. Der Beitrag der Wissenschaft hierzu kann rühmlich, ja sogar brillant sein: Nie aber kann er das unaufhaltsame Vordringen eines scharfen Intellekts durch einen Dschungel von Lügen und Furcht bis zur Entdeckung der Wahrheit ersetzen, nie den Blitz der Erkenntnis, der an einem feinempfindlichen Nerv entlangläuft, ausgelöst durch den Klang einer Stimme oder das Blinken eines Auges.«

»Entschuldigung«, fragte ich dazwischen, »haben Sie gesagt ›das Blinken *von Augen*‹ oder ›das Blinken *eines Auges*‹?«

»Keines von beiden«, log Wolfe. »Ich habe gesagt: ›*Den Blick* eines Auges‹.« Er wandte sich wieder Pit zu: »Die Kunst des Detektivs umfaßt viele Gebiete und hat viele Gesichter. Zum Beispiel: Einen Mann durch ganz New York zu beschatten, ohne ihn aus dem Auge zu verlieren, ist eine ungemein schwierige Aufgabe. Wenn die Polizei sie ernsthaft unternimmt, setzt sie drei Mann dafür ein, und selbst die sehen sich oft genasführt. Ein Mann, der oft für mich arbeitet, Saul Panzer, ist darin geradezu genial, und er arbeitet ganz allein. Ich habe mich mit ihm darüber unterhalten und bin zu dem Schluß gelangt, daß er das Geheimnis seiner überragenden Geschicklichkeit selbst nicht kennt. Es ist keine bewußte und überlegte Funktion seines Verstandes, obzwar er viel davon besitzt; es ist etwas, das irgendwo in seinem Nervensystem verborgen ist, möglicherweise natürlich in seinem Schädel. Er sagt, anscheinend wisse er irgendwie, und zwar beinahe schon im voraus, was der Mann, hinter dem er her ist, gleich tun wird – nicht, was er getan hat oder gerade tut, sondern was er vorhat. Mr. Panzer könnte dir deshalb alles beibringen, was er weiß, und doch würdest du es ihm nie gleichtun können. Das heißt aber nicht, daß du nicht lernen solltest, was du lernen kannst. Lernen wird dir nie etwas schaden. Nur derjenige, der zu wenig weiß, weiß zuviel. Erst wenn du darangehst, das, was du gelernt hast, zu benutzen, kannst du feststellen, ob du Kenntnis in Leistung umzusetzen imstande bist.«

Wolfe deutete mit dem Daumen auf mich. »Sieh dir Mr. Goodwin an! Nur schwer vermöchte ich ohne ihn wirksam zu operieren. Er ist unersetzlich für mich. Und doch sind seine Handlungen weitgehend von Launen und Augenblickseinfällen diktiert, und dieser Umstand würde ihn freilich zu irgendwelchen wichtigen Aufgaben unfähig machen, wenn nicht irgendwo in ihm – möglicherweise in seinem Gehirn, obwohl ich dies bezweifle – ein starkes und empfindlich reagierendes Kontrollorgan verborgen wäre. Der Anblick eines hübschen Mädchens zum Beispiel ruft in ihm eine stürmische Reaktion freudiger Begeisterung hervor, die wiederum seinen Besitzinstinkt anreizt; aber geheiratet hat er nie. Warum nicht? Weil er weiß, daß dann seine Reaktion auf hübsche Mädchen, die jetzt rein und frank und frei ist, nicht nur in unerträglichem Maße verwässert, sondern auch unter Kuratel gestellt und autoritativen Einschränkungen unterworfen wäre. Sein Kontrollorgan also hält ihn stets vom Unglück zurück, zweifellos manchmal erst unmittelbar am Rande des Abgrunds. In ähnlicher Weise funktioniert es bei den meisten seiner Einfälle und Launen, aber hin und wieder schaltet es sich nicht rechtzeitig ein, und dann stößt ihm ein Mißgeschick zu, so wie heute abend, als es ihm einfiel, mich zu molestieren, als sich eine gewisse Gelegenheit hierzu bot. Das hat ihn bereits – wie spät ist es, Archie?«

Ich sah auf meine Uhr. »Achtzehn Minuten vor neun.«

»Au!« Pit sprang von seinem Stuhl auf. »Da muß ich ja sausen. Meine Mutter – um Viertel vor muß ich zu Hause sein. Also bis morgen!«

Er rannte davon. Bis ich aufgestanden und ihm in den Flur nachgelaufen war, hatte er die Haustür schon erreicht und aufgemacht und war verschwunden.

Ich trat an die Schwelle des Eßzimmers und sagte zu Wolfe: »Verdammt noch mal, ich hatte gehofft, er würde bis Mitternacht bleiben, damit Sie Ihren Vortrag zu Ende halten könnten. Ein Billardturnier wird mir danach ziemlich langweilig vorkommen. Aber ich kann ja immerhin noch gehen.«

Und ich ging.

2

Am nächsten Tag, einem Mittwoch, hatte ich ziemlich viel zu tun. Ein Eisenwarenfabrikant aus Youngstown in Ohio war nach New York gekommen, um einen Sohn ausfindig zu machen, der alle Verbindungen zu ihm abgebrochen hatte. Er hatte Wolfe telegrafisch um Unterstützung ersucht, und wir hatten Saul Panzer, Fred Durkin und Orrie Cather auf die Fährte des jungen Mannes gesetzt. Damit war ich an meinen Schreibtisch und das Telefon gefesselt, um Berichte entgegenzunehmen und Instruktionen weiterzugeben.

Kurz nach vier Uhr nachmittags tauchte Pit Drossos auf und verlangte Wolfe zu sprechen. An seinem Benehmen war zu erkennen, daß er lieber mit dem Chef persönlich verhandeln wollte, obwohl ihm klar war, daß auch ich eine Lizenz als Privatdetektiv besaß und er nichts Schwerwiegendes gegen mich einzuwenden hatte. Ich setzte ihm auseinander, daß Nero Wolfe jeden Tag vier Stunden, von neun bis elf am Vormittag und von vier bis sechs am Nachmittag, oben im Treibhaus auf dem Dach bei seinen zehntausend Orchideen verbrachte, wobei er statt meiner Theodore Horstmann herumkommandierte, und daß er während dieser Stunden nicht zu sprechen sei.

Pit äußerte, seiner Meinung nach sei das eine ganz verrückte Beschäftigung für einen Privatdetektiv, und ich stritt mich mit ihm über diesen Punkt nicht.

Als ich ihn schließlich sacht auf den Vorplatz hinausgeschoben und die Tür wieder zu hatte, war ich bereit, zuzugeben, daß mein Kontrollorgan vielleicht doch einer Ölung bedürfe. Pit entwickelte sich zu einer üblen Landplage, kein Zweifel. Ich hätte meinem Einfall, ihn als Spielgefährten für Wolfe hereinzubitten, nicht nachgeben sollen.

Immer wenn ich mich dabei erwische, mir mit Gewalt einen Minuspunkt ankreiden zu wollen, tut mir ein Schluck gut, und ich ging also in die Küche, um ein Glas Milch zu trinken. Als ich wieder ins Büro kam, klingelte das Telefon – Orrie Cather mit einem Bericht.

Nachher am Abendbrottisch ließen weder Wolfe noch Fritz sich im mindesten anmerken, daß jemals gebratene Stare zwischen sie getreten waren. Als Wolfe sich die zweite Portion vom Hauptgericht nahm – Dänischen Schweinspfannkuchen –, sagte er deutlich: »Sehr anständig!« Da das bei ihm ein geradezu verschwenderisches Lob darstellte, nahm Fritz es auch so auf, nickte selbstbewußt und murmelte: »Ganz recht, Mr. Wolfe.« Es flogen also keine Funken, als wir unseren Kaffee tranken, und Wolfe war so umgänglich, daß er mich fragte, ob ich Lust hätte, mit ihm ins Souterrain hinunterzugehen und ihm Mosconis berühmten indirekten Stoß zu demonstrieren, von dem ihm erzählt hatte.

Aber ich kam nicht dazu, ihm das zu demonstrieren. Als wir gerade aus dem Eßzimmer traten, klingelte es an der Tür. Ich vermutete natürlich, es sei Pit, doch er war es nicht. Die Gestalt, die sich hinter der Scheibe abzeichnete, war zweimal so groß wie Pit und mir weit besser vertraut: Kriminalinspektor Purley Stebbins von der Mordkommission Manhattan-West. Wolfe ging ins Büro, und ich machte die Tür auf.

»Dort sind sie langgelaufen«, sagte ich und deutete mit dem Finger.

»Quatsch! Ich will Wolfe sprechen. Und Sie auch.«

»Hier bin ich. Schießen Sie los!«

»Und Wolfe auch.«

»Der verdaut gerade sein Schweinefleisch. Warten Sie mal!« Ich schob den Kettenzapfen vor, so daß die Tür einen fünf Zentimeter breiten Spalt offenblieb, trat ins Büro, berichtete Wolfe, daß Stebbins eine Audienz wünsche, blieb geduldig stehen, während er eine Grimasse schnitt, nahm die Weisung entgegen, den Besucher hereinzuholen, und ging wieder nach vorn und führte sie aus.

Im Lauf der Jahre hatte sich ein bestimmter Brauch herausgebildet, wo und auf welche Weise Kriminalinspektor Stebbins in unserem Büro Platz nahm. Wenn er mit Kriminalkommissar Cramer kam, so nahm Cramer selbstverständlich den großen roten Ledersessel dicht vor Wolfes Schreibtisch und Stebbins einen der gelben, die kleiner waren. Wenn er allein kam, versuchte ich ihn auf den roten Ledersessel zu lotsen, schaffte es aber nie. Er trat immer zur Seite und zog sich einen gelben heran. Es lag nicht daran, daß er etwa meinte, ein Inspektor dürfe nicht auf einem Platz sitzen, auf dem er schon einmal einen Kriminalkommissar hatte sitzen sehen; so war Stebbins nicht. Vielleicht saß er nicht gern mit dem Gesicht zum Fenster, oder möglicherweise hatte er einfach eine Abneigung gegen rote Sessel. Ich beschloß, ihn einmal danach zu fragen.

Diesmal ließ er sein Bündel Fleisch und Muskeln, wovon er

eine tüchtige Portion besitzt, wie immer auf einem gelben Sessel nieder, beäugte Wolfe einen Augenblick und drehte dann den Hals zu mir herum.

»Gestern haben Sie mich wegen eines Wagens angerufen – eines dunkelgrauen 52er Cadillacs mit einer Nummer aus Connecticut, YY 9432. Weshalb?«

Ich hob die Schultern und ließ sie wieder sinken. »Ich hab's Ihnen ja gesagt. Wir hatten eine nicht bestätigte Information, daß der Wagen oder sein Besitzer oder Fahrer möglicherweise in irgend etwas verwickelt wäre oder gewesen wäre. Ich habe eine normale Überprüfung vorgeschlagen.«

»Das weiß ich. Wie hat Ihre Information genau gelautet, und wo hatten Sie sie her?«

Ich schüttelte den Kopf. »Danach haben Sie mich gestern schon gefragt, und ich bin ausgewichen. Ich weiche immer noch aus. Unser Gewährsmann möchte nicht behelligt werden.«

»Na, er wird aber müssen. Wer war es, und was hat er Ihnen erzählt?«

»Nichts zu machen!« Ich drehte eine Hand um. »Sie wissen nur zu gut, daß das weiter nichts als eine schlechte Angewohnheit von Ihnen ist. Wenn etwas vorgefallen ist, das Sie auf den Gedanken bringt, ich müßte Ihnen Rede und Antwort stehen, dann erzählen Sie mir erst mal, *was* vorgefallen ist, und dann wollen wir sehen, ob ich der gleichen Meinung bin wie Sie. Sie wissen doch, daß man mit mir vernünftig reden kann.«

»Ja, ja, freilich.« Stebbins preßte die Kiefer gegeneinander und lockerte sie dann wieder. »Heute nachmittag um sechs Uhr vierzig, vor zwei Stunden, hielt ein Wagen wegen des roten Lichts an der Kreuzung der 35. Straße und der Neunten Avenue. Ein Junge mit einem Lappen ging darauf zu und fing an, das Fenster abzuwischen. Als er auf der einen Seite fertig war, wollte er zur anderen 'rüber, und als er gerade vor dem Wagen vorbeilief, zog der plötzlich an und überfuhr ihn und fuhr schnell weiter, über die Avenue weg und die 35. Straße entlang. Der Junge starb, kurz nachdem er mit einem Krankenwagen ins Krankenhaus eingeliefert worden war. Am Steuer des Autos saß ein Mann, sonst war niemand drin. Wenn die Leute sich aufregen, sehen sie ja niemals viel; aber zwei, eine Frau und ein anderer Junge, gaben übereinstimmend die Wagennummer an: Connecticut YY 9432, und der Junge sagt, es wär' eine dunkelgraue Cadillac-Limousine gewesen. Also?«

»Wie hieß der Junge? Der überfahrene?«
»Was hat denn das mit meiner Frage zu tun?«
»Ich weiß es nicht. Ich frage bloß.«
»Drossos hieß er. Pit Drossos.«
Ich schluckte. »Das ist ja einfach ... Dieser Schuft!«
»Wer, der Junge?«
»Nein.« Ich wandte mich an Wolfe. »Wollen Sie erzählen, oder soll ich?«

Wolfe hatte die Augen geschlossen. Er öffnete sie, sagte: »Sie!« und schloß sie wieder.

Ich hielt es nicht für notwendig, Stebbins in die häusliche Krise einzuweihen, die mich auf den Einfall gebracht hatte, Pit zu Wolfe hineinzuführen, aber ich berichtete ihm alles, was von Belang war, einschließlich des zweiten Besuches von Pit an diesem Nachmittag.

Obwohl er befriedigt war, in diesem Büro nun wenigstens einmal im Leben eine vollständige Auskunft zu bekommen, stellte er eine Menge Fragen, und am Ende hielt er es für richtig, eine unfreundliche Bemerkung des Inhalts hinzuwerfen, man könne von anständigen Bürgern wie Nero Wolfe und Archie Goodwin wohl ein wenig mehr Interesse an einer Frau erwarten, die einen Revolver im Rücken spüre und nach einem Polizisten verlange.

Mir war nicht ganz wohl dabei, und das zwackte mich. »Typen wie Sie«, sagte ich zu ihm, »haben nicht gerade unser Land groß gemacht. Der Junge hat selbst gesagt, er hätte den Revolver nicht gesehen. Oder die Frau konnte ihm auch was vorgemacht haben. Wenn ich Ihnen gestern gesagt hätte, wer mir das erzählt hatte, hätten Sie gedacht, ich hätte nicht alle beisammen, daß ich deswegen einen Zehner für einen Anruf ausgäbe. Und die Wagennummer hab' ich Ihnen jedenfalls gegeben. Haben Sie sie überprüft?«

»Ja. Es handelt sich um ein falsches Kennzeichen. Es stammte von einem Plymouth, der vor zwei Monaten in Hartford gestohlen worden ist.«

»Keine Spur davon?«

»Bisher nicht. Jetzt werden wir Connecticut bitten, mal nachzuforschen. Ich weiß nicht, wie viele solche falschen Kennzeichen es im Augenblick in New York gibt, aber es sind bestimmt eine ganze Menge.«

»Haben Sie eine brauchbare Beschreibung des Fahrers?«

»Wir haben vier, und keine stimmt mit den andern überein. Drei taugen überhaupt nichts; allenfalls die vierte – von einem Mann, der gerade aus einem Lokal getreten war und zufällig gesehen hat, wie der Junge mit seinem Lappen auf den Wagen zuging. Er sagt, der Fahrer wäre etwa vierzig Jahre alt, dunkelbrauner Anzug, helle Hautfarbe, regelmäßige Gesichtszüge, Filzhut fast bis über die Augen 'runtergezogen. Er glaubt, er könne ihn wiedererkennen, sagt er.« Stebbins stand auf. »Ich muß gehen. Ich gestehe, ich bin enttäuscht. Ich habe fest damit gerechnet, Sie würden mich entweder auf eine Fährte bringen oder aber einem Klienten zuliebe in Deckung gehen.«

Wolfe schlug die Augen auf. »Ich wünsche Ihnen Glück, Mr. Stebbins. Dieser Junge hat gestern abend an meinem Tisch gesessen.«

»Ja«, brummte Stebbins. »Das ist natürlich schlimm. Wie kommt einer dazu, einen Jungen zu überfahren, der an Ihrem Tisch gesessen hat.«

Mit diesem einlenkenden Ton zog er ab, und ich ging mit ihm in den Flur hinaus. Als ich die Hand auf die Türklinke legte, schob sich draußen eine Gestalt in Sichthöhe, kam die Stufen bis zum Vorplatz hinauf, und als ich die Tür aufmachte, stand sie da – eine spindlige kleine Frau in einem reinlichen dunkelblauen Kleid, ohne Jacke und ohne Hut, mit verquollenen roten Augen und so fest zusammengepreßtem Mund, daß keine Lippen mehr zu sehen waren.

Stebbins stand dicht hinter mir, als ich sie ansprach: »Kann ich Ihnen helfen, meine Dame?«

Sie fragte gepreßt: »Wohnt hier Mr. Nero Wolfe?«

Ich bejahte.

»Glauben Sie, ich kann ihn mal sprechen? Es dauert nich' lange. Ich bin Mrs. Anthea Drossos.«

Sie hatte geweint und sah aus, als könne sie jede Sekunde wieder anfangen, und eine weinende Frau gehört zu den Dingen, die Wolfe nicht einmal von weitem erträgt. Ich sagte ihr also, er habe zu tun und ob sie nicht bitte mit mir vorliebnehmen wolle.

Sie hob den Kopf, um mir gerade in die Augen zu blicken.

»Mein Junge, der Pit, hat mir gesagt, ich soll mit Mr. Nero Wolfe sprechen«, sagte sie, »und ich werde so lange hier warten, bis ich ihn sprechen kann.«

Ich trat einen Schritt zurück und machte die Tür zu. Stebbins folgte mir dicht auf den Fersen, als ich ins Büro trat und zu Wolfe sagte: »Mrs. Anthea Drossos möchte Sie sprechen. Sie sagt, ihr Junge Pit hätte sie hergeschickt. Ich bin ihr nicht gut genug. Sie will nötigenfalls die ganze Nacht draußen auf dem Vorplatz kampieren. Es kann leicht sein, daß sie vor Ihnen zu weinen anfängt. Was soll ich machen – ihr eine Matratze 'rausbringen?«

Jetzt endlich gingen seine Augen auf. »Verwünscht! Was kann ich für die Frau tun?«

»Nichts. Ich auch nicht. Aber mir will sie's nicht glauben.«

»Warum, zum Teufel, haben Sie dann . . .? Bringen Sie sie herein! Das Stückchen, das Sie sich gestern abend geleistet haben . . . Bringen Sie sie herein!«

Ich ging und holte sie. Als ich sie hineingeleitete, hatte sich Stebbins wieder auf seinem Sessel niedergelassen. Eine Hand an ihrem Ellbogen, weil sie nicht allzu sicher auf den Beinen zu sein schien, führte ich sie zu dem roten Ledermöbel, in dem sie dreimal Platz gehabt hätte. Sie hockte auf der Kante und hielt ihre schwarzen Augen, die wohl durch den Kontrast zu den geröteten Lidern noch schwärzer wirkten, auf Wolfe gerichtet.

Ihre Stimme war leise und ein bißchen schwankend, aber entschlossen. »Sie sind Mr. Nero Wolfe?« – Er gab es zu.

Sie ließ ihre Augen zu mir herüberwandern, dann zu Stebbins und schließlich wieder zu Wolfe. »Und diese Herren?« fragte sie.

»Mr. Goodwin, mein Assistent, und Mr. Stebbins, ein Polizeibeamter, der mit den Ermittlungen über den Tod Ihres Sohnes befaßt ist.«

Sie nickte. »Ich hab' mir doch gedacht, der sieht aus wie ein Polizist. Mein Junge, der Pit, würde nicht wollen, daß ich einem Polizisten das erzähle.«

Aus ihrem Tonfall und ihrer Miene ging recht deutlich hervor, daß sie nichts zu tun gedachte, womit ihr Sohn Pit nicht einverstanden gewesen wäre, und da hatten wir denn ein Problem. Stebbins würde sich gewiß nicht verziehen, denn er hatte nun einmal den Verdacht, daß Wolfe, von mir ganz zu schweigen, sich lieber tot erwischen ließe, als ohne irgendeine verborgene Trumpfkarte. Doch er stand ohne Zögern auf, sagte: »Ich gehe so lange in die Küche«, und steuerte auf die Tür zu.

Mein Erstaunen dauerte eine halbe Sekunde, bis ich begriff, wohin er ging. In dem Abstellwinkel am hinteren Ende des Flurs, der Küche gegenüber, war eine Luke in der Wand, die den Abstellwinkel mit dem Büro verband. Im Büro war das Loch mit einem Patentbild verdeckt, und wenn man von dem Abstellwinkel aus einen Schieber öffnete, konnte man sehen und hören, was im Büro vorging. Stebbins wußte darüber Bescheid.

Als er draußen war, hielt ich es doch für ratsam, Wolfe zu warnen: »Das Bild!«

»Gewiß, gewiß«, sagte Wolfe mürrisch. Er sah Mrs. Drossos an: »Nun denn, meine Dame?«

Sie nahm nichts unbesehen hin. Sie stand auf und ging an die offene Tür, um nach beiden Richtungen in den Flur hinauszuspähen, schloß die Tür und kehrte wieder an ihren Platz zurück. »Sie wissen, daß Pit tot ist.«

»Ja, ich weiß.«

»Die haben's mir gesagt, und da bin ich 'runter auf die Straße gelaufen, und da lag er. Er war bewußtlos, aber tot war er noch nicht. Sie haben mich im Krankenwagen mitfahren lassen. Und da hat er's mir gesagt. Er hat die Augen aufgemacht . . .«

Sie hielt eine Weile inne. Nach kurzer Zeit aber hatte sie ihre Beherrschung wiedergefunden und fuhr fort:

»Er hat die Augen aufgemacht und mich gesehen, und ich hab' mich zu ihm 'runtergebückt. Er hat gesagt – ich glaube, ich kann Ihnen ganz genau erzählen, was er gesagt hat: ›Sag Nero Wolfe, er hätt' mich erwischt. Aber sag's sonst niemand! Gib ihm mein Geld in der Dose!‹«

Sie hielt inne und saß wieder steif da. Nach einer vollen Minute tippte Wolfe an: »Ja, und?«

Sie machte ihre Handtasche auf, eine Tasche aus schwarzem Leder, die schon ein paar Jährchen auf dem Buckel hatte, aber sicher noch einige weitere erleben würde, fingerte darin herum, zog ein in Papier gewickeltes Päckchen heraus und stand auf, um das Päckchen auf Wolfes Schreibtisch zu legen.

»Da sind vier Dollar und dreißig Cent.« Sie blieb stehen. »Die hat er selber verdient, das ist sein Geld, das er in einer Tabakdose aufgehoben hat. Das war das letzte, was er gesagt hat – ich soll Ihnen sein Geld aus der Dose geben. Dann ist er wieder bewußtlos geworden und is' gestorben, eh' die im

Krankenhaus was machen konnten. Ich bin gegangen und nach Hause gelaufen, um sein Geld zu holen und zu Ihnen zu kommen und 's Ihnen zu erzählen. Jetzt geh' ich wieder nach Hause.« Sie drehte sich um, tat ein paar Schritte und drehte sich noch einmal um. »Haben Sie verstanden, was ich Ihnen erzählt hab'?«

»Ja, ich habe verstanden.«

»Wollen Sie noch irgendwas von mir?«

»Nein, ich glaube nicht. – Archie!«

Ich war schon an ihrer Seite. Sie schien jetzt etwas sicherer auf den Füßen zu stehen als bei ihrem Kommen, doch ich nahm sie trotzdem am Arm und führte sie auf den Vorplatz hinaus und die sieben Stufen bis zum Bürgersteig hinunter. Sie bedankte sich nicht bei mir, aber vielleicht merkte sie überhaupt nicht, daß ich da war, und darum nahm ich es ihr nicht übel.

Stebbins stand im Flur, als ich wieder hineinkam, und hatte den Hut auf. »Haben Sie den Schieber zugemacht?« fragte ich.

»Sich von einem Kind Bonbons schenken zu lassen, das hätte ich ja vielleicht erwartet«, sagte er aggressiv. »Aber sich von einem *toten* Kind Bonbons schenken zu lassen – Herrgott noch mal!«

Er wollte gehen, und ich trat ihm in den Weg. »He! Ja, Sie meine ich. Wenn wir darauf bestanden hätten, daß sie's zurücknimmt, hätte sie doch ...«

Ich brach ab, als ich sein triumphierendes Grinsen sah. »Diesmal hab' ich euch erwischt!« brummte er und drückte sich an mir vorbei hinaus.

Ich kaute deshalb auf einem Nagel, als ich wieder ins Büro trat. Es kommt nicht oft vor, daß Purley Stebbins mir eins auswischen kann, aber diesmal hatte er eine verwundbare Stelle an mir getroffen, denn ich war mit meinen Gefühlen beteiligt.

Natürlicherweise versuchte ich meinen Ärger an Wolfe auszulassen. Ich trat an seinen Schreibtisch, nahm das Päckchen in die Hand, faltete das Papier auseinander und legte den Inhalt säuberlich vor ihm aus: zwei Eindollarnoten, vier Vierteldollarstücke, neun Zehner und acht Fünfer.

»Stimmt«, verkündete ich. »Vier Dollar und dreißig Cent. Herzlichen Glückwunsch! Nach Abzug von Einkommensteuer und zehn Prozent für Spesen – für den Anruf bei Stebbins gestern – bleibt gerade noch soviel übrig ...«

»Seien Sie still!« fuhr er mich an. »Wollen Sie es ihr morgen wieder zustellen?«

»Das will ich nicht. Weder morgen noch überhaupt irgendwann. Sie wissen nur zu gut, daß das unmöglich ist.«

»Geben Sie's dem Roten Kreuz!«

»Geben *Sie's* doch!« Ich blieb fest. »Kann sein, daß sie nie wiederkommt, aber wenn sie doch wiederkommt und mich fragt, was wir mit Pits Geld gemacht haben, dann möchte ich nicht sagen, wir hätten es dem Roten Kreuz gegeben, und ich möchte auch nicht lügen müssen.«

Er schob das Geld fort, auf die andere Seite des Schreibtischs, zu mir herüber. »Sie haben ihn doch hier ins Haus gebracht.«

»Das Haus gehört Ihnen. Sie haben ihn mit Keks gefüttert.«

Damit blieb das in der Schwebe. Wolfe griff nach seinem Buch, das aufgeschlagen am anderen Ende seines Schreibtisches lag, drehte sich um, manövrierte seine Siebenteltonne in eine bequeme Stellung und begann zu lesen. Ich ging an meinen Schreibtisch und setzte mich, und während ich so tat, als ob ich die gestrigen Berichte von Saul und Fred und Orrie durcharbeitete, überdachte ich die Lage.

Ein wenig später zog ich mir die Schreibmaschine heran, spannte Papier ein und hämmerte auf den Tasten herum. Der erste Entwurf hatte noch ein paar Schönheitsfehler, die ich ausbesserte, und dann tippte ich es auf einem neuen Blatt noch einmal ab. Diesmal schien es mir gelungen. Ich drehte mich zu Wolfe um und verkündete: »Ich hab' einen Vorschlag.«

Er las seinen Absatz zu Ende, einen langen Absatz offenbar, ehe er mir einen Blick gönnte. »Nun denn?«

»Wir sitzen jetzt mit diesem Geld da und müssen damit was anfangen. Vielleicht wissen Sie noch, daß Sie Pit erzählt haben, es käme nicht so sehr darauf an, ein Honorar zu verdienen, als darauf, daß man das Gefühl hat, es verdient zu haben. Ich glaube, Sie würden das Gefühl haben, dieses hier verdient zu haben, wenn Sie es alles für eine Zeitungsanzeige ausgäben, die ungefähr so lauten könnte:

›Dame mit Spinnenohrringen und Kratzwunde an Backe, die Dienstag an Kreuzung 35. Straße – Neunte Avenue vom Wagen aus Jungen aufgefordert hat, die Polizei zu holen, wird um Nachricht gebeten an Nero Wolfe, Adresse Telefonbuch.‹«

Ich schob ihm den Bogen über den Schreibtisch zu. »In der *Times* langt das Honorar vielleicht nicht ganz dafür, aber ich will gern einen oder zwei Dollar drauflegen. Ich halte das für eine glänzende Idee. Auf diese Weise wird Pits Geld für Pit ausgegeben. Außerdem werden Cramer und Stebbins sich ärgern, und Stebbins hat's verdient. Und da die Chancen, daß auch nur ein Körnchen dabei 'rauskommt, nicht mal eins zu einer Million stehen, setzen Sie sich dabei auch nicht dem Risiko irgendwelcher Arbeit oder sonstiger Verwicklungen aus. Schließlich aber – und das ist nicht der geringste Vorteil – kommt Ihr Name dadurch in die Zeitung. Wie finden Sie das?«

Er ergriff das Blatt und ließ mit aufwärts gekehrter Nase seinen Blick darüber gleiten. »Gut denn«, stimmte er verdrießlich zu. »Ich hoffe nur, Sie lassen sich das eine Lehre sein.«

3

Der Sohn des Eisenwarenfabrikanten wurde am nächsten Tag, Donnerstag nachmittag, endlich ausfindig gemacht und geschnappt. Da wir aus einer Reihe von Gründen diese Angelegenheit besonders diskret behandeln mußten – so diskret, daß er gar kein Eisenwarenfabrikant war und auch gar nicht in Youngstown wohnte –, kann ich mit Einzelheiten nicht aufwarten. Aber eine Bemerkung will ich mir erlauben: Wenn Wolfe das Gefühl hatte, das Honorar verdient zu haben, das er diesem Burschen abgeknöpft hatte, so hat noch nie ein Ego sich einer schwereren Probe gegenübergesehen.

Der Donnerstag war also ein wenig hektisch und ließ keine Zeit, die Frage zu erwägen, ob Pit vielleicht noch unter den Lebenden hätte weilen können, wenn wir anders an den Fall herangegangen wären, den er mit uns hatte teilen wollen. Ein Detektiv findet oft genug Gelegenheiten zu solchen Erwägungen, und obgleich es einem nichts nützt, sich davon unterkriegen zu lassen, kann es doch nicht schaden, sich ab und zu die Zeit zum Bilanzmachen zu nehmen.

Es war am Mittwoch abend zu spät gewesen, um die Anzeige noch in die Donnerstagszeitung zu bekommen. Freitag früh mußte ich mir ein paarmal eins grinsen.

Als ich die zwei Treppen von meinem Schlafzimmer herunterkam und in die Küche trat, schlug ich, nachdem ich Fritz begrüßt hatte, als erstes die Anzeigen in der *Times* auf, um mir die unsere anzusehen. Das war ein Grinsen wert. Die Anzeige war ohne Bedeutung, sowohl beruflich wie persönlich, denn die Chance, daß jemand sich darauf meldete, war sogar noch geringer als eins zu einer Million, wie ich geschätzt hatte.

Das zweite Grinsen kam später, als ich mit Maissemmeln und Würstchen beschäftigt war – das Frühstückstablett für Wolfe hatte Fritz programmgemäß zu ihm hinaufgebracht – und die *Times* vor mir auf dem Gestell lag. Das Telefon klingelte, und ich riß beinahe meinen Stuhl um, als ich aufsprang, um hinzulaufen. Es war nicht etwa jemand, der sich auf die Anzeige meldete. Ein Mensch in Long Island wollte wissen, ob wir ihm drei blühende Pflanzen von der *Vanda caerulea* abgeben könnten. Ich sagte ihm, wir verkauften keine Pflanzen und außerdem blühe die *Vanda* im Mai gar nicht.

Aber Pits Fall kam doch noch vor dem Mittagessen wieder auf uns zu, und zwar nicht durch die Anzeige. Wolfe war gerade aus dem Treibhaus ins Büro heruntergekommen und hatte sich an seinem Schreibtisch niedergelassen, um die Morgenpost durchzusehen, da klingelte es an der Tür. Als ich in den Flur kam und durch den Spion den Besucher sah, brauchte ich nicht erst an die Tür zu gehen, um ihn zu fragen, was er wolle. Dieser Gast wollte stets Wolfe sprechen, und da er Schlag elf Uhr ankam, war das vollkommen sicher. Ich wandte mich um und sagte zu Wolfe: »Kriminalkommissar Cramer.«

Er sah mich ärgerlich an. »Was will er denn?«

»Soll ich ihn fragen?«

»Ja. Nein. Gut denn.«

Ich ging hin und ließ ihn ein. Aus dem Ton, in dem er einen Gruß hinknurrte, sofern man das einen Gruß nennen konnte, und aus seinem Gesichtsausdruck ließ sich leicht ersehen, daß er nicht gekommen war, um Wolfe einen Orden zu überbringen. Cramers großes rotes Gesicht und seine stämmige Figur lösen niemals freundschaftliche Gefühle aus, aber er hat seine guten und seine schlechten Tage, und heute war gewiß kein guter. Er ging vor mir her ins Büro, begrüßte Wolfe so, wie er mich begrüßt hatte, ließ sich in den roten Ledersessel sinken und schoß Wolfe einen kalten Blick zu.

»Warum haben Sie diese Anzeige in die Zeitung gesetzt?« verlangte Cramer zu wissen.

Wolfe wandte sich von ihm ab und fingerte in dem kleinen Stoß der Briefe auf seinem Schreibtisch herum, die gerade den Umschlägen entnommen waren. »Archie«, sagte er, »dieser Brief von Jordan ist doch grotesk. Er weiß ganz genau, daß ich die *Brassavola* nicht zu Kreuzungen zwischen drei Gattungen verwende. Er verdient keine Antwort, aber er soll eine haben. Schreiben Sie: ›Sehr geehrter Mr. Jordan! Es ist mir bekannt, daß Sie Mißerfolge mit . . .‹«

»Sparen Sie sich das!« schnarrte Cramer. »Na ja, freilich, eine Anzeige in die Zeitung zu setzen ist kein Verbrechen, aber ich habe eine manierliche Frage gestellt.«

»Nein«, sagte Wolfe mit Bestimmtheit. »Eine manierliche?«

»Dann drücken Sie's aus, wie's Ihnen paßt! Sie wissen doch, was ich wissen will. Wie soll ich die Frage denn stellen?«

»Zunächst wäre es erforderlich, daß Sie mich darüber aufklären, warum Sie das wissen wollen.«

»Weil ich glaube, daß Sie jemanden decken oder etwas verschweigen, was mit einem Mordfall in Zusammenhang steht. Was bekanntlich schon vorgekommen ist. Nach dem, was Sie Stebbins gestern gesagt haben, geht der Tod des Jungen Sie nichts an, und Sie haben auch keinen Klienten. Dann würden Sie aber keinen roten Heller dafür ausgeben – Sie nicht! – und würden gewiß keine Recherchen anfangen, die Sie ein Stückchen von Ihrer Energie kosten könnten. Ich hätte Sie geradeaus fragen können, wer Ihr Klient ist; aber nein, ich halte mich an die simple Frage, warum Sie diese Anzeige aufgegeben haben. Wenn es keine manierliche Frage ist, dann haben Sie vielleicht Manieren genug, mir zu antworten.«

Wolfe sog hörbar Luft ein und ließ sie wieder ausströmen. »Archie, bitte sagen Sie es ihm!«

Ich tat ihm den Gefallen. Ich brauchte nicht lange dazu, da er ja bereits Stebbins' Bericht gehört hatte und ich lediglich zu erklären brauchte, wie wir zu dem Entschluß gekommen waren, Pits Geld anzulegen, auf das ich aus eigener Tasche noch 1,85 Dollar draufgelegt hatte.

Während ich sprach, waren Cramers harte graue Augen auf mich gerichtet. Ich hatte diesen Augen schon oft gegenüberstehen und mich dabei stur stellen oder etwas verbergen oder ausweichen müssen, so daß sie mich durchaus nicht irritierten, als ich nun bloß klipp und klar etwas zu berichten hatte.

Nachdem er ein paar Fragen gestellt und beantwortet bekommen hatte, lenkte er den Blick auf Wolfe und fragte unvermittelt: »Haben Sie von einem Mann namens Matthew Birch mal was gehört?«

»Ja«, sagte Wolfe kurz.

»Ach, das haben Sie also!« Für einen Sekundenbruchteil zeigte sich ein Schimmer in den grauen Augen. »Ich möchte mich möglichst manierlich ausdrücken. Würden Sie mir freundlicherweise verraten, wo und wann das war?«

»Aber bitte. Vorgestern, am Mittwoch, in der *Gazette*. Wie Sie wissen, verlasse ich dieses Haus aus beruflichen Gründen nie und auch zu sonstigen Zwecken so selten wie nur irgend möglich; ich bin also darauf angewiesen, mich durch Zeitungen und Rundfunk über die Angelegenheiten und Unternehmungen meiner Mitmenschen zu orientieren. Nach einer Meldung ist die Leiche eines Mannes namens Matthew Birch Dienstag nacht, oder vielmehr Mittwoch gegen drei Uhr früh, in einem steingepflasterten Durchgang neben einem Pier an der South Street aufgefunden worden. Man nahm an, er sei von einem Wagen überfahren worden.«

»Also, ich will mir Mühe geben, es richtig auszudrücken. Haben Sie, abgesehen von Zeitungs- oder Rundfunknachrichten über seinen Tod, jemals etwas von ihm gesehen oder gehört?«

»Nicht unter diesem Namen.«

»Verdammt noch mal – unter einem anderen Namen denn?«

»Meines Wissens nicht.«

»Haben Sie irgendwelchen Grund zu der Annahme oder dem Verdacht, daß der in dem Durchgang aufgefundene Mann jemand gewesen ist, von dem Sie mal in irgendeinem Zusammenhang etwas gesehen oder gehört haben?«

»Das läßt sich schon eher hören«, sagte Wolfe befriedigt. »Das dürfte eindeutig sein. Die Antwort lautet: nein. Darf ich eine Frage stellen? Haben Sie irgendwelchen Grund zu der Annahme oder dem Verdacht, daß die Antwort ja lauten würde?«

Cramer entgegnete nichts. Er beugte den Kopf vor, bis sein Kinn den Knoten seiner Krawatte berührte, stülpte die Lippen vor, musterte mich lange und wandte sich dann wieder Wolfe zu. Er begann: »Ich werde Ihnen sagen, warum ich gekommen bin. Der Junge hat Ihnen doch durch seine Mutter ausrichten lassen, es hätte ihn jemand erwischt. Dazu kommt, daß der

Wagen, der doch vor der Kreuzung stand, plötzlich über ihn weggefahren und dann abgesaust ist. Das alles hat schon nicht gerade wie ein Unfall ausgesehen, aber nun gibt es noch Komplikationen, und wenn ich feststelle, daß Sie mit einer komplizierten Affäre auch nur von ferne zu tun haben, will ich eben ganz genau wissen, wo und wie Sie da hineingekommen sind – und wie weit das bei Ihnen geht.«

»Ich habe nach Gründen gefragt, nicht nach irgendwelchen Animositäten.«

»Um Animositäten handelt es sich nicht. Die Komplikation sieht folgendermaßen aus: Der Wagen, der den Jungen überfahren hat, ist gestern früh in der 186. Straße parkend gefunden worden. Dieses falsche Kennzeichen aus Connecticut war noch dran. Die Laborleute haben den ganzen Tag daran gearbeitet. Sie haben einwandfrei festgestellt, daß der Junge damit überfahren worden ist. Aber nicht nur das, unten dran, fest zwischen einer Achse und einem Federlager eingeklemmt, haben sie ein handgroßes Stück Stoff gefunden. Dieses Stück Stoff war der Fetzen, der in der Jacke fehlte, mit der die Leiche von Matthew Birch bekleidet war. Das Labor sucht nach weiteren Beweisen, daß Birch mit diesem Wagen überfahren worden ist, aber ich kann schließlich zwei und zwei zusammenzählen und brauche das nicht. Sie vielleicht?«

Wolfe war geduldig. »Als Arbeitshypothese, sofern ich an dem Fall arbeitete – nein.«

»Das ist der springende Punkt. Sie arbeiten nämlich *doch daran*! Sie haben diese Anzeige aufgegeben.«

Wolfe schüttelte langsam den Kopf, um seine beherrschte Langmut zu unterstreichen. »Ich will einmal als gegeben annehmen, daß ich zu Ablenkungsmanövern fähig bin und daß ich Sie gelegentlich getäuscht und genasführt habe. Sie wissen jedoch, daß ich über die Plumpheit einer direkten Lüge erhaben bin. Ich versichere Ihnen, daß die Angaben, die wir Ihnen in dieser Angelegenheit gemacht haben, vollständig und ohne Hintertürchen sind, daß ich keinen Klienten habe, der in irgendeiner Weise damit in Zusammenhang steht, und daß ich mich mit der Sache nicht befasse und auch nicht die Absicht dazu habe. Ich bin durchaus Ihrer . . .«

Das Klingeln des Telefons unterbrach ihn. Ich nahm den Anruf an meinem Schreibtisch entgegen. »Hier Büro Nero Wolfe. Archie Goodwin am Apparat.«

»Kann ich bitte Mr. Wolfe sprechen?« Es war eine weibliche Stimme, leise und nervös.

»Ich will mal sehen, ob ich ihn erreichen kann. Wie ist Ihr Name?«

»Mein Name würde ihm nichts sagen. Ich möchte gern persönlich mit ihm sprechen – es handelt sich um seine Anzeige in der heutigen *Times*. Ich möchte mich bei ihm anmelden.«

Ich behielt meinen beiläufigen Ton bei. »Ich mache die Anmeldungen für ihn. Möchten Sie mir bitte Ihren Namen sagen?«

»Ich würde es lieber – erst wenn ich komme. Kann ich wohl um zwölf Uhr kommen?«

»Bleiben Sie bitte einen Augenblick am Apparat!« Ich sah auf meinem Schreibtischkalender nach und schlug ein Blatt in der nächsten Woche auf. »Ja, das wird gehen, wenn Sie pünktlich sind. Die Adresse haben Sie?«

Sie bejahte. Ich legte auf, wandte mich an Wolfe und teilte ihm mit: »Einer, der sich wahrscheinlich die Orchideen ansehen will. Ich werde das wie immer behandeln.«

Wolfe fuhr zu Cramer gewandt fort: »Ich bin durchaus Ihrer Auffassung, daß die Anhaltspunkte, wonach der Junge und Matthew Birch mit dem gleichen Wagen überfahren worden sind, eine beachtenswerte Komplikation darstellen, doch gerade dies dürfte für Sie den Fall vereinfachen. Wenn auch das Nummernschild nicht brauchbar ist, so können Sie doch gewiß die Spur des Wagens selbst verfolgen.«

Cramers Miene hatte wieder den starren, kalten Ausdruck angenommen, wie zu Anfang. »Ich habe Sie noch nie für einen plumpen Lügner gehalten«, stellte er fest. »Plump habe ich Sie noch nie erlebt.« Er erhob sich. In Wolfes Gegenwart legte er immer Wert darauf, sich nur mit der Kraft seiner Beinmuskeln aus einem Sessel zu erheben, weil Wolfe Hände und Arme zu Hilfe nahm. »Nein«, sagte er, »plump nicht«, und drehte sich um und marschierte hinaus.

Ich ging in den Flur, wartete, bis die Tür sich hinter ihm geschlossen hatte, und kehrte dann ins Büro zurück.

»Der Brief an Mr. Jordan«, begann Wolfe von neuem.

»Ja, Mr. Wolfe.« Ich griff zu meinem Block. »Aber zuerst – ich sage immer noch, daß die Chance eins zu einer Million war, aber dieses eine Millionstel ist diesmal eingetreten. Das am Telefon eben war nämlich eine Frau – wegen der Anzeige. Ihren Namen hat sie nicht gesagt, und weil Besuch da war, hab' ich sie auch nicht drängen wollen. Sie hat sich für heute mittag angemeldet.«

»Bei wem?«

»Bei Ihnen.«

Seine Lippen preßten sich zusammen. Er ließ sie wieder locker. »Archie! Das geht einfach zu weit.«

»Das weiß ich nur zu gut. Aber in Anbetracht der Tatsache, daß Cramer sich so wenig manierlich benommen hat, habe ich gedacht, es wäre vielleicht gar nicht übel, ein bißchen mit ihr plaudern zu können, ehe wir ihn anrufen, damit er sie abholen kommt.« Ich warf einen Blick auf die Wanduhr. »Sie wird in zwanzig Minuten hier sein – falls sie kommt.«

Er brummte. »›Sehr geehrter Mr. Jordan . . .‹«

4

Sie kam. Sie nahm sich in dem roten Ledersessel wesentlich dekorativer aus als Kriminalkommissar Cramer oder überhaupt weitaus die meisten der Insassen, die ich darin erlebt hatte. Aber nervös war sie! Schon an der Tür, als ich aufgemacht und sie hereingebeten hatte, dachte ich, sie würde umkehren und ausreißen, und fast tat sie es auch, aber schließlich brachte sie es doch über sich, die Füße über die Schwelle zu setzen und sich von mir ins Büro geleiten zu lassen.

Der Kratzer an ihrer linken Backe, der schräg zur Ecke des Mundes hinablief, war schwach, fiel auf ihrer glatten hellen Haut aber doch auf, und es war kein Wunder, daß unserm Pit, als er ihr Gesicht unmittelbar vor sich hatte, die Spinnenohrringe ins Auge gefallen waren. Ich war gleich ihm der Meinung, daß sie aus Gold seien, und sie fielen genauso auf wie der Kratzer. Trotz des Kratzers und der Ohrringe und der nervösen Fahrigkeit paßte der rote Ledersessel gut zu ihr. Sie war ungefähr in meinem Alter, was nicht gerade ideal war, aber ich habe nichts gegen Reife, sofern es nicht Überreife ist.

Als Wolfe sie nicht allzu knurrig gefragt hatte, womit er ihr dienen könne, öffnete sie ihre Handtasche und nahm zwei Blätter Papier heraus. Die Handtasche war aus weichem grünen Wildleder, genau wie die Jacke, die sie über einem dunkelgrünen Wollkleid trug, und auch das schicke flache Hütchen, das schief auf ihrem Kopf saß. Es war eine blendende Kombination.

»Dies«, sagte sie, »ist nur Ihre Anzeige, aus der Zeitung ausgeschnitten.« Sie steckte sie in die Tasche zurück. »Dies hier ist ein Scheck über fünfhundert Dollar, auf Ihren Namen ausgestellt.«

»Würden Sie ihn mir bitte zeigen?«

»Ich – nein, noch nicht. Es steht mein Name drauf.«

»Das kann ich mir wohl denken.«

»Ich möchte Ihnen – einige Fragen stellen, ehe ich Ihnen meinen Namen nenne.«

»Was für Fragen?«

»Nun, ich – wegen des Jungen. Ich meine den Jungen, den ich gebeten habe, einen Polizisten zu holen.« Ihre Stimme wäre durchaus nicht übel gewesen, ja, ich hätte sie vielleicht sogar sehr sympathisch gefunden, wenn sie nicht so zittrig gewesen wäre. Sie wurde immer noch nervöser statt ruhiger. »Ich möchte ihn sprechen. Können Sie mir Gelegenheit verschaffen, ihn zu sprechen? Oder es würde auch ... Geben Sie mir doch einfach seinen Namen und seine Adresse. Ich glaube, das wäre vielleicht schon genug für die fünfhundert Dollar – ich weiß, Sie sind teuer. Oder vielleicht möchte ich auch ... Aber sagen Sie mir erst mal das!«

Wolfe richtete seine Augen, wenn sie offen waren, stets direkt auf den Menschen, mit dem er sprach, doch es war mir aufgefallen, daß er diesen Gast besonders scharf musterte. Er wandte sich an mich: »Archie! Betrachten Sie diesen Kratzer aus der Nähe!«

Ich stand auf, um seine Weisung zu befolgen. Sie hatte mehrere Möglichkeiten: entweder sitzen zu bleiben und mich nachsehen zu lassen oder das Gesicht mit den Händen zu bedecken oder aufzustehen und zu gehen. Aber ehe sie noch Zeit hatte, sich zu entscheiden, war ich schon da und beugte mich nieder, so daß meine Augen nur eine Spanne von ihrem Gesicht entfernt waren.

Sie setzte dazu an, etwas zu sagen, unterdrückte es dann aber, als ich mich aufrichtete und Wolfe mitteilte: »Stammt von einem Gegenstand mit feiner, scharfer Spitze. Es kann eine Nadel gewesen sein, aber eher wohl die Spitze von einer kleinen Schere.«

»Wann?«

»Wahrscheinlich heute, es kann aber auch gestern gewesen sein. Vor drei Tagen jedenfalls nicht.« Ich blieb neben ihr stehen.

»Das ist eine Unverschämtheit!« platzte sie heraus. Sie fuhr aus dem Sessel hoch. »Ich bin bloß froh, daß ich Ihnen meinen Namen nicht genannt habe!« Sie hätte nicht hinaussausen können, ohne durch mich hindurchzusausen.

»Unsinn.« Wolfe war kurz angebunden. »Sie wären auf keinen Fall in der Lage gewesen, mich zu täuschen, auch ohne den Kratzer als Kennzeichen – es sei denn, Sie hätten sich auf Ihre Rolle ganz überragend gut vorbereitet. Beschreiben Sie den Jungen! Beschreiben Sie die anderen Insassen des Wagens! Um welche Zeit ist es geschehen? Was hat der Junge gesagt? Was hat er getan, ganz genau? Und so weiter. Was Ihren Namen angeht, so steht es nicht mehr in Ihrem Belieben, ob Sie ihn nennen wollen oder nicht. Mr. Goodwin nimmt Ihre Handtasche, nötigenfalls mit Gewalt, und untersucht ihren Inhalt. Wenn Sie dagegen aufbegehren – wir sind zwei zu eins. Nehmen Sie Platz, meine Dame!«

»Das ist niederträchtig!«

»Nein. Es ist unsere ganz verständliche Reaktion auf Ihren Versuch, uns schlechtes Theater vorzuspielen. Was wir tun, ist keine Freiheitsberaubung, aber wenn Sie gehen, hinterlassen Sie uns Ihren Namen. Nehmen Sie wieder Platz, und wir wollen die Angelegenheit erörtern. Aber erst den Namen!«

Es mag von ihr zu optimistisch gewesen sein, sich einzubilden, sie könne in Nero Wolfes Büro hineinschneien und ihn für dumm verkaufen, aber dumm war sie nicht. Sie stand da und überdachte die Situation. Alle Anzeichen von Nervosität waren von ihr abgefallen. Als sie zu einem Schluß gekommen war, machte sie ihre Handtasche auf und holte einen Gegenstand heraus, den sie Wolfe vorwies: »Mein Führerschein.«

Er nahm ihn, warf einen Blick darauf und reichte ihn ihr zurück, und sie setzte sich hin. »Ich bin Laura Fromm«, sagte sie, »Witwe von Damon Fromm. Meine New Yorker Anschrift ist 68. Straße Ost, Nummer 743. Am Dienstag habe ich in der 35. Straße vom Wagen aus einen Jungen gebeten, einen Polizisten zu holen. Aus Ihrer Annonce habe ich entnommen, daß Sie mich mit dem Jungen in Verbindung bringen können, und ich werde Sie dafür honorieren.«

»Sie geben also nicht zu, daß das ein Täuschungsversuch ist?«

»Keineswegs.«

»Um welche Zeit war es?«

»Das spielt doch keine Rolle.«

»Womit war der Junge beschäftigt, als Sie ihn angeredet haben?«

»Das ist doch auch gleichgültig.«

»Wie weit war der Junge entfernt, als Sie ihn angeredet haben, und mit welcher Lautstärke haben Sie gesprochen?«

Sie schüttelte den Kopf. »Ich werde auf keine dieser Fragen Antwort geben. Weshalb auch?«

»Aber Sie bleiben dabei, daß Sie den Wagen gefahren und den Jungen aufgefordert haben, einen Polizisten zu holen?«

»Ja.«

»Dann sitzen Sie in der Patsche. Die Polizei will Sie wegen eines Mordes verhören. Am Mittwoch ist der Junge mit einem Wagen totgefahren worden. Absichtlich.«

Sie riß verstört die Augen auf: »Was?«

»Es war derselbe Wagen. Derselbe, den Sie am Dienstag gefahren haben, als der Junge mit Ihnen sprach.«

Sie öffnete den Mund und schloß ihn wieder. Dann bekam sie einen Satz heraus: »Das glaube ich nicht.«

»Sie werden es schon glauben müssen. Auf der Polizei wird man Ihnen auseinandersetzen, woher man weiß, daß es derselbe Wagen war. Es besteht kein Zweifel daran, Mrs. Fromm.«

»Ich meine, die ganze Geschichte – Sie saugen sich das aus den Fingern. Das ist ja – noch mehr als niederträchtig.«

Wolfe machte eine Kopfbewegung. »Archie, holen Sie die gestrige *Times!*«

Ich ging zu dem Regal, wo wir die Zeitungen aufbewahren, bis sie eine Woche alt sind. Während ich wieder zu Laura Fromm hinüberging, schlug ich die Zeitung auf Seite acht auf, legte sie zusammen und reichte sie ihr hin. Ihre Hand zitterte ein wenig, als sie sie ergriff, und um sie beim Lesen ruhiger zu halten, nahm sie die andere Hand zu Hilfe.

Sie ließ sich zum Lesen Zeit. Als sie ihre Augen wieder hob, sagte Wolfe: »Aus dem da ist zwar nicht zu ersehen, daß Pit Drossos der Junge war, an den Sie sich am Dienstag gewandt haben. Mir brauchen Sie das auch nicht aufs Wort zu glauben, aber die Polizei wird es Ihnen schon mitteilen.«

Ihre Augen schossen hin und her, von Wolfe zu mir und wieder zurück, und blieben dann an mir hängen. »Ich möchte –

kann ich einen Schluck Gin haben?« Sie ließ die Zeitung zu Boden fallen. Ich hob sie auf und fragte: »Pur?«

»Das wäre schön. Oder einen Martini?«

»Mit einer Olive?«

»Nein. Nein, danke. Aber einen doppelten.«

Ich ging in die Küche, um die Ingredienzen und Eis zu holen. Beim Umrühren überlegte ich mir, daß sie Pech hatte. Wenn sie sich von Wolfe Unterstützung erhoffte, hätte sie nicht um Gin bitten dürfen, denn nach seiner Überzeugung waren alle Gintrinker Barbaren. Aus diesem Grunde wahrscheinlich saß er, als ich das Tablett hereinbrachte und auf das Tischchen neben dem Sessel stellte, mit geschlossenen Augen zurückgelehnt da.

Ich schenkte ein und reichte ihr das Glas. Zuerst nahm sie einen tüchtigen Schluck, dann ein paar kleine Schlückchen, und dann nahm sie noch einmal einen tüchtigen. Währenddessen hielt sie die Augen gesenkt, wahrscheinlich, damit ich nicht durch sie hindurch in ihre Gedanken hineinschauen könne. Endlich leerte sie das Glas zum zweitenmal, setzte es auf das Tablett und sprach: »Also hat doch ein Mann am Steuer gesessen, als der Junge überfahren worden ist.«

Wolfe schlug die Augen auf. »Das Tablett, Archie!«

Der Geruch von Gin, besonders eine halbe Stunde vor dem Essen, war natürlich widerwärtig. Ich brachte das gräßliche Zeug in die Küche und kam wieder zurück.

». . . aber obwohl dies freilich noch keinen schlüssigen Beweis darstellt«, sagte Wolfe gerade, »da man Sie in Männerkleidung für einen Mann halten könnte, sofern Sie sich genauerer Betrachtung entzögen, gebe ich zu, daß es durchaus von Belang ist. Jedenfalls, ich nehme nicht an, daß Sie den Jungen totgefahren haben. Ich sage Ihnen lediglich, daß Sie nun einmal Ihre Finger in die Angelegenheit gesteckt haben, indem Sie sich durch jene Anzeige hierher zu mir locken ließen und sich zu diesem Zweck mit den Ohrringen und dem falschen Kratzer ausstaffiert haben, und wenn Sie darauf beharren, daß Sie den Wagen am Dienstag gefahren haben, so qualifizieren Sie sich damit unverkennbar als schwachsinnig.«

»Ich habe ihn nicht gefahren.«

»Na also! Wo waren Sie am Dienstag nachmittag von halb sieben bis sieben?«

»Bei einer Sitzung des Exekutivausschusses der Union zur

Unterstützung von Einwanderern, die bis nach sieben gedauert hat. Das ist eine Wohltätigkeitsorganisation, um die mein Mann sich gekümmert hat, und ich führe das fort.«

»Wo waren Sie am Mittwoch nachmittag von halb sieben bis sieben?«

»Was hat das ... Ach so! Der Junge ist doch ... Ja. Das war vorgestern.« Sie hielt inne, aber nicht lange. »Ich war mit einem Bekannten im ›Churchill‹ beim Cocktail.«

»Wie heißt der Bekannte, bitte?«

»Das ist doch lächerlich!«

»Das weiß ich. Beinahe ebenso lächerlich wie dieser Kratzer an Ihrer Backe.«

»Dennis Horan heißt der Bekannte. Er ist Rechtsanwalt.«

Wolfe nickte. »Dennoch haben Sie einige unangenehme Stunden zu gewärtigen. Ich bezweifle, daß Sie sich bewußt in einen Mordfall verstrickt haben. Ich habe einige Erfahrung im Beobachten von Gesichtern, und ich glaube nicht, daß Ihr Erschrecken gespielt war, als Sie vom Tod des Jungen hörten. Aber Sie sollten sich doch seelisch darauf vorbereiten. Sie werden es schon noch erleben. Nicht von mir. Ich frage nicht, warum Sie es mit dieser Maskerade versucht haben, denn es geht mich nichts an, aber die Polizei wird darauf bestehen. Ich werde nicht den Versuch machen, Sie hier festzuhalten, bis die Polizei kommt. Sie können gehen. Sie werden schon von ihnen hören.«

Ihre Augen waren lebhafter und ihr Kinn höher. Gin braucht nicht lange, um einen aufzumöbeln. »Ich muß durchaus nicht von der Polizei hören«, sagte sie mit ruhiger Sicherheit. »Warum denn?«

»Die Polizei wird wissen wollen, warum Sie hierhergekommen sind.«

»Ich meine – warum müssen Sie das denn der Polizei mitteilen?«

»Weil ich Angaben über Straftaten nur dann für mich behalte, wenn dies zur Wahrung meiner Interessen erforderlich ist.«

»Ich habe keine Straftat begangen.«

»Eben dafür werden die Beamten von Ihnen Beweise haben wollen, doch damit wird ihre Neugier noch nicht befriedigt sein.«

Sie sah mich an, und ich gab ihr den Blick zurück. Ich bin

zwar im Lesen von Gesichtern kein Nero Wolfe, aber auch ich habe einige Erfahrung darin, und ich schwöre, daß sie mich abzuschätzen suchte, um sich darüber klarzuwerden, ob es nicht vielleicht eine Möglichkeit gäbe, mich auf ihre Seite zu ziehen, falls sie Wolfe antwortete, er solle ihr den Buckel hinunterrutschen. Ich machte es ihr leicht, indem ich eine männlich feste und standhafte, aber nicht geradezu feindselige Miene aufsetzte.

Ich konnte es an ihrem Gesicht erkennen, daß sie mich aufgab. Da sie einsah, daß sie auf mich nicht zu hoffen brauchte, öffnete sie die grüne Wildledertasche, nahm ein ledernes Portefeuille und einen Federhalter heraus, öffnete das Portefeuille auf dem Tischchen und beugte sich darüber, um zu schreiben. Als sie geschrieben hatte, riß sie ein kleines blaues Papierrechteck heraus und erhob sich aus ihrem Sessel, um es Wolfe auf den Schreibtisch zu legen. »Das ist ein Scheck über zehntausend Dollar«, sagte sie zu ihm.

»Das sehe ich.«

»Als Honorarvorschuß.«

»Wofür?«

»Oh, ich will Sie nicht etwa bestechen.« Sie lächelte. Es war das erstemal, denn bisher hatte noch keine ihrer Reaktionen auch nur von fern an ein Lächeln erinnert, und ich nahm es denn auch gebührend zur Kenntnis. »Es sieht so aus, als ob ich sachkundige Beratung und vielleicht auch sachkundige Hilfe brauchen werde, und Sie kennen den Fall nun schon, und ich möchte nicht – ich lege keinen Wert darauf, meinen Rechtsanwalt zu Rate zu ziehen, jedenfalls im Augenblick nicht.«

»Dummes Gerede! Sie bieten mir Geld, damit ich der Polizei nichts von Ihrem Besuch verrate.«

»Nein, so ist das nicht.« Ihre Augen glänzten, aber nicht sanft. »Also meinetwegen, es ist so, aber dabei ist nichts Unrechtes. Ich bin die Witwe von Damon Fromm. Mein Mann hat mir ein großes Vermögen hinterlassen, darunter einen ansehnlichen Grundbesitz in New York. Ich habe eine gesellschaftliche Stellung und allerlei Verpflichtungen. Wenn Sie das der Polizei melden, würde ich dafür sorgen, daß ich mich mit dem Polizeipräsidenten unterhalten kann, und ich glaube nicht, daß man mich unbillig behandeln würde. Aber lieber wäre es mir doch, das zu vermeiden. Wenn Sie morgen mittag in meine Wohnung kommen, werde ich wissen, was ...«

»Ich gehe nicht zu anderen Leuten in die Wohnung.«
»Ach ja, das tun Sie ja nicht.« Sie runzelte einen Augenblick die Stirn. »Dann werde ich hierherkommen.«
»Morgen mittag um zwölf?«
»Nein, wenn es hier sein soll, wäre halb zwölf günstiger, weil ich für ein Uhr eine Verabredung habe. Bis dahin melden Sie von meinem heutigen Besuch nichts. Ich will ... Ich muß jemanden sprechen. Ich muß eine Erkundigung einziehen. Morgen werde ich Ihnen alles erzählen – nein, das will ich nicht sagen. Ich will so sagen: Wenn ich Ihnen morgen nicht alles erzähle, benachrichtigen Sie die Polizei, wenn Sie der Ansicht sind, es sei nötig. Wenn ich es Ihnen aber erzähle, werde ich Ihren Rat brauchen und wahrscheinlich auch Ihre Hilfe. Dafür ist der Honorarvorschuß gedacht.«
Wolfe brummte. Er wandte den Kopf. »Archie, ist diese Dame Mrs. Laura Fromm?«
»Ich würde sagen, ja, aber auf meinen Eid nehme ich's nicht.«
Er ging auf sie zu. »Gnädige Frau, Sie haben in einem Falle schon ein Täuschungsmanöver versucht und sind nur unter Druck davon abgegangen. Möglicherweise ist das jetzt ein zweites. Mr. Goodwin wird sich in eine Zeitungsredaktion begeben, sich Bilder von Mrs. Laura Fromm anschauen und mich von dort aus anrufen. Eine halbe Stunde dürfte ausreichen. Sie werden so lange bei mir bleiben.«
Sie lächelte von neuem. »Das ist aber wirklich lächerlich.«
»Zweifellos. Aber unter den Umständen doch wohl plausibel. Weigern Sie sich?«
»Natürlich nicht. Ich habe es mir wohl selbst zuzuschreiben.«
»Sie protestieren also nicht?«
»Nein.«
»Dann ist es nicht notwendig. Sie *sind* Mrs. Fromm. Bevor Sie gehen, eine Klarstellung und eine Frage. Die Klarstellung: Meine Entscheidung, ob ich Ihren Honorarvorschuß akzeptiere und in Ihrem Auftrag tätig werde, wird morgen fallen; im Augenblick sind Sie nicht meine Klientin. Die Frage: Wissen Sie, wer die Dame war, die am Dienstag diesen Wagen gefahren und den Jungen angesprochen hat?«
Sie schüttelte den Kopf. »Treffen Sie Ihre Entscheidung morgen, das soll mir recht sein. Aber Sie werden meinen Besuch bis dahin nicht melden?«

»Nein. Das ist abgemacht. Und meine Frage?«

»Im Augenblick beantworte ich sie nicht, weil ich es nicht kann. Ich weiß es wirklich nicht genau. Voraussichtlich werde ich morgen darauf antworten können.«

»Aber Sie glauben, Sie wissen es?« beharrte Wolfe.

»Darauf kann ich Ihnen keine Antwort geben.«

Er sah sie düster an. »Ich muß Sie warnen, Mrs. Fromm. Haben Sie jemals etwas von einem Mann namens Matthew Birch gesehen oder gehört?«

Sie gab den düsteren Blick zurück. »Nein. Wieso?«

»Ein Mann dieses Namens ist Dienstag abend tödlich überfahren worden, und zwar mit demselben Wagen, mit dem am Mittwoch Pit Drossos überfahren worden ist. Da man den Wagen selbst wohl kaum für bösartig oder rücksichtslos halten kann, muß jemand, der mit dem Wagen etwas zu tun hat, diese Eigenschaften besitzen. Ich möchte Sie vor Tollkühnheiten oder auch nur Unvorsichtigkeiten warnen. Sie haben mir so gut wie gar nichts erzählt, und ich weiß daher nicht, was für ein drohendes oder tödliches Schicksal Sie etwa herausfordern, aber ich rate Ihnen: Seien Sie auf Ihrer Hut!«

»Derselbe Wagen? Am Dienstag einen Mann überfahren?«

»Ja. Da Sie ihn nicht gekannt haben, betrifft es Sie nicht, aber ich lege Ihnen dringend nahe, vorsichtig zu sein.«

Sie saß mit düster gerunzelter Stirn da. »Ich bin schon vorsichtig, Mr. Wolfe.«

»Heute jedenfalls nicht – mit diesem albernen Zauber.«

»Oh, da täuschen Sie sich! Ich war durchaus vorsichtig. Oder habe mich jedenfalls darum bemüht.« Sie nahm das lederne Portefeuille und den Füllfederhalter vom Tisch, steckte beides wieder in ihre Handtasche und ließ sie zuschnappen. Sie stand auf. »Vielen Dank für den Martini, aber ich wünschte, ich hätte nicht darum gebeten. Das hätte ich nicht tun sollen.« Sie streckte die Hand aus.

Für gewöhnlich erhebt Wolfe sich nicht, wenn eine Dame ins Büro kommt oder sich verabschiedet. Diesmal tat er es, aber das war nicht etwa ein Zeichen besonderer Hochachtung vor Laura Fromm oder auch nur vor dem Scheck, den sie ihm auf den Schreibtisch gelegt hatte. Es war Essenszeit, und er hätte seinen massigen Körper ohnehin eine Minute später in Bewegung setzen müssen. So erhob er sich also und ergriff ihre Hand.

Natürlich war ich ebenfalls aufgestanden, um sie zur Tür zu bringen, und ich fand es furchtbar nett von ihr, daß sie auch mir die Hand gab, nachdem ich sie mit meiner unnahbaren Miene so zurückgestoßen hatte. Ich hätte sie beinahe über den Haufen gerannt, als ich hinter ihr her auf die Tür zuging und sie sich plötzlich umdrehte und zu Wolfe sagte: »Ich habe ganz zu fragen vergessen: Der Junge, Pit Drossos, stammt der aus einer Einwandererfamilie?«

Wolfe sagte, das wisse er nicht.

»Können Sie es feststellen und mir morgen Bescheid geben?« Er sagte, das könne er.

Draußen wartete ein Wagen auf sie. Anscheinend hatte das Parkplatzproblem selbst Mrs. Laura Fromm gezwungen, mit Taxis vorliebzunehmen. Als ich ins Büro zurückkam, war Wolfe nicht dort, und ich fand ihn in der Küche, wo er gerade den Deckel einer dampfenden Kasserolle lüpfte, in der Lammkoteletts mit Räucherspeck und Tomaten brutzelten. Es roch appetitanregend.

»Eines muß ich ja zugeben«, sagte ich großmütig, »Sie haben verdammt gute Augen. Aber natürlich, hübsche Frauengesichter sind für Sie so unwiderstehlich, daß der Kratzer Sie gestört hat und Sie mit den Augen daran hängengeblieben sind.«

Er überhörte meine Bemerkung. »Gehen Sie nach dem Essen auf die Bank, um den Scheck von Mr. Corliss zu hinterlegen?«

»Ja, das wissen Sie doch.«

»Dann gehen Sie auch auf Mrs. Fromms Bank und lassen Sie ihren Scheck bestätigen! Auf diese Weise wäre auch die Richtigkeit ihrer Unterschrift überprüft. Fritz, das ist noch besser als das vorige Mal. Sehr anständig!«

5

Am nächsten Tag, Samstag, war ich bereits vor Mittag über unsere zukünftige Klientin vollauf im Bilde. Zunächst erbrachten fünf Minuten, die ich mich durch die freundliche Vermittlung meines Bekannten Lon Cohen im Archiv der *Gazette* aufhielt, die Gewißheit, daß sie tatsächlich Mrs. Laura Fromm, die Witwe von Damon Fromm, war. Sie war zwischen fünf und zwanzig Millionen schwer, und da kaum anzunehmen war, daß wir je in die Lage kommen würden, ihr mehr als eine oder zwei Millionen in Rechnung zu stellen, ging ich diesem Punkt nicht weiter nach. Ihr Mann, der etwa zweimal so alt gewesen war wie sie, war vor zwei Jahren einem Herzinfarkt erlegen und hatte ihr all das hinterlassen. Keine Kinder. Sie war eine geborene Laura Atherton, stammte aus einer außerordentlich soliden und wohlangesehenen Bürgerfamilie in Philadelphia und war bei Fromms Tode sieben Jahre mit ihm verheiratet gewesen.

Fromm selbst hatte ein kleines Häufchen geerbt und einen Berg daraus gemacht, hauptsächlich in der chemischen Industrie. Seine Stiftungen für verschiedene Organisationen hatten zur Folge gehabt, daß bei der Nachricht von seinem Tod eine ganze Reihe von Komiteevorsitzenden, Geschäftsführern und Geschäftsführerinnen ein ebenso starkes wie verständliches Interesse an den Bestimmungen seines Testaments zeigten, aber bis auf einige wenige bescheidene Legate war alles an seine Witwe gefallen. Sie hatte jedoch die Stiftungen fortgesetzt und auch ihre Zeit und Kraft großzügig zur Verfügung gestellt, wobei sie besondere Aufmerksamkeit der ›Unim‹ widmete – so lautete die Telegrammadresse der ›Union zur Unterstützung illegaler Immigranten‹, und so wurde diese Stiftung auch gewöhnlich von Leuten bezeichnet, die mit ihrem Atem knauserten.

Wenn ich den Eindruck erweckt haben sollte, ich hätte viele Stunden mit gründlichen Recherchen verbracht, so muß ich das richtigstellen. Nachdem ich im Archiv der *Gazette* nachgeschlagen hatte, erfuhr ich in einem viertelstündigen Gespräch mit Lon Cohen alles oben Mitgeteilte, bis auf einen Punkt, über den unsere Bank mich informierte. Daß Lon etwa herumerzählte, Nero Wolfe orientiere sich über Mrs. Laura Fromm, war nicht zu befürchten, da wir ihm mindestens ebenso viele gute Tips für Artikel zugeschanzt hatten wie er uns Informationen.

Samstag vormittag, ein Viertel vor zwölf, saß Wolfe an seinem Schreibtisch, und ich stand an seiner Seite und überprüfte mit ihm noch einmal die Aufstellung der Spesen bei unserer Arbeit für Corliss, den Eisenwarenfabrikanten. Wolfe glaubte, einen Fehler von zwanzig Dollar darin gefunden zu haben, und ich hatte ihm zu beweisen, daß er sich täusche. Es ging *remis* aus. Zwanzig Dollar, die ich Orrie Cather zu Lasten gebucht hatte, hätten bei Saul Panzer gebucht werden müssen, so daß es eins zu null gegen mich stand; aber in der Endsumme spielte das keine Rolle, so daß wir quitt waren. Als ich die Papiere zusammenraffte und zum Aktenschrank hinüberging, warf ich einen Blick auf meine Armbanduhr. Eine Minute vor zwölf.

»Neunundzwanzig Minuten nach halb zwölf«, bemerkte ich. »Soll ich sie anrufen?«

Er gab ein verneinendes Murmeln von sich, und ich holte das Scheckbuch aus dem Safe, um einige Haushaltsrechnungen zu begleichen, während Wolfe das Radio an seinem Schreibtisch anknipste, um die Zwölf-Uhr-Nachrichten zu hören. Während ich dasaß und die Schecks ausschrieb, nahm ich halb auf, was meine Ohren hörten:

»Die bevorstehende Konferenz der führenden Staatsmänner Amerikas, Großbritanniens und Frankreichs, die bis zuletzt noch in Frage gestellt schien, wird voraussichtlich programmgemäß zustande kommen ...

Die Leiche von Mrs. Laura Fromm, einer begüterten Dame der New Yorker Gesellschaft, die gleich ihrem verstorbenen Gatten Damon Fromm durch die Förderung philanthropischer Unternehmungen bekannt geworden ist, wurde heute in den frühen Morgenstunden in einem Durchgang zwischen den Pfeilern der im Bau befindlichen Hochautobahn am Ostufer von Manhattan aufgefunden. Nach Mitteilung der Polizei war sie von einem Wagen überfahren worden. Man glaubt nicht, daß sie einem Unfall zum Opfer gefallen ist ...

Schätzungsweise eine und eine Viertelmillion New Yorker erlebten eine eindrucksvolle Demonstration der militärischen Stärke Amerikas ...«

Wolfe drehte das Radio nicht ab. Soweit ich aus seiner Miene entnehmen konnte, hörte er tatsächlich zu. Aber als die Nachrichtensendung endete, bildete sich eine düstere Falte auf seiner Stirn, und nachdem er abgeschaltet hatte, breitete sich dieser düstere Ausdruck unaufhaltsam über sein ganzes Gesicht aus.

»Also«, sagte ich.

Es hätten sich ein Dutzend Kommentare dazu abgeben lassen, aber genutzt hätte keiner etwas. Wolfe brauchte man gewiß nicht daran zu erinnern, daß er sie vor Tollkühnheiten oder auch nur Unvorsichtigkeiten gewarnt hatte. Außerdem lud seine düstere Miene nicht gerade zu Kommentaren ein.

Nach einiger Zeit legte er die Handflächen auf die Armlehnen seines Sessels und schob sie langsam hin und her, wobei er mit schabendem Geräusch über den rauhen Bezugstoff strich. Das tat er eine Weile, dann verschränkte er die Arme und setzte sich gerade auf. »Archie!«

»Ja, Mr. Wolfe?«

»Wie lange brauchen Sie, um einen Bericht über unser Gespräch mit Mrs. Fromm zu tippen? Es braucht nicht *verbatim* zu sein. Bei Ihrem überragenden Gedächtnis brächten Sie das zwar wahrscheinlich annähernd zustande, doch ist es nicht erforderlich. Lediglich die Substanz, in angemessener Weise, so als ob Sie mir zu berichten hätten.«

»Sie können's mir ja diktieren.«

»Ich bin zum Diktieren nicht aufgelegt.«

»Irgendwas auslassen?«

»Erwähnen Sie nur, was von Bedeutung ist! Erwähnen Sie nicht, daß ich ihr mitgeteilt habe, Pit Drossos und Matthew Birch seien mit dem gleichen Wagen überfahren worden, denn dies ist ja noch nicht publik gemacht worden.«

»Zwanzig Minuten.«

»Fassen Sie es in Form einer Zeugenaussage ab, die von Ihnen und mir zu unterschreiben ist. Zwei Durchschläge. Datieren Sie es auf heute mittag zwölf Uhr. Bringen Sie dann das Original unverzüglich zu Mr. Cramer ins Büro.«

»Eine halbe Stunde. Eine unterschriebene Aussage mache ich lieber etwas sorgfältiger.«

»Gut denn.«

Ich überschritt meinen Voranschlag um keine fünf Minuten. Der Text war drei Seiten lang, und Wolfe las jede Seite, wie sie aus der Maschine kam. Er nahm keine Korrekturen vor und machte nicht einmal Bemerkungen dazu, was seine seelische Verfassung noch deutlicher verriet als seine Ablehnung, mir zu diktieren. Wir setzten beide unsere Unterschriften darunter, und ich steckte die Blätter in einen Umschlag.

»Cramer wird nicht da sein«, sagte ich zu ihm. »Und Stebbins auch nicht, da die jetzt diese Geschichte am Bein haben.«

Er meinte, ich könne es auch bei irgendeinem anderen abgeben, und ich ging los.

Ich bin nicht fremd im 10. Polizeirevier in der 20. Straße West, wo auch die Amtsräume der Mordkommission Manhattan-West untergebracht sind. An diesem Tag aber sah ich keine bekannten Gesichter, bis ich in den ersten Stock hinaufkam und an einem Schreibtisch jemanden vorfand, mit dem ich ein paar Worte zu wechseln pflegte. Ich hatte richtig vermutet: kein Cramer und kein Stebbins. Inspektor Rowcliff leitete den Bürobetrieb, und der Mann an dem Schreibtisch teilte ihm telefonisch mit, daß ich da sei und ihn sprechen wolle.

Wenn wir zu zwanzig Personen, darunter Rowcliff, dem Hungertode nahe auf einer Insel säßen und durch Abstimmung zu entscheiden hätten, wer von uns geschlachtet und am Spieß gebraten werden sollte, so würde ich nicht für Rowcliff stimmen, weil ich weiß, daß er mir schwer im Magen liegen würde. Aber im Vergleich mit seiner Meinung über mich beruht meine über ihn geradezu noch auf Sympathie. Ich war daher nicht überrascht, als er, statt mich zu sich hineinführen zu lassen, zu mir herausgestakt kam und mich anschnarrte: »Was wollen Sie?«

Ich nahm den Umschlag aus der Tasche. »Das«, sagte ich, »ist nicht etwa mein Gesuch um eine Stellung bei der Polizei, damit ich unter Ihrem Kommando Dienst tun könnte.«

»Herrgott, wenn's das wäre!« Das war so seine Redeweise.

»Es ist auch keine Vorladung . . .«

Er riß mir den Umschlag aus der Hand, nahm die darinliegenden Blätter heraus, warf einen flüchtigen Blick auf die Überschrift, schlug die dritte Seite auf und warf einen flüchtigen Blick auf die Unterschriften.

»Eine Aussage von Ihnen und Wolfe. Zweifellos ein Meisterstück. Wollen Sie eine Empfangsbestätigung?«

»Nicht unbedingt. Ich will's Ihnen vorlesen, wenn Sie das wollen.«

»Ich will nichts weiter, als Sie von hinten sehen, wenn Sie abhauen!«

Aber ohne auf die Erfüllung dieses Wunsches zu warten, machte er kehrt und stakte davon. Ich sagte zu dem Mann an dem Schreibtisch: »Notieren Sie doch bitte, daß ich den Umschlag um dreizehn Uhr sechs bei diesem Neandertaler abgeliefert habe«, und begab mich davon.

*

Als ich zu Hause anlangte, hatte Wolfe gerade mit dem Mittagessen begonnen, und ich machte mich gleich ihm an die Verarbeitung eines Sardellenomeletts. Berufliche Gespräche während der Mahlzeiten sind bei ihm verpönt, und Unterbrechungen kommen nicht in Frage. Ein weiteres Anzeichen seiner seelischen Verfassung war insofern seine Reaktion, als ich – er war gerade mit einem Feigen- und Kirschtörtchen beschäftigt – auf das Klingeln des Telefons hin ins Büro hinüberging und ihm, zurückgekehrt, berichtete: »Ein Mann namens Dennis Horan ist am Apparat. Sie wissen ...«

»Ja. Was will er?«

»Sie.«

»Wir werden in zehn Minuten bei ihm zurückrufen.«

»Er fährt weg und wird dann nicht dasein.«

Wolfe stieß nicht einmal eine Verwünschung aus. Er beeilte sich nicht gerade, aber er ging. Ich ging ebenfalls und war an dem Telefon auf meinem Schreibtisch, ehe er noch das seine erreicht hatte. Er setzte sich hin und hob den Hörer ans Ohr.

»Hier Nero Wolfe.«

»Hier ist Rechtsanwalt Dennis Horan, Mr. Wolfe. Etwas Furchtbares ist geschehen. Mrs. Laura Fromm ist tot. Überfahren.«

»Ach! Wann denn?«

»Die Leiche ist heute morgen um fünf Uhr gefunden worden.« Seine Stimme war ein dünner Tenor, der dem Piepsen nahe schien, aber das mochte auch auf den Schreck über das furchtbare Geschehnis zurückzuführen sein. »Ich war ein guter Bekannter von ihr und habe einige Angelegenheiten für sie erledigt, und ich rufe Sie wegen des Schecks über zehntausend Dollar an, den sie Ihnen gestern gegeben hat. Ist er schon hinterlegt?«

»Nein.«

»Das ist gut. Da sie jetzt tot ist, wird er natürlich nicht durchgehen. Möchten Sie ihn per Post an ihre Adresse schikken, oder wäre es Ihnen lieber, ihn mir zu schicken?«

»Weder – noch. Ich werde ihn hinterlegen.«

»Aber er geht doch gar nicht durch! Nicht eingelöste Schecks mit der Unterschrift einer verstorbenen Person werden nicht ...«

»Ich weiß. Er ist bestätigt. Er ist gestern nachmittag auf ihrer Bank bestätigt worden.«

»Ach so!« Eine ziemlich lange Pause. »Aber da sie tot ist und sich Ihrer Hilfe nicht mehr bedienen kann, da Sie also nichts für sie tun können, begreife ich nicht, wie Sie beanspruchen können – ich meine, wäre es nicht das moralisch korrekte Verhalten, wenn Sie den Scheck zurückgäben?«

»Sie sind nicht mein Mentor in Fragen moralisch korrekten Verhaltens, Mr. Horan.«

»Das behaupte ich auch nicht. Aber ich stelle Ihnen ganz unvoreingenommen und ohne jede Animosität die Frage, wie Sie es unter den gegebenen Umständen motivieren können, dies Geld zu behalten?«

»Indem ich es mir verdiene.«

»Sie haben die Absicht, es sich zu verdienen?«

»Allerdings.«

»Wie denn?«

»Das ist meine Angelegenheit. Wenn Sie sich als Vermögensverwalter Mrs. Fromms legitimieren können, bin ich bereit, diese Frage mit Ihnen zu erörtern, aber nicht jetzt am Telefon. Ich bin von jetzt bis vier Uhr oder von sechs bis sieben, oder von neun Uhr abends bis Mitternacht hier in meinem Büro zu erreichen.«

»Ich weiß nicht – ich glaube nicht – ich will mal sehen.«

Er legte auf. Wir ebenfalls. Wieder im Eßzimmer, nahm Wolfe schweigend den Rest seines Törtchens und seines Kaffees zu sich. Ich wartete, bis wir ins Büro hinübergegangen waren und er sich in seinem Sessel zurechtgesetzt hatte, ehe ich bemerkte: »Es zu verdienen wäre schön; aber die Hauptsache ist, man hat das Gefühl, es verdient zu haben. Ganz ohne Animosität gesagt – ich bezweifle, ob es wirklich schon genug ist, wenn wir bei Rowcliff diese Aussage abgegeben haben. Mein Ego juckt mich.«

»Hinterlegen Sie den Scheck!« murmelte er.

»Ja, Mr. Wolfe.«

»Wir brauchen weiteres Material.«

»Ja, Mr. Wolfe.«

»Sprechen Sie mit Mr. Cohen und besorgen Sie es!«

»Material worüber?«

»Über alles. Erkundigen Sie sich auch nach Matthew Birch, unter der Voraussetzung, daß Cohen seine Kenntnis dieses Zusammenhanges nicht erkennen lassen darf, es sei denn, die Polizei gibt es bekannt, oder er erfährt es aus anderer Quelle.

Erzählen Sie ihm nichts! Veröffentlicht mag meinetwegen werden, daß ich mit dem Fall befaßt bin, aber nichts darüber, wie meine Beteiligung daran zustande gekommen ist.«

»Kann ich ihm sagen, daß Pit zu Ihnen gekommen ist?«
»Nein.«
»Er würde uns dafür dankbar sein. Das wäre eine exklusive Reportage für ihn. Außerdem würde daraus hervorgehen, daß Ihr Ruf ...«

Er schlug mit der Faust auf den Schreibtisch, was bei ihm ein ungeheurer Aufwand war. »Nein«, donnerte er. »Mein Ruf? Soll ich denn mit Gewalt die Bemerkung herausfordern, daß es ein lebensgefährliches Risiko bedeutet, mich um Beistand anzugehen? Am Dienstag der Junge. Am Freitag die Frau. Beide sind tot. Ich will nicht, daß mein Büro in den Augen der Leute zu einem Vorzimmer der Leichenhalle wird!«

»Na ja. So was Ähnliches war mir auch schon durch den Kopf gegangen.«

»Sie haben gut daran getan, es nicht auszusprechen. Derjenige, der an all dem schuld ist, hätte gut daran getan, das alles gar nicht erst heraufzubeschwören. Wir werden Saul und Fred und Orrie brauchen; aber darum werde *ich* mich kümmern. Gehen Sie!«

Das tat ich. Ich nahm mir ein Taxi und fuhr zur Redaktion der *Gazette*. Das Empfangsmädchen im zweiten Stock, das mich nicht nur schon öfter empfangen hatte, sondern auch seit drei oder vier Jahren auf der Liste derjenigen stand, die zweimal jährlich einen Karton mit Orchideen aus Wolfes Treibhaus bekommen, sprach über das Haustelefon mit Lon und winkte mir, hineinzugehen.

Ich weiß nicht, was Lon Cohen eigentlich bei der *Gazette* ist, und ich frage mich, ob er es selbst weiß. Außen- oder Innenpolitik, Lokales und Sport, Wochentags- oder Sonntagsausgabe – er scheint überall in- und auswendig Bescheid zu wissen, ohne jemals an den Dingen arbeiten zu müssen. Sein Schreibtisch steht allein in einem etwa drei mal vier Meter großen Zimmerchen, und das ist auch gut, denn sonst hätten seine gewaltigen Füße gar keinen Platz. Von den Fußknöcheln aufwärts ist er einigermaßen normal.

Es waren zwei Kollegen bei ihm drin, als ich hereinkam, aber sie waren bald fertig und gingen. Als wir uns die Hand gaben, sagte er: »Bleiben Sie nur gleich stehen! Zwei Minuten können Sie haben.«

»So sehen Sie aus! Eine Viertelstunde reicht vielleicht.«

»Aber nicht heute. Wir stecken in dem Mordfall Fromm drin, daß uns der Kopf raucht. Sie wurden bloß deshalb 'reingelassen, weil ich von Ihnen die Nachricht freigegeben haben will, daß Nero Wolfe gestern Recherchen wegen Mrs. Fromm angestellt hat.«

»Ich glaube nicht ...« Ich ließ es in der Schwebe, während ich mir einen Stuhl heranzog und mich hinsetzte. »Nein, lieber nicht. Aber schreiben können Sie, daß er an dem Mordfall arbeitet.«

»Tatsächlich?«

»Ja.«

»In wessen Auftrag?«

Ich schüttelte den Kopf. »Der Auftrag ist mit einer Brieftaube gekommen, und er will mir's nicht verraten.«

»Ziehen Sie nur Ihre Schuhe und Socken aus, ich zünde inzwischen schon ein Zigarette an. Wenn ich die ein paarmal an Ihr zartes Fleisch halte, wird's schon reichen. Ich will den Namen des Auftraggebers wissen.«

»Die Geheime Bundespolizei.«

Er gab einen unschicklichen Laut von sich. »Bloß ganz leise, mir ins Ohr?«

»Nein.«

»Aber daß Wolfe an dem Mordfall Fromm arbeitet, das ist also frei?«

»Ja. Aber mehr nicht.«

»Und der Junge, dieser Pit Drossos? Und Matthew Birch? An denen auch?«

Ich warf ihm einen Blick zu. »Wieso das?«

»Ach, Herrgott, Wolfe hat doch durch eine Anzeige in der *Times* um ein Rendezvous mit einer Frau gebeten, die Spinnenohrringe trägt und an der Kreuzung der Neunten Avenue und der 35. Straße einen Jungen gebeten hat, einen Polizisten zu holen. Mrs. Fromm hat Spinnenohrringe getragen, und Sie sind gestern hiergewesen und haben sich nach ihr erkundigt. Was Birch angeht – die Mordmethode ist doch dieselbe. Seine Leiche ist an einer abgelegenen Stelle gefunden worden, von einem Wagen plattgewalzt, genau wie Mrs. Fromm. Ich wiederhole meine Frage.«

»Ich beantworte sie. Nero Wolfe befaßt sich mit dem Mord an Mrs. Fromm mit seiner wohlbekannten Energie, Klugheit und Bequemlichkeit. Er wird nicht ruhen, bis er den Schweinehund erwischt hat oder bis es Zeit zum Schlafengehen ist – je nachdem, was vorher kommt. Wenn Sie andere Morde erwähnen, dann müßten Sie das auf einer anderen Seite tun.«

»Und keine Querverbindung durchblicken lassen?«

»Von ihm oder mir aus jedenfalls nicht. Wenn ich Sie nach Angaben über Birch fragen sollte, dann nur, weil Sie ihn selber 'reingezogen haben.«

»Also gut. Warten Sie mal! Ich will die Vorausgabe noch erwischen.«

Er lief aus dem Zimmer. Ich setzte mich hin und wollte Wolfe zureden, der *Gazette* den saftigen Bissen zu gönnen, daß man den Fetzen aus Matthew Birchs Jacke an dem Wagen gefunden hatte, mit dem Pit überfahren worden war, aber da Wolfe nicht da war, kam ich damit nicht voran.

Es dauerte nicht lange, bis Lon zurückkam, und nachdem er sich an seinen Schreibtisch gesetzt und seine großen Füße daruntergeschoben hatte, sagte ich zu ihm: »Ich brauche immer noch eine Stunde.«

»Wir werden sehen. Ein sehr fetter Brocken war das nicht gerade.«

Es dauerte keine volle Stunde, aber doch einen guten Teil davon. Er beantwortete mir beinahe alles, was ich wissen wollte, ohne Unterlagen einzusehen, und fragte nur zweimal zwischendurch bei Redaktionskollegen nach.

Mrs. Fromm hatte am Freitag mittag im ›Churchill‹ zusammen mit Miss Angela Wright gegessen, der Geschäftsführerin der ›Unim‹ – der Union zur Unterstützung illegaler Immigranten. Vermutlich war sie von Wolfe aus zum ›Churchill‹ gefahren, aber darüber ließ ich mich Lon gegenüber nicht aus. Nach dem Essen, gegen halb drei, waren die beiden Damen gemeinsam zum Büro der ›Unim‹ gefahren, wo Mrs. Fromm einige Schriftstücke unterzeichnet und einige Anrufe erledigt hatte. Die *Gazette* war nicht darüber im Bilde, was sie von etwa Viertel nach drei bis etwa fünf Uhr gemacht hatte, das heißt, bis sie in ihre Wohnung in der 68. Straße zurückgekehrt war, wo sie dann ungefähr eine Stunde lang mit ihrer Privatsekretärin, Miss Jean Estey, gearbeitet hatte. Wie Lon sagte, war Angela Wright insofern eine Zierde ihres Geschlechtes, als sie Reportern Auskunft gebe, Jean Estey aber sei das nicht, da sie das nicht tue.

Kurz vor sieben Uhr hatte Mrs. Fromm ihre Wohnung ohne Begleitung verlassen, um zum Abendessen zu fahren, und zwar in einem ihrer Wagen, einem Cadillac-Kabriolett. Das Abendessen fand in der Wohnung des Ehepaares Dennis Horan am Gramercy Park statt. Es war nicht bekannt, wo sie den Wagen geparkt hatte, aber in dieser Gegend ist am Abend immer Platz vorhanden. Es waren sechs Personen zu Tisch gewesen:

Dennis Horan, der Hausherr;
Claire Horan, seine Frau;
Laura Fromm;
Angela Wright;
Paul Kuffner, ein Fachmann für Vertrauenswerbung;
Vincent Lipscomb, Verleger einer Zeitschrift.

Die Gesellschaft war kurz nach elf auseinandergegangen, und die Gäste hatten sich einzeln auf den Weg gemacht. Mrs. Fromm hatte sich als letzte verabschiedet. Die *Gazette* war im Besitz einer Information, wonach Horan sie zu ihrem Wagen hinunter begleitet hatte, aber die Polizei äußerte sich nicht dazu, und nachzuprüfen war es nicht. Weiter wußte man dann über Laura Fromm nichts, bis Samstag früh um fünf ein Mann auf dem Weg zu seiner Arbeitsstelle, einer Fischgroßhandlung, über den Baugrund zwischen den Pfeilern gegangen war und die Leiche gefunden hatte.

Wenige Minuten ehe ich in der Redaktion der *Gazette* ankam, hatte der Oberstaatsanwalt bekanntgegeben, Mrs. Fromm sei mit ihrem eigenen Wagen überfahren worden. Man hatte das Kabriolett in der 16. Straße zwischen der Sechsten und der Siebenten Avenue parkend gefunden, nur fünf Minuten Fußweg vom 10. Revier entfernt. Die Untersuchung des Wagens hatte nicht nur Indizien für die erwähnte Theorie ergeben, sondern man hatte auch im Wagen selbst einen schweren Schraubenschlüssel gefunden, mit dem Mrs. Fromm einen Schlag über den Hinterkopf bekommen hatte.

Der Mörder mochte, als Mrs. Fromm hinunterkam, im Wagen versteckt gewesen sein, unter einer Decke hinter dem Vordersitz. Vielleicht war er auch, sei es zu diesem Zeitpunkt oder später, mit ihrer Erlaubnis zugestiegen. Wie dem nun sein mochte, als ziemlich sicher war anzunehmen, daß er einen günstigen Augenblick und Ort abgewartet hatte, mit dem Schraubenschlüssel auf sie einschlug, sie wieder hinsetzte, an eine geeignete Stelle fuhr, die um diese Stunde menschenleer und unbeobachtet war, sie dort ablud und mit dem Wagen über sie hinwegfuhr.

Es wäre interessant und aufschlußreich gewesen, in die Centre Street zu fahren und den Laborleuten bei der Arbeit an dem Wagen zuzusehen. Aber sie hätten mich ja nicht einmal auf einen Kilometer herangelassen.

Soviel die *Gazette* wußte, war zur Stunde das Feld noch weit offen, und weder die Polizei noch irgendein außenstehender Interessent neigte schon einem bestimmten Kandidaten zu. Natürlicherweise standen diejenigen, die bei dem Abendessen zugegen gewesen waren, im Schlaglicht, aber es konnte auch irgend jemand anders gewesen sein, der wußte, wo Mrs. Fromm sich aufhielt, oder möglicherweise sogar jemand, der das nicht wußte.

Lon hatte keine Hypothesen parat, warf aber die Bemerkung hin, ein weibliches Redaktionsmitglied der *Gazette* sei schon seit einiger Zeit neugierig, wie Mrs. Horan sich zu der Entwicklung der freundschaftlichen Beziehungen zwischen ihrem Mann und Mrs. Fromm stellen würde.

Ich machte einen Einwand: »Aber wenn Sie Pit Drossos und Matthew Birch mit dem Fall in Zusammenhang bringen, geht das doch nicht! Es sei denn, Sie wüßten, wo der Zusammenhang liegt. Wer war Matthew Birch?«

Lon knurrte: »Kaufen Sie sich die *Gazette* vom Mittwoch, wenn Sie gehen!«

»Ich habe eine zu Hause, und ich hab' sie auch gelesen. Aber das war ja vor drei Tagen.«

»Er hat sich seitdem nicht verändert. Er war Angestellter beim Einwanderungs- und Einbürgerungsamt, schon seit zwanzig Jahren, und hatte eine Frau und drei Kinder. Er hatte nur einundzwanzig Zähne, sah wie ein gramgebeugter Staatsmann aus, kleidete sich über seine Verhältnisse, war in seinen Kreisen nicht sonderlich beliebt und schloß seine Rennwetten über Danny Pincus ab.«

»Sie haben gesagt, Sie rechneten Birch dazu, weil es dieselbe Mordmethode war. Haben Sie vielleicht noch einen anderen Grund?«

»Nein.«

»Wenn Sie's bloß Ihrem alten und vertrauten Freund Goodwin sagen – wirklich gar keinen?«

»Nein.«

»Dann will ich Ihnen mal einen Gefallen tun, aber ich erwarte, daß Sie ihn mir bei der nächsten Gelegenheit mit Zinsen zurückzahlen. Die Sache ist dreifach geheim. Die Polizei hat festgestellt, daß der Wagen, mit dem Pit Drossos überfahren worden ist, derselbe war, mit dem Birch überfahren worden ist.«

Er riß die Augen weit auf. »Nein!«

»Doch.«

»Wie haben die denn das herausgekriegt?«

»Tut mir leid, das hab' ich vergessen. Aber es ist bombensicher.«

»Mich laust der Affe!« Lon rieb sich die Hände. »Das ist reizend, Archie! Das ist ganz reizend. Pit und Mrs. Fromm – Ohrringe. Pit und Birch – Wagen. Damit sind auch Birch und Mrs. Fromm verkoppelt. Sie sind sich darüber im klaren, daß die *Gazette* jetzt den starken Verdacht hegt, daß die drei Morde miteinander zusammenhängen, und sich entsprechend verhalten wird.«

»Solange es bloß ein Verdacht ist – meinetwegen.«

»Klar. Was den Wagen selbst angeht – das Kennzeichen war falsch, wie Sie wissen. Der Wagen ist vor vier Monaten in Baltimore gestohlen worden. Er ist zweimal neu gespritzt worden.«

»Das ist doch noch nicht publik.«

»Sie haben's heute mittag freigegeben.« Lon beugte sich zu mir. »Passen Sie mal auf, ich hab' eine Idee! Wie wollen Sie ganz genau wissen, ob Sie mir trauen können, wenn Sie mich nicht mal auf die Probe stellen? Jetzt haben Sie die Gelegenheit dazu. Sagen Sie mir, woher die Polizei weiß, daß Birch und der Junge mit demselben Wagen überfahren worden sind! Ich vergeß' es dann wieder.«

»Ich hab's selbst schon vergessen.« Ich stand auf und schüttelte meine Hosenbeine herunter. »Mein Gott, sind Sie aber unersättlich! Hunde sollen nur einmal täglich zu fressen kriegen, und Sie haben Ihr Futter schon weg!«

6

Als ich in die 35. Straße zurückkam, war es vier Uhr vorbei, das Büro war leer. Ich ging in die Küche, um Fritz zu fragen, ob Besuch dagewesen sei, und er sagte, ja, Kriminalkommissar Cramer.

Ich hob die Augenbrauen. »Blut geflossen?«

Er sagte nein, aber es sei ziemlich geräuschvoll zugegangen. Ich führte mir ein großes Glas Wasser zu Gemüte, ging wieder ins Büro und rief über das Haustelefon oben im Treibhaus an, und als Wolfe sich meldete, berichtete ich ihm: »Bin wieder da. Schöne Grüße von Lon Cohen. Soll ich den Bericht schriftlich machen?«

»Nein. Kommen Sie 'rauf und erzählen Sie mir alles!«

Damit wurde nicht gerade eine Regel umgestoßen, wie etwa die der Unterbrechung beim Essen, doch es war eine große Ausnahme. Mir war es recht. Solange er glaubte, es habe ihn jemand zum Narren gehalten, und sich darüber ärgerte, würde er wahrscheinlich sein Köpfchen anstrengen.

Ich ging die drei Treppen hinauf, trat durch die Aluminiumtür in den Vorraum und durch die Tür in den warmen Raum, wo die *Miltonia roezli* und die *Phalaenopsis Aphrodite* in voller Blüte standen. Im nächsten Raum, dem mit der mittleren Temperatur, blühten nur einige der großen Schaustücke, die *Cattleya-* und die *Laelia-*Pflanzen, wogegen ich nichts einzuwenden hatte. Das größte Schaustück im ganzen Lande, Wolfe mit Namen, war jedenfalls da und half Theodore die Musselinvorhänge zurechtzuziehen.

Als ich erschien, ging er voran, durch den kühlen Raum in den Arbeitsraum, wo er sich in den einzigen vorhandenen Sessel sinken ließ, und fragte: »Nun denn?«

Ich nahm mir einen Schemel und erzählte. Er saß mit geschlossenen Augen da und akzentuierte meinen Bericht dann und wann mit einem Zucken der Nase. Wenn ich ihm Bericht erstatte, ist es immer mein Bestreben, von vornherein alles so vollständig wiederzugeben, daß er am Ende keine Fragen mehr stellen kann, und diesmal gelang mir das. Als ich fertig war, verharrte er noch eine Weile in seiner Positur, dann schlug er die Augen auf und sagte: »Mr. Cramer ist hiergewesen.«

Ich nickte: »Das hat Fritz mir schon gesagt. Er hat auch gesagt, es sei ziemlich geräuschvoll zugegangen.«

»Ja. Er war ungewöhnlich aggressiv. Natürlich ist er in Bedrängnis, aber ich bin das ebenfalls. Er hat zu verstehen gegeben, wenn ich ihn gestern über Mrs. Fromms Besuch informiert hätte, wäre sie nicht ermordet worden, was natürlich Quatsch mit Sauce ist. Außerdem hat er mir gedroht. Wenn ich mich irgendwie der Obstruktion der polizeilichen Untersuchung schuldig mache, werde ich eine Vorladung erhalten. Frechheit das! Ist er noch unten?«

»Nein, wenn er sich nicht gerade im Badezimmer versteckt hält. Fritz hat gesagt, er ist gegangen.«

»Ich habe ihn stehenlassen und bin hier heraufgekommen. Ich habe Saul und Fred und Orrie angerufen. Wie spät ist es?«

Er hätte den Kopf wenden müssen, um die Wanduhr zu sehen. Deshalb sagte ich es ihm: »Zehn vor fünf.«

»Sie werden um sechs oder kurz danach hier sein. Mr. Horan hat nichts von sich hören lassen. Wie alt ist Jean Estey?«

»Lon hat sich nicht genauer darüber ausgelassen, aber er hat gesagt ›jung‹, und da vermute ich, nicht über Dreißig. Warum?«

»Sieht sie gut aus?«

»Aussage verweigert.«

»Ich habe das Recht, das zu wissen. Jedenfalls jung ist sie. Saul oder Fred oder Orrie, einer von ihnen findet vielleicht einen Ansatzpunkt für uns, aber ich habe keine Lust, untätig herumzusitzen, solange sie mit dem Versuch beschäftigt sind. Ich will wissen, was Mrs. Fromm gestern nachmittag von Viertel nach drei bis fünf Uhr getan hat und mit wem oder was sich ihre Gedanken während der Stunde beschäftigt haben, die sie mit Miss Estey verbrachte. Miss Estey kann mir das sagen – das zweite gewiß, und wahrscheinlich auch das erste. Holen Sie sie mir her!«

Man darf ihn nicht mißverstehen. Er wußte, daß das Phantasterei war. Er erwartete nicht im mindesten, daß ich unter den gegebenen Umständen zu einem privaten Plauderstündchen an Mrs. Fromms Privatsekretärin herankommen, geschweige denn sie zu ihm ins Büro schleppen konnte, damit er Gelegenheit hatte, sie auszufragen. Aber es konnte ihn ja bloß ein paar Dollar Fahrgeld kosten, mochte ich mir also in Gottes Namen an der dürftigen Chance, ein wenig Kleinkram zu ergattern, den Kopf blutig stoßen.

Ich äußerte daher lediglich, ich wolle Fritz bitten, zum Essen noch ein Gedeck aufzulegen, falls sie etwa Hunger bekommen sollte, verabschiedete mich von ihm, ging eine Treppe tiefer in mein Schlafzimmer, stand am Fenster und überdachte das Problem. Innerhalb von zehn Minuten hatte ich vier verschiedene Pläne ausgebrütet und wieder verworfen.

Der fünfte schien besser, versprach zumindest eine schwache Chance, und so entschied ich mich für ihn. Um mich der Rolle entsprechend anzuziehen, war von meiner persönlichen Garderobe nichts geeignet. Ich ging daher an den Schrank, in dem ich eine Auswahl von Gegenständen für besondere berufliche Fälle aufbewahrte, und nahm einen schwarzen Cutaway mit Weste und gestreifter Hose, ein weißes Oberhemd mit gestärktem Kragen, einen schwarzen Homburg und eine schwarze Fliege heraus. Passende Schuhe und Socken waren in meinem persönlichen Bestand vorhanden. Als ich mich rasiert und in das Kostüm geworfen hatte, betrachtete ich mich in dem hohen Spiegel und war beeindruckt. Mir fehlte nichts weiter als eine Braut oder ein Leichenwagen.

Unten im Büro nahm ich eine kleine Fünf-Millimeter-Marley aus der Sammlung in meinem Schreibtisch, lud sie und steckte sie mir in die hintere Hosentasche. Das war ein Kompromiß. Ein Schulterhalfter mit einem 38er Revolver hätte meine Silhouette in diesem Aufzug verdorben. Aber schon vor Jahren hatte ich, nach ein paar unangenehmen Erlebnissen, bei deren einem ich mir eine Kugel aus der Brust hatte entfernen lassen müssen, Wolfe und mir selbst versprochen, niemals mehr unbewaffnet loszugehen, wenn ich mit jemandem zu tun hatte, der – sei es auch nur von ferne – im Zusammenhang mit einem Mordfall erwähnt wurde.

Als das besorgt war, ging ich in die Küche, um Fritz ein Vergnügen zu machen. »Ich bin«, sagte ich zu ihm, »zum Botschafter von Texas ernannt worden. Adieu!«

Es war siebzehn Uhr achtunddreißig, als ich dem Taxichauffeur vor dem Haus in der 68. Straße Ost das Fahrgeld bezahlte. Auf der anderen Straßenseite war eine kleine Ansammlung von Gaffern, doch auf meiner Seite sorgte ein uniformierter Polizist dafür, daß die Passanten nicht stehenblieben. Es war ein Granithaus, das ein paar Meter hinter der Straßenfront zurückgesetzt stand. Eiserne Gitter, höher als mein Kopf, schützten zu beiden Seiten des Eingangs die Auffahrt. Als ich darauf zusteuerte, kam der Polizist mir entgegen, aber nicht eigentlich, um mir in den Weg zu treten. Polizisten pflegen sich zu hüten, einer Persönlichkeit, die so gekleidet ist, wie ich es war, in den Weg zu treten.

Ich blieb stehen, sah ihn mit trauerverhangenem Blick an und sagte: »Dringende Angelegenheit.«

Hätte er mich bis zur Tür begleitet, so wäre es mir vielleicht etwas schwieriger gewesen. Aber drei weibliche Neugierige kamen mir gerade in diesem Augenblick zu Hilfe, indem sie sich an dem Eisengitter zusammenrotteten, und als er sie schließlich zum Weitergehen überredet hatte, war ich schon in die Vorhalle getreten, hatte auf den Knopf gedrückt und stand einem Individuum mit Aristokratennase gegenüber, das mir die Tür geöffnet hatte. Seine Garderobe war in den gleichen Farben gehalten wie die meine, aber an Eleganz war ich ihm überlegen.

»Es sind«, sagte ich in traurigem, aber festem Ton, »einige Unklarheiten in den Anweisungen über die Blumen entstanden, und diese Frage muß geklärt werden. Ich muß Miss Estey sprechen.«

Da es ein Stilbruch gewesen wäre, einen Fuß über die Schwelle gegen die offene Tür zu schieben, mußte ich diesen Impuls unterdrücken, doch als er sie so weit öffnete, daß ich genügend Raum hatte, verlor ich keine Zeit und schlüpfte an ihm vorbei. Als er die Tür schloß, bemerkte ich: »Die krankhafte Neugier der Öffentlichkeit in solchen Tagen ist doch zu betrüblich. Bitte sagen Sie Miss Estey, daß ich die Frage der Blumen mit ihr erörtern möchte. Goodwin ist mein Name.«

»Dort hinein bitte!«

Er führte mich fünf Schritte durch den Korridor an eine Tür, die offenstand, ließ mich eintreten und bat mich, zu warten.

Das Zimmer sah ganz anders aus, als ich es in Mrs. Laura Fromms Stadtwohnung erwartet hatte. Es war kleiner als mein Schlafzimmer und war außer mit zwei Schreibpulten, zwei Schreibmaschinentischchen und diversen Stühlen auch noch mit Aktenschränken und verschiedenen anderen Gegenständen vollgepfropft. Die Wände waren mit Dutzenden von Plakaten und Fotos bedeckt, teils gerahmt, teils nicht. Nach einem allgemeinen Rundblick blieben meine Augen an einem Bild, dann an einem anderen hängen, und ich betrachtete gerade eines mit der Aufschrift ›Amerikanischer Gesundheitsrat, 1947‹, als ich Schritte hörte, worauf ich mich aufrichtete und umwandte.

Sie trat ein, blieb stehen und sah mich mit grünlich-braunen Augen an. »Was gibt's da mit den Blumen?« fragte sie.

Ihre Augen sahen nicht so aus, als ob ein unstillbarer Tränenstrom ihnen zugesetzt hätte, aber vergnügt waren sie gewiß auch nicht. Ich hätte sie bei günstigeren Umständen vielleicht auf Ende Zwanzig geschätzt, aber so, wie sie in diesem Augenblick war, doch nicht. Sie sah gut aus, ja. Ohrringe trug sie nicht. An ihrer Backe war von einem Kratzer nichts zu bemerken, aber es waren immerhin vier Tage vergangen, seit Pit ihn gesehen hatte, und er hatte ja über die Tiefe und Form keine näheren Angaben gemacht. Daher war nicht viel Hoffnung, eine Spur dieses Kratzers bei Jean Estey, oder überhaupt bei irgendwem, zu entdecken.

»Sind Sie Miss Jean Estey?« fragte ich.

»Ja. Was gibt's mit den Blumen?«

»Deswegen komme ich ja zu Ihnen. Sie haben vielleicht den Namen Nero Wolfe schon einmal gehört.«

»Sie meinen den Detektiv?«

»Ja.«

»Natürlich.«

»Gut. Der schickt mich. Mein Name ist Archie Goodwin, und ich arbeite für ihn. Er möchte zu Mrs. Fromms Beerdigung Blumen schicken und wüßte gern, ob gegen Orchideen Bedenken bestünden, und zwar Zweige der *Miltonia roezli alba*, die reinweiß und sehr schön ist.«

Sie sah mich eine Sekunde lang groß an und brach dann in Lachen aus. Musikalisch klang es nicht. Ihre Schultern wurden davon geschüttelt, und sie ging, halb stolpernd, auf einen Stuhl zu, setzte sich, senkte den Kopf und preßte die Handflächen gegen ihre Schläfen. Der Butler kam an die Schwelle der offenen Tür, um hereinzuschauen, und ich ging auf ihn zu und informierte ihn teilnahmsvoll, ich hätte Erfahrung mit solchen Krisen – was nicht gelogen war – und es wäre wohl gut, die Tür zu schließen. Das sah er ein und machte sie selbst zu.

Dann glaubte ich ein Weilchen, ich müsse sie womöglich durch Schocktherapie wieder zur Vernunft bringen, aber es dauerte nicht lange, da begann sie sich zu beruhigen, und ich ging zu einem Stuhl und setzte mich. Bald richtete sie sich auf und betupfte sich mit einem Taschentuch die Augen.

»Was mich so aus der Fassung gebracht hat«, sagte sie, »ist Ihr Aufzug. Ist doch grotesk – in diesem Aufzug anzukommen und zu fragen, ob Bedenken gegen Orchideen bestehen!« Sie mußte einen Augenblick innehalten, um mit ihrem Atem ins reine zu kommen. »Gar keine Blumen sollen es sein. Sie können wieder gehen.«

»Die Kostümierung war bloß dazu da, daß man mich durchließ.«

»Ich verstehe. Vorspiegelung falscher Tatsachen also. Wozu?«

»Um mit Ihnen zu sprechen. Hören Sie zu, Miss Estey, es tut mir leid, daß meine Verkleidung diesen kleinen Anfall bei Ihnen ausgelöst hat, aber jetzt sollten Sie ein paar Minuten still sitzen bleiben, damit Ihre Nerven sich wieder beruhigen, und inzwischen könnte ich Ihnen ja vielleicht auseinandersetzen, was ich will, ja? Sie wissen doch wohl, daß Mrs. Fromm gestern zu Mr. Wolfe gekommen ist und ihm einen Scheck über zehntausend Dollar gegeben hat.«

»Ja. Ich führe doch ihr privates Bankkonto.«

»Hat sie Ihnen gesagt, wofür der Scheck gedacht war?«

»Nein. Sie hat weiter nichts auf den Abschnitt geschrieben als das Wort ›Honorarvorschuß‹.«

»Na, ich kann Ihnen auch nicht sagen, wofür es gedacht war, aber sie war für heute noch einmal bei Mr. Wolfe angemeldet. Der Scheck ist gestern bestätigt worden und wird am Montag hinterlegt. Mr. Wolfe hält sich Mrs. Fromm gegenüber für verpflichtet, Nachforschungen wegen ihres Todes anzustellen.«

Sie atmete jetzt wieder ruhiger. »Die Polizei stellt doch schon Nachforschungen an. Gerade vor einer halben Stunde sind zwei Beamte hier weggegangen.«

»Natürlich. Wenn die den Fall aufklären, wunderschön. Aber wenn nicht, dann wird Mr. Wolfe es schaffen. Wollen Sie das denn nicht?«

»Was ich will, darauf kommt es doch wohl nicht an.«

»Für Mr. Wolfe kommt es aber darauf an. Die Polizei kann zu jedem, der in die Sache verwickelt ist, sagen: ›Beantworten Sie uns diese und jene Frage, sonst . . .‹, aber er kann das nicht. Er möchte mit Ihnen reden und hat mich hergeschickt, damit ich Sie zu ihm ins Büro hole, und ich kann Sie nur durch eine der folgenden drei Methoden zum Mitkommen bewegen: Ich könnte Ihnen drohen – wenn ich ein gutes Druckmittel zur

Hand hätte; aber das weiß ich nicht. Also bleibt mir nichts weiter übrig, als zu sagen, daß Mrs. Fromm zu ihm gekommen ist und ihm diesen Scheck gegeben hat, daß er Grund zu der Vermutung hat, ihr Tod hänge mit der Sache zusammen, wegen der sie ihm den Auftrag gegeben hat, und daß er sich deshalb für verpflichtet hält, Nachforschungen deswegen anzustellen. Und darum will er zunächst mal mit Ihnen reden. Die Frage ist, ob Sie bereit sind, ihm zu helfen. Man sollte eigentlich wohl annehmen können, daß Sie das wollen, auch ohne Drohung oder Bestechung, selbst wenn ich etwas auf Lager hätte. Unser Büro ist in der 35. Straße. Der Polizeibeamte draußen vor dem Haus wird ein Taxi für uns anhalten, und wir können in einer Viertelstunde dort sein.«

»Sie meinen, wir sollen jetzt gleich losfahren?«

»Natürlich.«

Sie schüttelte den Kopf. »Das kann ich nicht. Ich muß noch – ich kann nicht.« Sie hatte ihre Selbstbeherrschung wiedergewonnen. »Sie sagen, die Frage ist, ob ich bereit bin, dabei mitzuhelfen; aber das ist es nicht, sondern vielmehr: wie ich helfen kann.« Sie zögerte und musterte mich. »Ich glaube, ich muß Ihnen etwas erzählen.«

»Ich wäre Ihnen sehr dankbar dafür.«

»Ich habe Ihnen gesagt, daß zwei Leute von der Polizei, Kriminalbeamte, vor einer halben Stunde hier weggegangen sind.«

»Ja.«

»Na ja, während sie hier waren, kurz ehe sie gingen, ist einer von den beiden am Telefon verlangt worden, und nachdem er aufgelegt hatte, sagte er, es könne sein, daß Nero Wolfe sich mit mir in Verbindung setzt, wahrscheinlich durch seinen Assistenten Archie Goodwin, und daß ich aufgefordert werden würde, zu Nero Wolfe ins Büro zu kommen, und in diesem Falle hoffe man, ich würde der Polizei behilflich sein, indem ich hinginge und ihnen hinterher genau erzähle, was Wolfe gesagt hat.«

»Das ist ja interessant. Haben Sie sich dazu bereit erklärt?«

»Nein. Ich habe mich nicht festgelegt.« Sie stand auf, trat an einen Schreibtisch, holte ein Päckchen Zigaretten aus einem Schubfach und zündete sich eine an. Sie stand da und blickte zu mir herab. »Ich habe Ihnen das aus rein egoistischen Gründen erzählt. Ich bin nun mal der Meinung, daß Nero Wolfe mehr Grips hat als irgendein Kriminalbeamter. Ob das nun stimmt oder nicht, jedenfalls hat Mrs. Fromm ihn gestern aufgesucht und ihm diesen Scheck gegeben, und ich weiß nicht, wofür. Als ihre Sekretärin bin ich natürlich in die Sache verwickelt. Dagegen kann ich nichts machen. Aber ich werde nichts tun, um mich noch mehr darin zu verwickeln, und das täte ich doch gewiß, wenn ich zu Nero Wolfe hinginge. Wenn ich der Polizei nicht erzählte, was Wolfe gesagt hat, würden sie mir keine Ruhe lassen, und wenn ich's ihnen erzählte – ja, was wäre dann, wenn man mich bei der Polizei nach etwas fragte, was Mrs. Fromm Mr. Wolfe vertraulich erzählt hat und was die Polizei nicht wissen sollte?«

Sie zog noch einmal an der Zigarette, trat an einen der Schreibtische, drückte sie in einem Aschenbecher aus und kam wieder zurück. »Also, jetzt habe ich Ihnen meine Antwort gegeben. Ich bin bloß ein braves, unschuldiges Mädchen vom Lande, aus Nebraska. Wenn man ganz auf sich selbst gestellt zehn Jahre lang in New York gelebt und dabei nicht gelernt hat, wie man im dichten Verkehr Zusammenstöße vermeidet, dann lernt man's überhaupt nicht. Jetzt sitze ich in der Patsche, aber ich werde nichts sagen oder tun, was es noch schlimmer machen könnte, als es schon ist – für mich. Ich werde mir eine neue Stellung suchen müssen. Ich bin Mrs. Laura Fromm nichts schuldig. Ich habe bei ihr gearbeitet, und sie hat mir mein Gehalt gezahlt, und zwar nicht etwa ein aufregendes.«

Ich hatte den Kopf ein wenig zurückgelegt, um zu ihr emporzublicken, und mein Gesicht – wenn es tat, was es sollte – sah ernst und teilnahmsvoll aus. Der gestärkte Kragen schnitt mir in den Nacken. »Wem sagen Sie das, Miss Estey?« meinte ich begütigend. »Ich lebe auch schon seit zehn Jahren in New York, noch länger sogar. Sie sagen, die Polizei will, daß Sie ihnen wiedererzählen, was Nero Wolfe sagt. Aber was wäre denn mit Archie Goodwin? Haben die denn auch gewollt, daß Sie ihnen wiedererzählen, was *ich* sage?«

»Ich glaube nicht. Nein.«

»Gut. Nicht, daß ich was Besonderes zu sagen hätte, aber ich möchte gern ein paar Fragen stellen.«

»Ich habe schon den ganzen Nachmittag dagesessen und Fragen beantwortet.«

»Ja, das glaube ich Ihnen gern! So in dem Stil: Wo waren Sie gestern abend von zehn bis zwei Uhr?«

Sie sah mich groß an. »Das wollen Sie von mir wissen?«

»Nein, ich wollte Ihnen nur ein Beispiel für die Sorte von Fragen geben, die Sie den ganzen Nachmittag beantwortet haben.«

»Na, hier ein Beispiel für die Sorte von Antworten, die ich gegeben habe: Zwischen fünf und sechs gestern abend hat mir Mrs. Fromm ungefähr ein Dutzend Briefe diktiert. Kurz nach sechs ist sie 'raufgegangen, um sich umzuziehen, und ich habe mich darangemacht, ein paar Anrufe zu erledigen, die sie mir aufgetragen hatte. Kurz nach sieben, nachdem sie weggefahren war, habe ich allein dagesessen, und nach dem Abendessen habe ich die Briefe, die sie diktiert hatte, in die Maschine geschrieben und bin damit zum Kasten an der Ecke gegangen, um sie einzustecken. Das war so gegen zehn. Ich bin gleich wieder zurückgekommen und habe zu Peckham, dem Butler, gesagt, ich sei müde und gehe ins Bett. Dann bin ich in mein Zimmer hinaufgegangen, habe die Musik vom Sender der WQXR angestellt und mich ins Bett gelegt.«

»Wunderbar. Sie wohnen also hier?«

»Ja.«

»Noch ein Beispiel: Wo waren Sie Dienstag nachmittag von sechs bis sieben Uhr?«

Sie setzte sich hin und streckte mir den Kopf entgegen. »Stimmt. Danach haben sie mich auch gefragt. Weshalb?«

Ich zuckte die Achseln. »Ich will Ihnen doch nur beweisen, daß ich weiß, was für Fragen die Polizei stellt.«

»Nein, das ist nicht wahr. Was soll am Dienstag nachmittag Besonderes los gewesen sein?«

»Zuerst mal – was haben Sie darauf geantwortet?«

»Ich habe mir's erst überlegen müssen. Das war der Tag, an dem Mrs. Fromm zu einer Sitzung des Exekutiv-Komitees der ›Unim‹ gefahren ist – der Union zur Unterstützung illegaler Immigranten. Sie hat mir erlaubt, ihren Wagen zu nehmen, das Kabriolett, und ich habe den Nachmittag und Abend damit zugebracht, in der ganzen Stadt herumzusausen, um ein paar Einwanderer aufzustöbern, denen die ›Unim‹ helfen wollte. Ich habe sie aber nicht gefunden und kam erst nach Mitternacht nach Hause. Es würde mir sehr schwerfallen, Minute für Minute nachzuweisen, was ich an diesem Nachmittag und Abend gemacht habe, und ich will's gar nicht erst versuchen. Was ist denn Dienstag zwischen sechs und sieben passiert?«

Ich betrachtete sie. »Wollen wir ein Geschäft machen? Erzählen Sie mir, wo Mrs. Fromm gestern nachmittag von Viertel nach drei bis fünf Uhr gewesen ist, was für Briefe sie von fünf bis sechs diktiert und mit wem sie telefoniert hat, und ich erzähle Ihnen dann, was am Dienstag passiert ist.«

»Das sind ja alles noch Beispiele für das, was die Polizei von mir wissen wollte.«

»Natürlich. Aber die machen mir Spaß.«

»Sie hat mit gar niemandem telefoniert, sondern hat gesagt, ich solle später ein paar Leute anrufen und sie bitten, Karten für eine Wohltätigkeitsveranstaltung zur Förderung der Milestone-Schule zu kaufen. Es waren dreiundzwanzig Namen auf der Liste, und die Polizei hat sie. Die Briefe, die sie diktiert hat, waren verschiedener Art, ganz alltäglicher Kram. Mister Kuffner und Mr. Horan haben beide gesagt, ich solle der Polizei die Durchschläge mitgeben, und da habe ich sie ihnen gegeben. Wenn Sie verlangen, daß ich mich noch erinnere, was dringestanden hat, glaube ich...«

»Nicht nötig. Als sie aus dem ›Unim‹-Büro weggegangen ist, was hat sie dann gemacht, bis sie zu Hause ankam?«

»Von zwei Kleinigkeiten weiß ich: Sie ist in einen Laden in der Madison Avenue gegangen und hat Handschuhe gekauft – die hat sie mit nach Hause gebracht –, und sie hat bei Paul Kuffner im Büro angerufen. Ich weiß nicht, was sie sonst noch gemacht hat. Was ist am Dienstag passiert?«

»An der Ecke der Neunten Avenue und der 35. Straße hat ein Wagen vor dem roten Licht angehalten, und die Dame am Steuer hat einen Jungen gebeten, einen Polizisten zu holen.«

Sie zog die Brauen hoch. »Was?«

»Ich habe es Ihnen erzählt.«

»Aber was hat denn das damit zu tun?«

Ich schüttelte den Kopf. »Mehr war nicht ausgemacht. Ich habe gesagt, ich würde Ihnen erzählen, was passiert ist. Die Angelegenheit ist ziemlich kompliziert, Miss Estey, und es könnte doch sein, daß Sie es für richtig halten, der Polizei zu erzählen, was Archie Goodwin gesagt hat, und denen würde es nicht passen, wenn ich herumliefe und den Verdächtigen ganz genau erzählte, wie alles...«

»Ich bin doch nicht verdächtig!«

»Bitte um Verzeihung. Ich dachte, Sie wären es. Ich will jedenfalls nicht...«

»Warum sollte ich denn?«

»Zumindest schon mal deshalb, weil Sie zu Mrs. Fromms nächster Umgebung gehören und wissen, wo sie gestern abend war, und daß ihr Wagen dort in der Nähe geparkt war. Aber selbst wenn Sie nicht verdächtig wären, würde ich vor Ihnen nicht alles auspacken. Vielleicht ist Mr. Wolfe anderer Ansicht. Wenn Sie sich's noch überlegen und heute abend nach dem Essen zu ihm hinkommen oder auch morgen früh – sagen wir mal, um elf Uhr, da ist er frei –, kommt er vielleicht auf die Idee, Ihnen die Karten auf den Tisch zu legen. Er ist ein Genie, da kann man nie wissen. Wenn Sie ...«

Ich hielt inne, weil die Tür aufging. Sie ging weit auf, und ein Mann erschien. Er wollte offenbar etwas zu Miss Estey sagen, aber als er gewahrte, daß sie nicht allein war, unterließ er es, blieb stehen und begann, mich von oben bis unten zu betrachten.

Als es den Anschein hatte, daß weder sie die Vorstellung zu übernehmen gedachte, noch er Fremde nach ihrem Namen zu fragen pflegte, brach ich das Eis: »Mein Name ist Archie Goodwin. Ich arbeite für Nero Wolfe.« Da ich sah, wie er mich betrachtete, fügte ich hinzu: »Ich bin verkleidet.«

Er kam mit ausgestreckter Hand auf mich zu, und ich erhob mich und ergriff sie. »Ich heiße Paul Kuffner«, sagte er.

Er war ein bißchen zu klein geraten, so daß sein Scheitel etwa in gleicher Höhe lag wie meine Nasenspitze. Sein schmaler brauner Schnurrbart war so geschnitten, daß er nicht ganz parallel mit den dicken Lippen seines breiten Mundes verlief, und ich hielt ihn daher nicht gerade für prädestiniert, einen vertrauenerweckenden Eindruck zu machen, wie es bei einem Mann, der werben will, wünschenswert ist; doch ich gebe zu, daß ich nun einmal ein Vorurteil gegen Schnurrbärte habe.

Er lächelte mir zu, um zu zeigen, daß ich ihm sympathisch sei und daß er mit allem einverstanden sei, was ich in meinem Leben je gesagt oder getan haben mochte, und daß er für alle meine Probleme vollstes Verständnis habe. »Es tut mir leid«, sagte er, »daß ich hier so hereinplatzen und Miss Estey wegholen muß, aber es handelt sich um ein paar dringende Angelegenheiten. Kommen Sie mal 'rauf, Miss Estey?«

Es war tadellos gemacht. Er hätte statt dessen auch sagen können: Scheren Sie sich aus dem Hause, und wenn Sie weg sind, werde ich Miss Estey fragen, was Sie ihr eigentlich haben weismachen wollen – denn so meinte er es. Aber nein, behüte, ich war ihm viel zu sympathisch, als daß er irgend etwas gesagt hätte, was mich möglicherweise kränkte.

Als Miss Estey aufgestanden und aus der Tür gegangen und er ihr an die Schwelle gefolgt war, drehte er sich noch einmal um und sagte zu mir: »Es war mir ein Vergnügen, Sie kennenzulernen, Mr. Goodwin. Ich habe schon viel von Ihnen gehört und natürlich auch von Mr. Wolfe. Schade, daß wir uns gerade in so einem schwierigen Augenblick begegnen mußten.«

Er trat hinaus und verschwand, aber ich hörte noch seine Stimme: »Ach, Peckham, Mr. Goodwin will gehen. Erkundigen Sie sich doch, ob Sie ihm ein Taxi rufen sollen!«

Tadellos und flink gemacht. Anscheinend war dieser Schnurrbart bei ihm auch nur eine Verkleidung.

7

Ich kam rechtzeitig zu Hause an, um die Befehlsausgabe mit anzuhören. Saul und Orrie waren bereits da und saßen wartend herum, aber Fred war noch nicht gekommen. Nachdem ich sie begrüßt hatte, erstattete ich Wolfe, der an seinem Schreibtisch saß, Bericht.

»Ich habe sie gesehen und ein Schwätzchen mit ihr gehabt, aber...«

»Was zum Teufel bezwecken Sie denn mit dieser Maskerade?«

»Ich komme direkt vom Beerdigungsinstitut.«

Er zog ein Gesicht. »Berichten Sie.«

Ich tat es, und zwar vollständig, aber diesmal hatte er noch Fragen. Keine davon brachte ihn weiter, da ich alle Tatsachen von mir gegeben hatte, und der Eindruck, den ich von Jean Estey und Paul Kuffner mitgenommen hatte, nutzte nichts, nicht einmal mir, und ihm erst recht nicht, und als Saul auf das Klingeln zur Tür ging und Fred hereinbrachte, ließ Wolfe sofort von mir ab und forderte die drei auf, Sessel in einer Reihe vor seinem Schreibtisch aufzustellen.

Dieses Trio bot nicht gerade einen erhebenden Anblick. Saul Panzer mit seiner großen Nase, die das schmale Gesicht beherrschte, und seinem braunen Anzug, den er sich eigentlich wieder einmal hätte bügeln lassen müssen, nachdem er in den Regen geraten war, hätte ein Stallknecht oder Straßenkehrer sein können, aber er war keiner. Er war der geschickteste Detektiv in ganz New York, und sein Talent, jemandem auf der Spur zu bleiben, das Wolfe gegenüber Pit Drossos so hoch gerühmt hatte, war nur eine seiner vielen Gaben. Jede Agentur in der Stadt hätte ihn mit Handkuß genommen.

Der Körpergröße nach hätte man aus Fred Durkin beinahe zwei Sauls machen können, aber nicht der Tüchtigkeit nach. Auf das Beschatten verstand er sich allerdings, und bei allen gewöhnlichen Aufgaben konnte man sich auf ihn verlassen, aber wenn ihm etwas Ausgefallenes über den Weg lief, konnte es passieren, daß er durcheinanderkam.

Bei Orrie Cather endlich, wenn er einen mit seinen treuen dunkelbraunen Hundeaugen anblickte, ein zufriedenes Lächeln um die aufgeworfenen Lippen, hatte man keinen Zweifel daran, daß es ihm hauptsächlich darauf ankam, ob man auch genügend beachtete, wie gut er aussah. Natürlich irritierte das jeden Kandidaten, mit dem er sich zu befassen hatte, zugleich aber machte es den Eindruck, daß man es gar nicht nötig habe, auf der Hut zu sein, was möglicherweise gefährlich war, da es ihm im Grunde ja auf seinen kriminalistischen Ehrgeiz ankam.

Wolfe lehnte sich zurück, ließ seine Unterarme auf den Armlehnen des Sessels ruhen, sog einen Kubikmeter Luft ein und ließ ihn hörbar ausströmen.

»Meine Herren«, sagte er, »ich befinde mich knietief in einem Schlamassel. Wenn ich Ihre Hilfe in Anspruch nehme, genügt es für gewöhnlich, Ihre spezifischen Aufgaben präzis zu umreißen. Diesmal indessen ist es damit nicht getan. Sie müssen über das Gesamtbild der Situation mit all ihren verworrenen Aspekten orientiert werden. Zunächst jedoch ein Wort über Geld. Keine zwölf Stunden, nachdem meine Klientin mir einen Scheck über zehntausend Dollar gegeben hatte, ist sie ermordet worden. Da nicht abzusehen ist, wer etwa an ihre Stelle treten könnte, habe ich weiteres Honorar nicht zu erwarten. Falls es unumgänglich ist, bin ich, und zwar aus persönlichen Gründen, bereit, den größten Teil davon oder sogar die ganze Summe für die Kosten der Untersuchung zu verwenden. Mehr aber nicht. Ich verlange von Ihnen nicht, daß Sie bei Ihren Ausgaben knausern, doch muß ich jegliche Verschwendung untersagen. Nun aber die Sachlage.«

Ohne etwas auszulassen, berichtete er alles hintereinander, von dem Augenblick an, als ich am Dienstag abend Pit Drossos ins Eßzimmer geführt hatte, bis zu meinem Bericht über meine Unterhaltung mit Jean Estey, den Fred noch nicht mit angehört hatte. Sie saßen da und nahmen alles in sich auf, jeder auf seine Weise – Saul schlaff hingefläzt, Fred steif und gerade, die Augen fest auf Wolfe gerichtet, als ob er auch mit ihnen zuhören wolle, und Orrie, die Fingerspitzen an die Schläfe gestützt, wie zu einer Atelieraufnahme. Ich für mein Teil paßte auf, ob Wolfe nicht etwa irgendeine Einzelheit überging, so daß ich das Vergnügen hätte, damit aufzuwarten, wenn er fertig war. Aber damit war es nichts. Ich hätte es selbst nicht besser machen können.

Wolfe warf einen Blick auf die Wanduhr. »Es ist zwanzig nach sieben, und das Essen steht bereit. Es gibt gebratenes Huhn mit Sahnesauce und Püree. Wir wollen bei Tisch diese Dinge nicht erörtern, aber ich legte Wert darauf, daß Sie darüber im Bilde sind.«

Es ging auf neun, als wir wieder im Büro waren, nachdem wir ganze fünf Hühner nebst Beilage so gründlich erörtert hatten, daß sie endgültig erledigt waren. Nachdem Wolfe sich in seinem Sessel zurechtgesetzt hatte, sah er erst mich, dann die drei anderen finster an. »Sie sehen nicht sehr arbeitsfreudig aus«, sagte er mißmutig.

Sie zuckten nicht gerade zusammen. Obwohl keiner von ihnen ihn so eingehend kannte wie ich, wußten sie doch, wie ungern er in der Stunde nach dem Essen arbeitete, und was ihn fuchste, war nicht, daß sie nicht arbeitsfreudig waren, sondern vielmehr, daß es ihm selbst an Lust fehlte.

»Wir können nach unten gehen«, schlug ich vor, »und ein bißchen Billard spielen, damit Sie in Ruhe verdauen können.«

Er brummte. »Mein Magen«, versicherte er, »vermag durchaus seine Arbeit zu leisten, auch ohne daß ich ihn in Watte packe. Hat einer von Ihnen, meine Herren, eine dringende Frage, bevor ich fortfahre?«

»Vielleicht später«, meinte Saul.

»Gut denn. Der Fall ist, wie Sie sehen, geradezu hoffnungslos. Er ist ungemein kompliziert, und überdies stehen uns keine Informationen zur Verfügung. Archie kann es ebenso wie mit Miss Estey noch mit anderen versuchen, hat jedoch keinen archimedischen Punkt, wo er den Hebel ansetzen könnte. Von der Polizei werde ich nichts erfahren. Früher habe ich gelegentlich Mittel in der Hand gehabt, womit ich ihnen dies oder jenes abluchsen konnte, diesmal indessen nicht. Da sie dort alles wissen, was ich weiß, besitze ich kein Tauschobjekt. Selbstverständlich könnten wir uns ungefähr denken, was sie tun. Sie stellen vermutlich fest, ob irgendeine Frau aus Mrs. Fromms Bekanntenkreis Dienstag abend oder Mittwoch einen Kratzer an der Backe gehabt hat. Sofern sie diese Frau finden, mag es damit erledigt sein. Aber es kann auch sein, daß sie sie nicht finden, denn was dieser Junge als Kratzer bezeichnet hat, nachdem er sie aus der Nähe betrachtet hatte, ist vielleicht nur eine geringfügige Spur eines solchen gewesen, die sie bei der nächsten Gelegenheit hätte praktisch unbemerkbar machen können. Ferner ist die Polizei bemüht, eine Frau aus Mrs. Fromms Bekanntenkreis zu finden, die Spinnenohrringe trug; und wiederum: Wenn das gelingt, mag es damit erledigt sein.«

Wolfe wandte eine Handfläche aufwärts. »Und sie bemühen sich, dem Wagen auf die Spur zu kommen, mit dem der Junge und Matthew Birch überfahren worden sind. Sie untersuchen Mrs. Fromms Wagen Zentimeter um Zentimeter. Sie prüfen nach, wo Birch sich aufgehalten, zu wem er in Beziehung gestanden und mit wem er Umgang gepflogen hat. Minute um Minute fügen sie alles zusammen, was Mrs. Fromm getan oder gesagt hat, seit sie gestern dieses Zimmer verließ. Sie setzen nicht nur denen zu, die gestern abend mit Mrs. Fromm zusammengewesen sind, sondern überhaupt allen, bei denen, sei es auch nur entfernt, irgendwelche Kenntnis einschlägiger Umstände zu vermuten ist. Sie prüfen, wo jeder der möglicherweise Verdächtigen sich aufgehalten hat – am Dienstag abend, als eine Dame von Pit Drossos verlangt hat, er solle ihr einen Polizisten holen, später am selben Abend, als Birch überfahren wurde; am Mittwoch abend, als der Junge überfahren wurde; und gestern abend, als Mrs. Fromm überfahren wurde. Sie legen sich die Frage vor, wer Grund gehabt haben mag, Mrs. Fromm zu fürchten oder zu hassen, oder wer von ihrem Tode in irgendeiner Weise profitieren kann. Zu diesen Unternehmungen setzen sie hundert Leute ein oder auch tausend – alle geschult und manche sogar tüchtig.«

Er preßte die Lippen zusammen und schüttelte den Kopf. »Die Polizei kann es sich nicht leisten, hierbei zu scheitern, und sie wird den Fall nicht auf die leichte Schulter nehmen. Während wir hier sitzen, peilen die Kriminalbeamten vielleicht ihr Opfer schon an und sind bereit, ihm die Hand auf die Schulter zu legen. Solange sie das aber noch nicht getan haben, gedenke ich Mrs. Fromms Geld ganz oder teilweise für einen Zweck zu verwenden, den sie selbst gewiß gutgeheißen hätte. Mit all ihren Vorteilen ist die Polizei uns gegenüber zweifellos in der Vorhand, aber ich bin gesonnen, mich für berechtigt zu halten, dieses Geld zu behalten, und außerdem wehre ich mich gegen die Annahme, daß Menschen, die sich an mich um Hilfe wenden, ermordet werden und ungerächt bleiben können. Dies eben ist mein persönlicher Grund.«

»Wir werden den Halunken schon erwischen«, platzte Fred Durkin heraus.

»Ich bezweifle es, Fred. Sie werden jetzt begreifen, warum ich Sie zu dieser Konferenz gebeten und Ihnen alles dargelegt habe, statt Ihnen einfach bestimmte Aufgaben zuzuweisen wie sonst. Ich wollte Ihnen vor Augen halten, wie hoffnungslos der Fall ist, und ich wollte auch Ihren Rat hören. Das Problem kann von Dutzenden von Seiten angegangen werden, und Sie sind nur drei Mann. Saul, wo würden Sie etwa anfangen?«

Saul zögerte. Er kratzte sich an der Nase. »Ich würde gern an zwei Stellen auf einmal anfangen. Bei der ›Unim‹ und bei den Ohrringen.«

»Warum bei der ›Unim‹?«

»Weil sich der Verein mit Einwanderern abgibt, und Birch ist doch beim Einwanderungs- und Einbürgerungsamt gewesen. Da sehe ich die einzige Möglichkeit, Birch und Mrs. Fromm in Verbindung zu bringen. Natürlich ist auch die Polente dahinterher, aber bei so einem Fall, wo's aufs Probieren ankommt, kann jeder Schwein haben.«

»Da Angela Wright, die Geschäftsführerin der ›Unim‹, gestern abend bei dem Essen anwesend war, dürfte sie unzugänglich sein.«

»Aber nicht für einen Einwanderer!«

»Ach so.« Wolfe überlegte. »Ja, das könnten Sie wohl versuchen.«

»Und schließlich, wenn die Polente ihr schon zu sehr zusetzt, es müssen doch noch ein paar Stenotypistinnen dasein, oder irgend jemand, der sich ums Telefon kümmert. Ich werde kräftig auf die Mitgefühlstube drücken.«

Wolfe nickte. »Gut denn. Morgen früh. Nehmen Sie zweihundert Dollar mit, aber ein armer Einwanderer darf nicht gerade großzügig auftreten. Was meinten Sie zu den Ohrringen?«

»Beides auf einmal kann ich nicht machen.«

»Nein, aber was meinten Sie dazu?«

»Na, ich komme doch ein bißchen 'rum, und ich halte die Augen offen, aber Spinnenohrringe habe ich noch nie gesehen, weder bei einer Frau noch im Schaufenster. Sie haben gesagt, Pit hätte gesagt, es wären große goldene Spinnen mit ausgestreckten Beinen gewesen. So was ist doch auffällig. Wenn sie die schon vor Dienstag getragen hat oder aber hinterher, so hätte die Polizei die Frau schon entdeckt oder wird jedenfalls bald soweit sein, und wahrscheinlich haben Sie recht, für uns ist es hoffnungslos. Aber denkbar wär's doch, daß sie sie sonst nie getragen hat? Es lohnt sich vielleicht, ein Geschäft ausfindig zu machen, das schon mal solche Spinnenohrringe verkauft hat. Die Polente ist von der andern Seite her so eifrig dran, daß sie da vielleicht noch nicht angesetzt hat. Rede ich da Unsinn?«

»Nein. Sie reden selten Unsinn.«

»Ich übernehme das«, sagte Orrie. »Ich habe auch noch nie Spinnenohrringe gesehen. Wie groß sind sie denn gewesen?«

»Die Ohrringe, die Mrs. Fromm gestern getragen hat, waren etwa von der Größe Ihres Daumennagels – das heißt, der Umkreis, den die Enden der ausgestreckten Beine beschrieben. Archie?«

Ich äußerte mich: »Ein bißchen größer, würde ich sagen.«

»Sind sie aus Gold gewesen?«

»Ich weiß nicht. Archie?«

»Meiner Meinung nach ja; aber beschwören tue ich's nicht.«

»Gute Arbeit?«

»Ja.«

»Na schön, ich übernehme es.«

Wolfe sah ihn zweifelnd an. »Das ist vielleicht in einem Monat zu schaffen.«

»Aber nicht so, Mr. Wolfe, wie ich das anfassen werde. Ich habe mal jemand einen Gefallen getan, der ist Verkäufer bei Boudet, und bei dem werde ich ansetzen. Auf die Weise kann ich mich schon morgen dranmachen, obwohl Sonntag ist; ich weiß, wo er wohnt. Eines ist mir vielleicht entgangen: Gibt es irgendeinen Anhaltspunkt, daß die Ohrringe, die Mrs. Fromm gestern anhatte, dieselben waren, die am Dienstag die Frau im Wagen getragen hat?«

»Nein.«

»Dann könnten es also auch zwei verschiedene Paare sein?«

»Ja.«

»In Ordnung. Kapiert. Mehr als schiefgehen kann's ja nicht.«

»Werden Sie Ihrem Bekannten, dem Verkäufer bei Boudet, dafür etwas zahlen müssen?«

»Ach wo. Der muß sich doch für den Gefallen bei mir revanchieren, den ich ihm getan habe.«

»Dann nehmen Sie hundert Dollar mit. Wenn Sie auf etwas stoßen, das Erfolg zu versprechen scheint, so vermeiden Sie jeglichen Hinweis, daß die Polizei für die Nachricht dankbar sein könnte. Es könnte sich ergeben, daß es für uns wünschenswert ist, uns behördliche Dankbarkeit zu erwerben. Beim geringsten Anzeichen einer Fährte rufen Sie mich an.« Wolfe wandte sich Durkin zu. »Fred, wo fangen Sie an?«

Freds großes breites Gesicht wurde rot. Er hatte nahezu zwanzig Jahre lang allerlei für Wolfe gearbeitet, aber daß er in Fragen der großen Strategie zu Rate gezogen wurde, das war ihm neu. Er biß die Zähne zusammen, schluckte und sagte, viel lauter, als nötig war: »Bei die Ohrringe.«

»Die Ohrringe hat Orrie doch schon.«

»Das weiß ich, aber gucken Sie doch mal, Hunderte von Leuten müssen sie bei ihr gesehen haben. Fahrstuhljungen, Zimmermädchen, Kellner ...«

»Nein.« Wolfe war kurz und bestimmt. »In diesem ganzen Komplex ist die Polizei so weit voraus, daß wir sie nie einholen können. Das habe ich bereits auseinandergesetzt. Bei unseren geringen Streitkräften müssen wir eine Fährte zu finden suchen, die nicht schon von anderen erforscht wird. Hat jemand einen Vorschlag für Fred?«

Sie tauschten Blicke. Niemand meldete sich.

Wolfe nickte. »Es ist freilich schwierig. Um nicht mit hängender Zunge in den Fußstapfen der Polizei einherzutrotten und den Staub zu schlucken, den sie aufgewirbelt hat, können wir zum Beispiel eine Hypothese aufstellen, auf die man dort vielleicht noch nicht verfallen ist, und ihr nachgehen. Versuchen wir es mal. Meine Hypothese wäre die: Der Mann, der am Dienstag nachmittag mit der Dame im Wagen saß, als sie an der Ecke hielt und den Jungen bat, einen Polizisten zu holen – der Mann war Matthew Birch.«

Saul runzelte die Stirn. »Das verstehe ich nicht, Mr. Wolfe.«

»Gut. Dann ist es der Polizei wahrscheinlich auch noch nicht eingefallen. Ich gebe zu, daß es sich um eine minimale Chance handelt. Aber am gleichen Tag, später am Abend, ist Birch mit dem gleichen Wagen tödlich überfahren worden, und zwar in einer Weise, aus der hervorzugehen scheint, daß er in diesem Wagen an den Tatort gekommen war. Wenn er also am späten Abend in dem Wagen gesessen hat, warum sollen wir da nicht annehmen, daß er schon früher am Abend darin gesessen hat? Jedenfalls möchte ich einmal davon ausgehen.«

Saul behielt sein Stirnrunzeln bei. »Aber wie die Dinge liegen, wäre dann nicht anzunehmen, daß der Mann, der am Mittwoch den Jungen mit dem Wagen überfahren hat, derselbe gewesen ist, der am Dienstag neben der Frau gesessen hat? Weil er wußte, daß der Junge ihn wiedererkennen konnte? Und am Mittwoch war Birch tot.«

»Das ist wahrscheinlich die Hypothese der Polizei«, räumte Wolfe ein. »Ihr Wert leuchtet ein, und ich weise sie auch nicht von der Hand. Ich lasse sie lediglich außer acht und setze an ihre Stelle eine eigene. Auch eine falsche Hypothese kann von Nutzen sein. Kolumbus hat angenommen, daß zwischen ihm und den Schätzen des Orients nichts als Wasser liege, und ist auf einen neuen Erdteil gestoßen.« Seine Augen wanderten weiter. »Ich erwarte nicht, daß Sie auf einen neuen Erdteil stoßen, Fred, aber Sie werden von meiner Hypothese ausgehen, daß Birch zusammen mit der Frau im Wagen gesessen hat. Versuchen Sie dies entweder zu bestätigen oder zu widerlegen. Nehmen Sie hundert Dollar mit – nein, nehmen Sie dreihundert, Sie verschwenden ja niemals Geld. Archie wird Ihnen ein Foto von Birch liefern.« Er wandte sich an mich. »Alle drei müßten Fotos aller in Betracht kommenden Personen haben. Können Sie die durch Mr. Cohen besorgen?«

»Heute abend nicht mehr. Morgen früh.«

»Dann tun Sie das.«

Er ließ den Blick über seine geringen Streitkräfte gleiten, von links nach rechts und wieder zurück. »Meine Herren, ich will hoffen, daß ich Ihren Eifer nicht gelähmt habe, indem ich die Hoffnungslosigkeit dieses Unterfangens betonte. Es kam mir darauf an, Ihnen klarzumachen, daß, wie die Dinge liegen, jedes Krümchen einem Festmahl gleichkommt. Ich habe bei anderen Gelegenheiten viel von Ihnen erwartet; diesmal erwarte ich nichts. Es ist leicht möglich, daß ...«

An der Tür klingelte es. Als ich aufstand und durchs Zimmer ging, warf ich einen Blick auf meine Armbanduhr. Es war fünf Minuten vor sechs. Als ich vom Korridor aus das Licht auf der Treppe vor dem Hause anknipste und mich der Tür näherte, sah ich, daß es zwei Männer waren, zwei Unbekannte. Ich machte auf und sagte: »Guten Abend.«

Der mir zunächst Stehende begann: »Wir möchten Mr. Nero Wolfe sprechen.«

»Darf ich um Ihre Namen bitten?«

»Der meine ist Horan, Dennis Horan. Ich habe ihn heute morgen angerufen. Dies hier ist Mr. Maddox.«

»Mr. Wolfe hat zu tun. Ich will mal sehen. Treten Sie ein.«

Sie kamen herein. Ich führte sie in das vordere Zimmer, streifte mit einem Blick die schalldichte Verbindungstür zum Büro, um mich zu überzeugen, daß sie geschlossen sei, bot ihnen Plätze an und ließ sie allein. Ich ging über den Korridor, wobei ich auch diese Tür schloß, zurück ins Büro und sagte zu Wolfe: »Da sitzen bereits zwei Krümchen vorn im Zimmer. Einer namens Horan, der von Ihnen verlangt hat, Sie sollten die zehntausend ausspucken, zusammen mit einem Komplicen namens Maddox.«

Er bewahrte Haltung. Er sah mich nur groß an. Da er die Befehlsausgabe glücklich hinter sich gebracht hatte, war er drauf und dran, sich bei einem Buch zu erholen, und da kam ich nun und brachte ihm neue Arbeit! Wenn wir allein gewesen wären, hätte er sich die eine oder andere Bemerkung nicht verkniffen, aber nach allem, was er der Kampftruppe soeben über die Hoffnungslosigkeit vorerzählt hatte, mußte er das unterdrücken, und ich gebe zu, er tat es wie ein Mann.

»Gut denn. Lassen Sie Saul und Fred und Orrie zuerst hinaus, nachdem Sie ihnen das Spesengeld in genannter Höhe gegeben haben.«

Ich trat an den Safe, um die Moneten herauszuholen.

8

Aus ihrem Verhalten und den Blicken, die sie einander zuwarfen, als ich die Besucher ins Büro geleitete und ihnen Sessel anbot, entnahm ich, daß meine Vermutung, sie seien Komplicen, voreilig gewesen war. Es waren keineswegs liebevolle Blicke.

An Dennis Horan war alles ein wenig übertrieben. Seine Wimpern waren ein wenig zu lang, er war ein wenig zu groß für seine Breite und ein wenig zu alt, um in der Aufmachung eines Studenten herumzulaufen. Er hatte eine kundige Hand nötig, die das alles hätte herabschrauben müssen, doch es schien mir zweifelhaft, ob er einen solchen Vorschlag in Betracht ziehen würde, denn offenbar hatte er mehr als vierzig Jahre auf das Heraufschrauben verwandt.

Maddox machte Wolfe klar, daß sein Name James Albert Maddox sei. Von der Wiege an mußte er unter Magengeschwüren zu leiden gehabt haben, beinahe ein halbes Jahrhundert lang, oder wenn nicht, so hätte er einem erklären sollen, wieso sein Gesicht dermaßen säuerlich geworden war, daß sein eigener Hund, wenn er ihn nur ansah, zum Pessimisten werden konnte.

Ich setzte sie in zwei der gelben Sessel, aus denen unsere Freunde aufgestanden waren, denn ich wußte nicht, wem von beiden, wenn überhaupt einem, der rotlederne zustehen mochte.

Horan eröffnete das Gespräch. Er sagte, er habe heute morgen am Telefon nicht zu unterstellen beabsichtigt, daß Wolfe irgend etwas tue oder zu tun vorhabe, was moralisch nicht korrekt sei. Er habe lediglich die Interessen von Mrs. Laura Fromm, seiner einstigen Klientin und verehrten Freundin, sichern wollen, die ...

». . . nicht Ihre Klientin war«, mischte sich Maddox in einem Ton ein, der vollkommen seinem Gesicht entsprach.

»Ich habe sie beraten«, schnappte Horan.

»Und zwar schlecht«, schnappte Maddox zurück.

Sie sahen einander an. Keine Komplicen!

»Vielleicht«, schlug Wolfe trocken vor, »wäre es gut, wenn jeder von Ihnen mir ohne Unterbrechung erzählte, in welchem Umfange und mit welcher Legitimation er Mrs. Fromm vertritt. Dann können wir Widersprüche gegeneinander abwägen oder außer acht lassen, je nachdem, wie es wünschenswert erscheint. Mr. Horan?«

Er beherrschte sich. Seine hohe Tenorstimme war noch immer dünn, aber sie war dem Piepsen nicht mehr so nahe wie heute morgen am Telefon. »Es ist richtig, daß ich nie offiziell als Mrs. Fromms Anwalt fungiert habe. Sie hat mich in vielen Angelegenheiten konsultiert und auch gezeigt, daß sie meinen Rat schätzte, indem sie sich oftmals daran hielt. Als Syndikus der Union zur Unterstützung von Einwanderern, der ich noch bin, stand ich in enger Beziehung zu ihr. Sie würde mir nicht das Recht bestreiten, mich als ihren Freund zu bezeichnen.«

»Sind Sie ihr Testamentsvollstrecker?«

»Nein.«

»Danke. Mr. Maddox?«

»Meine Rechtsanwaltsfirma – Maddox und Welling – hat schon Damon Fromm zwölf Jahre lang vertreten. Seit seinem Tode haben wir Mrs. Fromm vertreten. Ich bin ihr Vermögensverwalter. Ich habe unterbrochen, weil Mr. Horans Behauptung, daß Mrs. Fromm seine Klientin gewesen sei, nicht der Wahrheit entsprach. Ich habe etwas hinzuzufügen.«

»Also bitte!«

»Heute morgen – nein, heute nachmittag – hat Mr. Horan mich angerufen und mir von dem Scheck erzählt, den Mrs. Fromm Ihnen gestern gegeben hat, und von seinem Gespräch mit Ihnen. Sein Anruf bei Ihnen war eigenmächtig und unverschämt. Mein jetziger Besuch bei Ihnen ist es nicht. Ich frage Sie in aller Form, als Mrs. Fromms Rechtsvertreter und Testamentsvollstrecker: Auf Grund welcher Absprache und zu welchem Zweck hat sie Ihnen den Scheck über zehntausend Dollar gegeben? Wenn Sie es mir lieber unter vier Augen erzählen möchten, können wir in ein Nebenzimmer gehen. Mr. Horan wollte absolut mit mir mitkommen, aber dies ist Ihr Haus, und dieser junge Mann dort sieht ganz so aus, als ob er fähig wäre, mit ihm fertig zu werden.«

Wenn der Blick, den er mir zuwarf, anerkennend gemeint war, so möchte ich lieber keinen mißbilligenden von ihm sehen.

Wolfe sprach: »Ich möchte es Ihnen nicht lieber unter vier Augen erzählen, Mr. Maddox. Ich möchte es Ihnen lieber gar nicht erzählen.«

Maddox' Miene wurde nicht noch säuerlicher, denn das ging schon nicht mehr. »Sind Sie juristisch versiert, Mr. Wolfe?«

»Nein.«

»Dann sollten Sie sich beraten lassen. Sofern Sie nicht nachweisen können, daß Mrs. Fromm einen Gegenwert für diese Zahlung erhalten hat, kann ich Sie zwingen, das Geld herauszurücken. Ich lasse Ihnen die Möglichkeit, das nachzuweisen.«

»Das kann ich nicht. Sie hat nichts bekommen. Wie ich Mr. Horan am Telefon gesagt habe, beabsichtige ich, mir das Geld zu verdienen.«

»Wie?«

»Indem ich dafür sorge, daß Mrs. Fromms Mörder entdeckt und bestraft wird.«

»Das ist doch lächerlich! Das ist Aufgabe der Justizbehörden. Nach der Auskunft über Sie, die ich mir heute besorgt habe, sind Sie kein Winkeladvokat oder Winkeldetektiv, aber ich muß sagen, was Sie da reden, klingt ganz danach.«

Wolfe lachte vor sich hin. »Das ist ein Vorurteil von Ihnen, Mr. Maddox. Anständige Rechtsanwälte haben gegenüber Winkeladvokaten dasselbe Empfinden wie anständige Frauen gegenüber Prostituierten. Moralische Mißbilligung, das freilich auch; jedoch mit der Beimischung von einem winzigen Gran Neid, das sie selber nicht erkennen, geschweige denn zugeben. Aber beneiden Sie mich nicht. Ein Winkeladvokat ist entweder ein Narr oder ein Fanatiker, und ich bin weder das eine noch das andere. Ich möchte eine Frage stellen.«

»Bitte.«

»Haben Sie vorher erfahren, daß Mrs. Fromm die Absicht hatte, mich aufzusuchen?«

»Nein.«

»Haben Sie hinterher erfahren, daß sie mich aufgesucht hatte?«

»Nein.«

Wolfe ließ die Augen wandern. »Sie, Mr. Horan? Beide Fragen?«

»Ich verstehe nicht recht ...« Horan zögerte. »Ich bestreite Ihnen das Recht, solche Fragen zu stellen.«

Maddox sah ihn an. »Antworten Sie ihm, Horan! Sie wollten doch durchaus hierherkommen. Sie haben behauptet, Mrs. Fromm habe Sie in wichtigen Angelegenheiten um Rat gefragt. Mr. Wolfe versucht Boden zu finden. Wenn er nachweisen kann, daß sie weder Ihnen noch mir etwas davon gesagt hat, daß sie zu ihm kommen wollte, beziehungsweise daß sie gekommen war, ohne sich über den Zweck dieses Besuches zu äußern, so wird er sich auf den Standpunkt stellen, sie habe offensichtlich nicht gewünscht, daß wir etwas davon wüßten, und er könne deshalb ihr Vertrauen nicht brechen. Schlagen Sie ihn zurück!«

Horan ließ sich nicht darauf ein. »Ich gedenke nicht«, beharrte er, »mich einem Kreuzverhör unterziehen zu lassen.«

Maddox begann zu argumentieren, aber Wolfe schnitt ihm das Wort ab. »Ihre Darlegungen, Mr. Maddox, mögen soweit durchaus treffend sein, doch Sie würdigen Mr. Horans Dilemma nicht gehörig. Er befindet sich in einer Zwickmühle. Bejaht er meine zweite Frage, so haben Sie recht: Dann habe ich eine Waffe in der Hand und werde sie gebrauchen. Verneint er sie aber, so frage ich ihn, woher er gewußt hat, daß Mrs. Fromm mir einen Scheck gab. Das will ich aber wissen, und Sie vermutlich ebenfalls.«

»Ich weiß es bereits. Zumindest weiß ich, was er mir erzählt hat. Heute morgen, als er von Mrs. Fromms Tod hörte, hat er in ihrer Wohnung angerufen und mit Miss Estey, Mrs. Fromms Sekretärin, gesprochen, und sie hat ihm von dem Scheck erzählt. Ich war zum Wochenende aufs Land gefahren, und dort hat mich Horan erreicht. Ich bin sofort in die Stadt zurückgekommen.«

»Wo waren Sie da?«

Maddox hob das Kinn. »Das ist eine glatte Unverschämtheit.«

Wolfe schüttelte das mit einer Handbewegung ab. »Auf jeden Fall ist es ohne Belang. Ich bitte um Verzeihung, nicht wegen einer Unverschämtheit, sondern wegen einer Dummheit. Sie ist lediglich auf die Macht der Gewohnheit zurückzuführen. In diesem verzwickten Labyrinth muß ich die konventionellen Methoden, wie zum Beispiel die Prüfung der Alibis, der Polizei überlassen. Da Sie sich ja aber in gar keiner Zwickmühle befinden, Mr. Horan, wollen Sie meine Fragen beantworten?«

»Nein. Aus grundsätzlichen Erwägungen heraus nicht. Sie haben keine Legitimation dazu, sie zu stellen.«

»Aber Sie erwarten, daß ich die Ihren beantworte?«

»Nein, nicht die meinen, denn auch ich habe keine Legitimation. Aber Mr. Maddox hat sie – als Testamentsvollstrecker. Ihm werden Sie antworten.«

»Wir werden sehen.« Wolfe ging mit diplomatischer Klugheit zu Werke. Er wandte sich an Maddox: »Wenn ich Sie recht verstehe, Mr. Maddox, so verlangen Sie nicht, daß ich das Geld zurückgebe, das Mrs. Fromm mir gezahlt hat.«

»Das kommt darauf an. Sagen Sie mir, auf Grund welcher Vereinbarung und zu welchem Zweck es Ihnen gezahlt worden ist, und ich will die Angelegenheit in Erwägung ziehen. Ich möchte nicht, daß der Tod einer geschätzten Klientin von einem Privatdetektiv zu seinem persönlichen und beruflichen Profit ausgenutzt und ins Sensationelle gezerrt wird.«

»Ein ehrenwerter und gesunder Standpunkt«, räumte Wolfe ein. »Ich könnte dazu bemerken, daß es mir schwerfallen sollte, die Angelegenheit noch sensationeller zu machen, als sie bereits ist, aber immerhin verdient Ihr Standpunkt alle Achtung. Nur – hier liegt der Haken: Ich werde Ihnen nicht das mindeste über das Gespräch erzählen, das ich mit Mrs. Fromm hatte.«

»Dann halten Sie Beweismaterial zurück.«

»Mitnichten. Ich habe es der Polizei schon gemeldet. Schriftlich und namentlich unterfertigt.«

»Warum dann nicht mir?«

»Weil ich kein Einfaltspinsel bin. Ich habe Grund zu der Vermutung, daß dieses Gespräch ein Glied in der Kette gewesen ist, die zu Mrs. Fromms Tod geführt hat, und wenn dem so ist, so ist derjenige, der das größte Interesse daran zeigt, zu erfahren, was sie zu mir gesagt hat, wahrscheinlich ihr Mörder.«

»Ich bin nicht ihr Mörder.«

»Das wird sich noch herausstellen.«

Einen Augenblick dachte ich, Maddox würde ersticken. Sein Hals schwoll sichtbar an. Aber ein sturmerprobter Anwalt hat oft genug Gelegenheit gehabt, sich in der Beherrschung seiner Reaktionen zu üben, und es gelang ihm auch diesmal. »Das ist noch schlimmer als Dummheit, das ist albernes Geschwätz.«

»Diese Ansicht kann ich nicht teilen. Hat die Polizei mit Ihnen gesprochen?«

»Gewiß.«

»Wieviel Beamte waren es?«

»Zwei – nein, drei.«

»Würden Sie mir auch verraten, wer das gewesen ist?«

»Ein Oberinspektor Bundy, ein Kriminalinspektor und Vizepolizeipräsident Youmans. Außerdem Staatsanwalt Mandelbaum.«

»Hat einer davon Ihnen mitgeteilt, aus welchem Grunde Mrs. Fromm mich gestern aufgesucht hat?«

»Nein. Dazu sind wir nicht gekommen.«

»Ich möchte Ihnen empfehlen, mit jemandem von der Staatsanwaltschaft zu sprechen, möglichst mit jemandem, den Sie gut kennen, und ihn zu bitten, es Ihnen zu verraten. Wenn er es tut, oder wenn irgendein anderer Beamter es ohne wesentliche Vorbehalte tut, will ich das Geld, das Mrs. Fromm an mich gezahlt hat, herausrücken – um mich Ihrer Ausdrucksweise zu bedienen.«

Maddox machte ein Gesicht, als ob jemand ihm weismachen wollte, seine Nase sei verkehrt herum angewachsen.

»Ich darf Ihnen versichern«, fuhr Wolfe fort, »daß ich nicht so ungeschickt bin, Beweismaterial über ein Kapitalverbrechen zurückzuhalten, besonders nicht über eines von so sensationellem Charakter wie das vorliegende. Im Gegenteil, ich befleißige mich dabei sogar einer geradezu pedantischen Gewissenhaftigkeit. Sofern nicht die Polizei Informationen über Sie besitzt, die mir unbekannt sind, möchte ich bezweifeln, daß man Sie bisher als möglichen Täter in Betracht gezogen hat. Nunmehr aber kann sie Ihnen sehr wohl unbequem werden – wenn ich gemeldet haben werde, daß Sie so eifrig darauf bedacht gewesen sind, zu erfahren, was Mrs. Fromm zu mir gesagt hat, und sich deswegen solche Mühe gemacht haben. Das ist freilich nur meine Pflicht. In diesem Falle wird es mir aber auch ein Vergnügen sein.«

»Sie wollen . . .« Er war wieder dicht am Ersticken. »Sie drohen, über diese Unterredung Meldung zu machen?«

»Ich drohe nicht. Ich teile Ihnen lediglich mit, daß ich das tun werde, sobald Sie gehen.«

»Ich gehe schon.« Er war aufgestanden. »Ich werde diese zehntausend Dollar durch eine Rückgabeklage sicherstellen.«

Er drehte sich auf dem Absatz um und marschierte hinaus. Ich folgte ihm, um die Tür aufzumachen, aber er überrundete mich, obwohl er erst noch seinen Hut aus dem Vorderzimmer holen mußte.

Als ich ins Bürozimmer zurückkam, war Horan aufgestanden und blickte zu Wolfe nieder, doch gesprochen wurde nicht.

»Rufen Sie Mr. Cramers Büro an, Archie«, sagte Wolfe zu mir.

»Einen Augenblick.« Horans dünner Tenor klang eindringlich. »Sie begehen einen Fehler, Wolfe, sofern Sie wirklich die

Absicht haben, den Mordfall zu untersuchen. Wie wollen Sie ihn denn untersuchen? Sie haben zwei Personen, die zu Mrs. Fromm in der engsten Beziehung standen, hier in Ihrem Büro gehabt und haben eine der beiden davongejagt. Ist denn das vernünftig?«

»Dummes Gefasel.« Wolfe war verärgert. »Sie wollen mir ja nicht einmal verraten, ob Mrs. Fromm Ihnen gesagt hat, daß sie zu mir gekommen ist.«

»Sie haben Ihre Frage in einem beleidigenden Zusammenhang vorgebracht.«

»Dann will ich mich bemühen, verbindlich zu sein. Wollen Sie mir der Substanz nach erzählen, was gestern abend bei der Zusammenkunft in Ihrem Hause gesprochen worden ist?«

Horan klimperte mit seinen langen Wimpern. »Ich weiß nicht recht, ob ich das tun soll. Natürlich habe ich der Polizei das alles erzählt, und die Beamten haben mir nahegelegt, diskret zu sein.«

»Selbstverständlich. Wollen Sie es mir also sagen?«

»Nein.«

»Wollen Sie mir den Charakter und die Geschichte Ihrer Beziehung zu Mrs. Fromm offen und vollständig schildern?«

»Keineswegs.«

»Wenn ich Mr. Goodwin ins Büro der Union zur Unterstützung von Immigranten schicke, deren Syndikus Sie sind, wollen Sie dann dem Personal Anweisung geben, seine Fragen vollständig und freimütig zu beantworten?«

»Nein.«

»Da sehen Sie, was mir Verbindlichkeit nützt.« Wolfe wandte sich an mich. »Rufen Sie Mr. Cramers Büro an, Archie.«

Ich fuhr herum, wählte die Nummer WA 9-8241, und die Gegenseite meldete sich prompt. Dann aber wurde es kompliziert. Von unseren lieben Freunden oder Feinden war keiner erreichbar, und ich mußte schließlich mit einem Kriminalbeamten Griffin vorliebnehmen und teilte dies Wolfe mit, der nach seinem Apparat griff und hineinsprach:

»Mr. Griffin? ... Hier ist Nero Wolfe. Ich habe etwas an Mr. Cramer auszurichten. Wollen Sie bitte dafür Sorge tragen, daß es ihm zur Kenntnis gelangt. Die beiden Rechtsanwälte Mr. James Albert Maddox und Mr. Dennis Horan haben mich heute abend aufgesucht. Haben Sie die Namen korrekt verstanden...? Ja, sie dürften Ihnen geläufig sein. Die beiden Herren haben mich ersucht, ihnen von meiner gestrigen Unterredung mit Mrs. Laura Fromm zu erzählen. Ich habe mich geweigert, aber sie haben darauf bestanden. Ich will nicht so weit gehen, zu sagen, Mr. Maddox habe mich zu bestechen versucht, aber ich habe den Eindruck, wenn ich ihm von der Unterredung erzählte, würde er keine Druckmittel anwenden, um von mir das Geld zurückzubekommen, das Mrs. Fromm an mich gezahlt hat. Andernfalls aber würde er es tun. Mr. Horan befand sich im Einverständnis mit ihm, zumindest unausgesprochen. Als Mr. Maddox verstimmt mein Haus verließ, hat Mr. Horan geäußert, ich begehe einen Fehler. Ich bitte Sie nochmals, dafür Sorge zu tragen, daß dies zu Mr. Cramers Kenntnis gelangt... Nein, das wäre alles. Wenn Mr. Cramer weitere Einzelheiten oder eine unterschriebene Aussage wünscht, stehe ich gern zur Verfügung.«

Wolfe legte auf und brummte den Anwalt an: »Sind Sie immer noch hier?«

Horan war im Weggehen begriffen, aber nach drei Schritten drehte er sich noch einmal um und sagte: »Sie sind vielleicht nicht juristisch versiert, aber Sie verstehen es, haarscharf am Tatbestand der Verleumdung vorbeizusteuern. Nach dem Stück, das Sie sich da geleistet haben, muß ich mich wundern, wie Sie zu Ihrem Ruf gekommen sind.«

Er ging, und ich war gerade rechtzeitig im Korridor, um noch zu sehen, wie er mit seinem Hut aus dem Vorderzimmer herauskam und das Haus verließ. Nachdem ich die Kette vor die Tür gelegt hatte, ging ich ins Büro zurück und bemerkte begeistert: »Denen haben Sie's aber gegeben. Gratuliere!«

»Schweigen Sie«, sagte er zu mir und griff nach einem Buch, aber nicht, um damit zu werfen.

9

Ich hätte planmäßig am Samstag nachmittag zu einer Wochenendtour nach Lily Rowans Vierzehn-Zimmer-Häuschen in Westchester abfahren sollen, doch das war natürlich ins Wasser gefallen. Und mein Sonntag war überhaupt kein Sonntag. Folgendermaßen sah der Tagesablauf aus:

Frühmorgens, als Wolfe noch oben in seinem Zimmer mit seinem Frühstückstablett beschäftigt war, kam Kriminalinspektor Purley Stebbins frisch und munter an, um Einzelheiten über das Invasionsunternehmen der beiden Rechtsanwälte in Empfang zu nehmen. Ich versorgte ihn damit. Er war mißtrauisch, als er kam, und noch mißtrauischer, als er ging. Ich erklärte ihm zwar, mein Arbeitgeber sei ein Genie, und die Zeit werde schon noch erweisen, daß es ein glänzender Einfall gewesen sei, den beiden die Zähne zu zeigen. Aber Stebbins wollte einfach nicht glauben, daß Wolfe die beiden im Gehege seines Büros vor der Nase gehabt und keinen Finger gerührt hatte, um sich festzukrallen. Immerhin nahm Stebbins fünf oder sechs Hörnchen und zwei Tassen Kaffee an, aber das nur, weil kein Mensch, der Fritzens Sonntagmorgen-Hörnchen einmal gekostet hat, sie je ablehnen könnte.

Wolfe und ich lasen Wort für Wort die Berichte in den Morgenzeitungen. Nicht, daß wir irgendwelche dicken Tips zu finden hofften, aber wir wußten wenigstens, was der Oberstaatsanwalt und Cramer zur Freigabe geeignet befunden hatten, und es waren auch ein paar Kleinigkeiten zum eventuellen späteren Gebrauch zu notieren.

Angela Wright, die Geschäftsführerin der ›Unim‹, hatte früher bei Damon Fromm gearbeitet und war durch ihn zu der Stellung bei der ›Unim‹ gekommen. Mrs. Fromm hatte mehr als vierzig karitative Organisationen unterstützt, aber die ›Unim‹ war ihr Schoßkind gewesen. Vincent Lipscomb, der Verleger, der bei der Abendgesellschaft in Horans Wohnung gewesen war, hatte in zeiner Zeitschrift *Denken der Zeit* eine Artikelreihe über die Lage der Einwanderer gebracht und plante eine weitere. Dennis Horans Frau war früher ein Filmstar gewesen – na, jedenfalls war sie im Film aufgetreten. Paul Kuffner fungierte ehrenamtlich und ohne Vergütung als Presse- und Werbeagent für die ›Unim‹, aber er war ebenfalls beruflich im Dienste von Mrs. Fromms persönlichen Interessen tätig gewesen. Dennis Horan war eine Kapazität auf dem Gebiete des Völkerrechts, gehörte fünf Klubs an und genoß einen Ruf als Amateurkoch.

Noch immer kein Wort über die Fetzen von Matthew Birchs Jacke an dem Chassis des Wagens, der Pit Drossos totgefahren hatte. Das hielt die Polizei also noch zurück. Aber wegen der Ähnlichkeit war auch der Mordfall Birch groß aufgemacht.

Wolfe rief seinen Anwalt, Henry Parker, an, um sich über das Verfahren bei einer Rückgabeklage zu erkundigen und ihm zu sagen, er möge sich auf einen solchen Prozeß vorbereiten, falls Maddox sein Versprechen wahrmache und nach den Zehntausend die Hand ausstrecke. Ich hatte Parker in einem Landgasthof aufstöbern müssen.

Kein Lebenszeichen von Jean Estey.

Im Laufe des Tages riefen drei Reporter an, und zwei erschienen persönlich vor unserer Haustür, weiter aber kamen sie nicht. Sie ärgerten sich, weil die *Gazette* die exklusive Nachricht gehabt hatte, daß Wolfe an dem Mordfall arbeitete.

Mein morgendlicher Anruf bei Lon Cohen in der *Gazette*-Redaktion war zu früh, und ich ließ ihm ausrichten, er möge doch zurückrufen, was er auch tat. Als ich am Nachmittag hinkam, um eine Reihe von Abzügen der besten Fotos von Leuten, für die wir uns interessierten, abzuholen, sagte ich Lon, wir könnten ein paar Dutzend wesentliche Daten, so unter der Hand, gebrauchen, und er sagte, ihm gehe es nicht anders. Er behauptete, sie hätten alles veröffentlicht, was sie wüßten, aber sie hätten natürlich noch einen ganzen Haufen von tollen Gerüchten, so zum Beispiel, daß Mrs. Horan einmal einen Cocktail-Shaker nach Mrs. Fromm geworfen habe und daß ein gewisser Importeur einmal Vincent Lipscomb zum Abdruck eines Artikels zugunsten von Tarifsenkungen veranlaßt habe, indem er ihm eine Europa-Reise finanzierte. Nichts von all dem schien mir wert, auf der Stelle in die 35. Straße geschleppt zu werden.

Außerdem hatte ich noch einige Besorgungen zu erledigen. Um die Fotos zu verteilen, traf ich mich mit Saul Panzer im *Times*-Gebäude, wo er sich in die Probleme der Einwanderer und der ›Unim‹ hineinkniete; mit Orrie Cather in einer Imbißhalle an der Lexington-Avenue, wo er mir berichtete, der Mann, dem er einmal einen Gefallen getan habe, spiele im Van Cortland Park Golf und sei erst später zu sprechen; und mit Fred Durkin nebst Familie in einem Restaurant am Broadway, wo das Sonntagsmenü 1,85 Dollar für Erwachsene und 1,15 Dollar für Kinder kostete. In New York an einem Sonntag Ende Mai eine aussichtsreiche Fährte zu finden, ist nicht so einfach.

Ich machte auf eigene Faust einen kleinen Versuch, ehe ich mich zur 35. Straße zurückwandte. Ich kann mich nicht erinnern, jemals einem Verkäufer aus einem Juweliergeschäft einen Gefallen getan zu haben, aber einem gewissen Angehörigen des New Yorker Polizeipräsidiums habe ich einmal einen sehr großen erwiesen. Wenn ich meine Pflicht als Staatsbürger und als lizenzierter Privatdetektiv erfüllt hätte, wäre er übel hineingerasselt und säße immer noch hinter Schloß und Riegel, aber es lagen besondere Umstände vor. Kein Mensch weiß etwas davon, nicht einmal Wolfe. Der Mann hat mir zu verstehen gegeben, er würde gern für mich durchs Feuer gehen, wenn ich jemals in Druck käme, aber ich habe mich soweit wie möglich von ihm ferngehalten. An diesem Sonntag aber dachte ich, ach was, soll der Kerl eine Gelegenheit bekommen, seine Schuld zu begleichen, und ich rief ihn an und traf mich irgendwo mit ihm.

Ich sagte ihm, ich gäbe ihm fünf Minuten, um mir zu erzählen, wer Mrs. Fromm ermordet habe. Er sagte, so wie die Sache sich anlasse, würde er fünf Jahre brauchen, und auch dann noch ohne Gewähr. Ich fragte ihn, ob das auf dem neuesten Stande der Forschung beruhe, und er bejahte es. Ich sagte, weiter hätte ich nichts von ihm wissen wollen, und ich wolle deshalb mein Fünf-Minuten-Angebot zurückziehen, aber sobald er etwa in der Lage sei, es in fünf Stunden statt in fünf Jahren abzumachen, würde ich ihm dankbar sein, wenn er mich informierte.

»Worüber informieren?« fragte er.

Ich sagte: »Daß es dicht am Platzen ist. Weiter nichts. Dann kann ich Mr. Wolfe sagen, er soll in Deckung gehen.«

»Der ist doch viel zu dick, um in Deckung zu gehen.«

»Aber ich nicht.«

»Na gut, abgemacht. Wirklich nichts weiter?«

»Nein, gar nichts.«

»Ich dachte, Sie würden von mir vielleicht Rowcliffs Kopf mit einem Bratapfel im Munde verlangen.«

Ich fuhr nach Hause und sagte zu Wolfe: »Keine Sorge. Die Polente spielt Ene-mene-ming-pang-ping-pang. Sie wissen vermutlich mehr als wir, aber von der Lösung sind sie genauso weit entfernt.«

»Woher wissen Sie das?«

»Von einer Zigeunerin. Die Information ist authentisch, frisch und streng privat. Ich hab' mit unseren drei Freunden gesprochen und ihnen die Fotos gegeben. Wollen Sie die nebensächlichen Einzelheiten wissen?«

»Nein.«

»Irgendwelche Instruktionen?«
»Nein.«
»Kein Programm für mich für morgen?«
»Nein.«
Das war am Sonntag abend.

Am Montag morgen war mir ein Hochgenuß vergönnt. Wolfe zeigt sich in den unteren Räumen niemals vor elf Uhr. Nachdem er in seinem Zimmer gefrühstückt hat, fährt er mit dem Aufzug in die Plantagenräume unterm Dach, um seine zwei Stunden bei den Orchideen zu verbringen, ehe er ins Büro hinunterkommt. Morgens verkehrt er mit mir über das Haustelefon, es sei denn, daß es etwas Besonderes gibt. An diesem Morgen gab es offenbar etwas Besonderes, denn als Fritz ihm das Frühstück hinaufgebracht hatte und wieder in die Küche kam, verkündete er feierlich: »Audienz für Sie. Großes Lever.« Er sprach es korrekt französisch aus: »Lewee.«

Ich war mit der Morgenzeitung fertig, in der nichts stand, was den Angaben meiner Zigeunerin widersprochen hätte, und als meine Kaffeetasse leer war, ging ich eine Treppe höher, klopfte und trat ein. An regnerischen oder auch nur grauen Tagen frühstückt Wolfe im Bett, wozu er die schwarzseidene Überdecke ans Fußende wirft, weil Flecken ihr schlecht bekommen; aber wenn das Wetter freundlich ist, muß Fritz das Tablett auf einen Tisch am Fenster stellen. An diesem Morgen war es freundlich, und so kam ich zu meinem Hochgenuß. Barfuß, mit wirrem Haar, in seinem mehrere Hektar großen gelben Schlafanzug, der in der Sonne grell leuchtete, bot er einen sensationellen Anblick. Wir wünschten uns gegenseitig guten Morgen, und er hieß mich hinsetzen.

»Ich habe Instruktionen für Sie«, teilte er mir mit.
»Schön. Ich hatte die Absicht, um zehn Uhr auf der Bank zu sein, um Mrs. Fromms Scheck zu hinterlegen.«
»Das können Sie tun. Aber anschließend werden Sie noch Weiteres besorgen. Sie werden wahrscheinlich den ganzen Tag unterwegs sein. Sagen Sie Fritz, er möge sich um das Telefon kümmern und bei Besuchern die üblichen Vorsichtsmaßregeln beachten. Sie melden sich von Zeit zu Zeit telefonisch.«
»Um zwei Uhr ist die Beerdigung.«
»Ich weiß, und deshalb können Sie zum Essen vielleicht zu Hause sein. Wir werden sehen. Nun aber die Instruktionen.«

Er gab sie mir. In vier Minuten war das geschehen. Zum Schluß fragte er, ob ich noch Fragen hätte.

Ich machte ein düsteres Gesicht. »Eine«, sagte ich. »Soweit ist das schon klar, aber was suche ich dabei eigentlich?«

»Gar nichts.«

»Dann werde ich wahrscheinlich auch gar nichts finden.«

Er nahm einen Schluck Kaffee. »Mehr erwarte ich nicht. Sie versetzen die Leute damit in Unruhe, weiter nichts. Sie lassen in einer Volksmenge einen Tiger los – oder, wenn Ihnen das zu bombastisch klingt, eine Maus. Wie werden sich die Leute dabei verhalten? Werden sie es der Polizei mitteilen, und wenn ja, welcher von ihnen?«

Ich nickte. »Natürlich, die Möglichkeiten sehe ich schon, aber ich wollte wissen, ob ich etwa einen bestimmten Punkt eruieren soll.«

»Nein. Keinen.« Er griff nach der Kaffeekanne.

Ich ging ins Büro hinunter. In einem Fach meines Schreibtisches habe ich eine Auswahl Visitenkarten liegen, neun oder zehn verschiedene Sorten mit verschiedenen Texten für verschiedene Zwecke und Gelegenheiten. Ich nahm einige geprägte mit meinem Namen in der Mitte und dem Vermerk ›Im Auftrag von Nero Wolfe‹ in der Ecke, und auf sechs davon schrieb ich mit Tinte unter meinen Namen: ›Um zu besprechen, was Mrs. Fromm am Freitag Mr. Wolfe erzählt hat.‹ Mit diesen Karten in meiner Brieftasche, dem Scheck und dem Bankbuch in der Tasche und einem Revolver in der Achselhöhle war ich voll ausgerüstet, und ich nahm meinen Hut und machte mich auf.

Ich ging zu Fuß zur Bank – ein angenehmer Viertelstundenweg an einem schönen Maimorgen – und nahm mir von dort aus ein Taxi nach der 68. Straße. Ich wußte nicht, wie das Haus einer verstorbenen Millionärin am Tag ihrer Beerdigung aussehen würde, aber draußen war es ruhiger als am Samstag. Die einzigen Anzeichen, die auf etwas Ungewöhnliches schließen ließen, waren ein Polizeibeamter in Uniform auf dem Bürgersteig, der nichts zu tun hatte, und schwarzer Flor an der Tür. Es war nicht derselbe Polizist wie am Samstag, und dieser hier erkannte mich. Als ich auf die Tür zuging, hielt er mich an.

»Wollen Sie hier was?«

»Ja, Wachtmeister, das will ich.«

»Sie sind doch Archie Goodwin. Was wollen Sie denn?«

»Ich will da auf die Klingel drücken und Peckham meine Karte überreichen, damit er sie zu Miss Estey bringt, und hineingeführt werden und eine Unterhaltung mit...«

»Na, und ob Sie Goodwin sind.«

Darauf war keine Erwiderung nötig. Er stand bloß da, und so trat ich an ihm vorbei in die Vorhalle und drückte auf den Klingelknopf. Nach einem Augenblick wurde die Tür von Peckham geöffnet. Er mag gut geschult gewesen sein, aber mein Anblick war zuviel für ihn. Statt die Augen nur auf mein Gesicht zu richten, wie jeder Butler, der diesen Namen verdient, es zu tun hat, ließ er seine Bestürzung erkennen, als er von oben bis unten meinen braunen Gabardineanzug, mein hellbraun gestreiftes Hemd, die braune Krawatte und die braunen Schuhe betrachtete. Zu seiner Entschuldigung: schließlich war es der Tag der Beerdigung.

Ich reichte ihm meine Karte. »Zu Miss Estey bitte.«

Er ließ mich ein, aber er hatte eine merkwürdige Miene aufgesetzt. Wahrscheinlich hielt er mich für verrückt, denn nach den Tatsachen, soweit sie ihm bekannt waren, war das die simpelste Erklärung. Statt mich den Korridor entlangzugeleiten, sagte er mir, ich solle vorn warten, ging zur Tür des Büros und verschwand darin. Die Stimmen, die herauskamen, waren zu leise, als daß ich etwas hätte verstehen können, und dann erschien er wieder.

»Hier bitte, Mr. Goodwin.«

Er trat zur Seite, als ich näher kam, und ging durch die Tür. Drinnen saß Jean Estey an einem Schreibtisch und hatte meine Karte in der Hand. Ohne mich erst mit einem Gruß aufzuhalten, fragte sie mich unvermittelt: »Wollen Sie die Tür bitte zumachen?«

Ich tat es und wandte mich ihr zu. Sie redete mich an: »Sie wissen doch, was ich Ihnen am Samstag gesagt habe, Mr. Goodwin.«

Die grünlich-braunen Augen waren gerade auf mich gerichtet. Unter ihnen war die Haut aufgequollen, entweder von zuwenig oder von zuviel Schlaf, und obwohl ich immer noch fand, daß sie gut aussah, machte sie den Eindruck, als wären nicht zwei Tage, sondern zwei Jahre vergangen, seit ich sie gesehen hatte.

Ich ging zu einem Stuhl am Ende ihres Schreibtisches und setzte mich. »Sie meinen das mit der Polizei, die von Ihnen verlangt hat, Sie sollten mit Nero Wolfe reden und es dann weitererzählen?«

»Ja.«

»Wie steht's damit?«

»Ich weiß nicht, nur – na ja, wenn Mr. Wolfe mich immer noch sprechen will ... Vielleicht gehe ich hin. Ich weiß noch nicht genau – aber bestimmt erzähle ich der Polizei nicht, was er sagt. Ich finde, die sind einfach schrecklich. Es sind jetzt mehr als zwei Tage vergangen, seit Mrs. Fromm ermordet worden ist, neunundfünfzig Stunden, und ich glaube, die kriegen überhaupt nichts 'raus.«

Ich mußte innerhalb einer Minute eine Entscheidung fällen. Bei der Haltung, die sie jetzt einnahm, war es klar, daß ich sie zu uns ins Büro hätte lotsen können – aber würde Wolfe sie haben wollen? Was würde ihm wohl lieber sein: daß ich sie ins Büro brächte oder daß ich meine Instruktionen befolgte? Ich weiß nicht, wie ich mich entschieden hätte, wenn ich mit mir hätte zu Rate gehen und es mir gründlich überlegen können; aber es mußte eine Blitzentscheidung sein, und sie fiel zugunsten der Instruktionen aus.

Ich begann: »Ich werde Mr. Wolfe ausrichten, was Sie meinen, und er wird sich bestimmt sehr darüber freuen, aber ich muß Ihnen wohl erklären, daß das nicht ganz stimmt, was da auf der Karte steht: ›Im Auftrage von Nero Wolfe‹. Ich bin auf eigene Faust hier.«

Sie streckte den Kopf hoch. »Auf eigene Faust? Arbeiten Sie denn nicht für Nero Wolfe?«

»Schon, aber ich arbeite auch für mich, wenn sich mal eine gute Gelegenheit ergibt. Ich habe Ihnen ein Angebot zu machen.«

Sie warf einen Blick auf die Karte. »Hier steht: ›Um zu besprechen, was Mrs. Fromm am Freitag Mr. Wolfe erzählt hat.‹«

»Das stimmt auch, das will ich mit Ihnen besprechen, aber bloß zwischen uns beiden.«

»Das versteh' ich nicht ganz.«

»Sie werden es bald verstehen.« Ich beugte mich ihr zu und senkte die Stimme. »Sehen Sie, ich war bei dem Gespräch, das Mrs. Fromm mit Mr. Wolfe hatte, dabei. Die ganze Zeit. Ich habe ein äußerst gutes Gedächtnis. Ich könnte es Ihnen Wort für Wort hersagen oder jedenfalls nahezu.«

»Na und?«

»Na, und ich dachte mir, es würde Ihnen daran liegen, das zu hören. Ich habe Grund zu glauben, daß Sie es höchst interessant finden würden. Sie denken vielleicht, ich riskiere dabei Kopf und Kragen, aber ich bin seit so vielen Jahren Mr. Wolfes vertrauter Mitarbeiter, und ich habe gut für ihn gearbeitet und dafür gesorgt, daß er mir vertrauen gelernt hat, und falls Sie ihn etwa anrufen, wenn ich hier weggehe, oder zu ihm hingehen und ihm verraten, was ich zu Ihnen gesagt habe, so wird er glauben, Sie wollten ihn verpflaumen. Und wenn er mich danach fragt und ich ihm sage, Sie lögen das Blaue vom Himmel 'runter, wird er mir glauben. Also machen Sie sich um meinen Kopf keine Sorgen. Ich werde Ihnen dieses Gespräch wiedererzählen, komplett – für fünftausend Dollar in bar.«

»Ah!« sagte sie, oder vielleicht war es auch ein »Oh!«, aber es war nur so ein Laut. Dann starrte sie mich bloß an.

»Selbstverständlich«, sagte ich, »erwarte ich nicht, daß Sie diesen Betrag im Portemonnaie haben. Es geht also auch heute nachmittag, aber ich muß das Geld schon im voraus haben.«

»Das ist doch unglaublich«, sagte sie. »Warum in aller Welt sollte ich Ihnen denn auch nur fünf Cent zahlen, damit Sie mir von diesem Gespräch erzählen?«

Ich schüttelte den Kopf. »Damit hätte ich's ja schon erzählt. Wenn Sie gezahlt haben und ich liefere, mögen Sie finden, daß Ihre Ausgabe sich gelohnt hat, oder vielleicht finden Sie das auch nicht. Ich gebe keine Garantie dafür, daß Sie zufrieden sind, aber ich müßte doch ein Idiot sein, wenn ich mit einem solchen Angebot herkäme und nichts weiter auf Lager hätte als eine Tüte Bonbons.«

Ihr starrer Blick ließ mich los. Sie zog ein Schubfach auf, um nach einem Päckchen Zigaretten zu greifen, nahm eine heraus, klopfte das Ende mehrmals auf einem Notizblock auf und langte nach einem Tischfeuerzeug. Doch die Zigarette wurde nicht angezündet. Sie ließ sie sinken und stellte das Feuerzeug hin. »Ich glaube«, sagte sie und sah mich dabei wieder an, »ich müßte jetzt eigentlich beleidigt und empört sein, und ich glaube, das werde ich auch sein, aber im Augenblick bin ich zu schockiert. Ich habe nicht gewußt, daß Sie ein ganz gewöhnliches Stinktier sind. Wenn ich so viel Geld hätte, daß ich es zum Fenster 'rausschmeißen könnte, würde ich's Ihnen gern bezahlen und mir das anhören. Ich möchte gern hören, was für

eine Lügengeschichte Sie mir da verkaufen wollen. Aber es ist
besser, Sie gehen.« Sie stand langsam auf. »Scheren Sie sich
'raus hier.«

»Miss Estey, ich glaube...«

»'raus hier!«

Ich habe Stinktiere in Bewegung gesehen, sowohl wenn sie
nicht aufgestört waren, als auch wenn sie es eilig hatten, und
sie legen nicht gerade Grandezza an den Tag. Ich tat es. Ich
nahm meinen Hut von einer Ecke des Schreibtisches und schritt
hinaus. In der Halle gab Peckham seine Erleichterung darüber,
daß er einen verrückten Bestattungsunternehmer ohne unangenehme Zwischenfälle loswurde, zu erkennen, indem er sich
verbeugte, während er mir die Tür aufhielt. Der Polizeibeamte
auf dem Bürgersteig wollte etwas sagen und besann sich dann
eines anderen.

Um die Ecke suchte ich in einem Lokal eine Telefonzelle
auf, rief Wolfe an, gab ihm einen vollständigen Bericht und
winkte mir dann ein Taxi heran, in dem ich Richtung Innen-
stadt fuhr.

Die Adresse meines zweiten Kandidaten, am Gramercy Park,
entpuppte sich als ein altes Mietshaus, ein gelber Ziegelbau mit
einem uniformierten Portier, einer geräumigen Vorhalle mit
schönen alten Teppichen und einem stark asthmaleidenden
Aufzug. Er schaffte den Fahrstuhlführer und mich endlich in
den siebenten Stock hinauf, nachdem der Portier oben angerufen und mich durchgelassen hatte. Als ich an der Tür des
Apartments 8 B auf den Klingelknopf drückte, wurde sie mir
von einem weiblichen Hauptfeldwebel im Kostüm eines
Dienstmädchens geöffnet, der mich einließ, meinen Hut in
Empfang nahm und mich zu einem Durchgang am Ende des
Flurs geleitete.

Es war ein großes Wohnzimmer mit hoher Decke, das mehr
als vollständig möbliert war. Die vorherrschenden Farben der
Gardinen, der Polstermöbel und der Teppiche waren gelb, vio-
lett, hellgrün und kastanienbraun – wenigstens war das der
Eindruck, den ich bei flüchtigem Umherblicken gewann. Einen
schwarzen Tupfer setzte das Kleid der Dame ins Bild, die mir
entgegentrat, als ich hereinkam. Schwarz stand ihr gut, es
paßte zu ihrem aschblonden Haar, das hinten zu einem Knoten zusammengerafft war, zu ihren klaren blauen Augen und

ihrer hellen gepflegten Haut. Sie bot mir nicht die Hand, doch ihre Miene war nicht feindselig.

»Mrs. Horan?« fragte ich.

Sie nickte. »Mein Mann wird ja wüten, wenn er hört, daß ich mit Ihnen gesprochen habe, aber ich bin so rasend neugierig. Übrigens, ich täusche mich hoffentlich nicht – Sie sind doch der Archie Goodwin, der bei Nero Wolfe arbeitet?«

Ich zog eine Karte aus der Brieftasche und überreichte sie ihr, und sie hielt sie ein Stück ab, um besseres Licht zu haben. Dann sah sie mich an, und ihre Augen gingen weit auf. »Aber ich kann doch nicht ... ›Um zu besprechen, was Mrs. Fromm Mr. Wolfe erzählt hat‹? Mit mir? Weshalb denn mit mir?«

»Weil Sie Mrs. Claire Horan, die Gattin von Mr. Dennis Horan sind.«

»Ja, natürlich, das bin ich.« Aus ihrem Tonfall war zu erkennen, daß sie noch gar nicht darauf gekommen war, die Sache in diesem Licht zu sehen. »Mein Mann wird ja rasen.«

Ich warf einen Blick über die Schulter. »Können wir uns drüben ans Fenster setzen? Die Sache ist vertraulich.«

»Aber gewiß doch.« Sie wandte sich um und suchte sich durch die Möbelstücke hindurch einen Weg, und ich folgte ihr. Sie wählte einen Sessel am anderen Ende des Zimmers, beim Fenster, und ich rückte mir einen dicht genug heran, um eine gemütliche Atmosphäre zu schaffen.

»Wissen Sie«, sagte sie, »das ist ganz schrecklich! Ganz furchtbar schrecklich! Laura Fromm ist so ein netter Mensch gewesen!« Im selben Tonfall und mit derselben Miene hätte sie mir sagen können, daß mein Haarschnitt ihr gefalle. Sie fügte hinzu: »Haben Sie sie gut gekannt?«

»Nein, ich habe sie nur einmal gesehen, letzten Freitag, als sie zu Mr. Wolfe kam, um ihn zu konsultieren.«

»Das ist doch der Privatdetektiv, nicht wahr?«

»Ganz recht.«

»Sind Sie auch Detektiv?«

»Ja, ich arbeite bei Mr. Wolfe.«

»Nein, wie interessant! Natürlich sind schon zwei Leute hiergewesen und haben alles mögliche gefragt – nein, drei –, und auch am Samstag auf der Staatsanwaltschaft, aber das sind ja schließlich bloß Polizeibeamte. Und Sie sind wirklich ein richtiger Detektiv? Ich hätte nie gedacht, daß ein Detektiv so – daß er so gut angezogen wäre.« Sie machte eine kokette

Handbewegung. »Aber da schwatze ich daher wie immer, und Sie wollen etwas mit mir besprechen.«

»Das war meine Absicht. Das, was Mrs. Fromm bei ihrem Besuch Mr. Wolfe erzählt hat.«

»Dann müssen Sie mir aber erst mal erzählen, was sie gesagt hat. Ich kann es doch nicht mit Ihnen besprechen, solange ich noch nicht weiß, was es gewesen ist, nicht wahr?«

»Nein«, räumte ich ein, »aber ich kann's Ihnen nicht erzählen, solange ich nicht weiß, wieviel Ihnen daran liegt, es zu hören.«

»Ach, mir liegt sehr viel daran!«

»Gut, das hab' ich mir doch gedacht. Sehen Sie, gnädige Frau, ich bin die ganze Zeit mit im Zimmer gewesen, als Mrs. Fromm und Mr. Wolfe sich unterhalten haben, und ich kann mich an jedes Wort erinnern, das sie gesprochen haben. Deshalb hab' ich mir gedacht, Sie würden sehr neugierig darauf sein, und ich bin darum nicht erstaunt, daß Sie das nun wirklich sind. Das Dumme ist nur, daß ich es mir nicht leisten kann, Ihre Neugier gratis zu befriedigen. Ich hätte vorausschicken müssen, daß ich nicht im Auftrag von Nero Wolfe bei Ihnen bin – deswegen habe ich gesagt, es ist ziemlich vertraulich. Ich bin nur in meinem eigenen Auftrag hier. Ich will Ihre Neugier befriedigen, wenn Sie mir fünftausend Dollar leihen, rückzahlbar, wenn es nach oben statt nach unten regnet.«

Ihre einzige erkennbare Reaktion war die, daß die blauen Augen ein bißchen weiter aufgingen. »Das ist eine amüsante Vorstellung«, sagte sie, »daß es nach oben statt nach unten regnet. Regnet's da von den Wolken aufwärts – oder von der Erde aufwärts zu den Wolken?«

»Das wäre mir gleichgültig.«

»Ich fände es noch schöner, wenn's von der Erde aufwärts regnet.« Eine Pause. »Was haben Sie da gesagt – ich soll Ihnen Geld leihen? Bitte verzeihen Sie, aber ich bin ganz an dem Regen von unten nach oben hängengeblieben.«

Ich war bereit, mir einzugestehen, daß diese Frau ein ziemlich harter Brocken für mich war, doch ich machte tapfer weiter. Ich ließ den Regen Regen sein. »Wenn Sie mir fünftausend Dollar zahlen, verrate ich Ihnen, was Mrs. Fromm Mr. Wolfe erzählt hat. Bargeld im voraus.«

Ihre Augen gingen noch weiter auf. »Was haben Sie da gesagt? Ich habe wohl nicht richtig verstanden.«

»Ich hab' es nur ausgeschmückt, indem ich den Regen 'reingezogen habe. Tut mir leid. So ist es besser, klipp und klar.«

Sie schüttelte ihren hübschen Kopf. »Für mich ist es nicht besser, Mr. Goodwin. Es klingt absolut verrückt, wenn Sie nicht – ach, ich verstehe. Sie meinen, sie hat Ihnen etwas Furchtbares über mich erzählt. Das wundert mich gar nicht. Aber was war es denn?«

»Ich habe nicht gesagt, daß sie über Sie etwas gesagt hat. Ich habe bloß . . .«

»Aber natürlich hat sie. Das kann man sich bei ihr doch denken. Was war's denn?«

»Nein«, sagte ich mit Nachdruck. »Vielleicht hab' ich mich nicht klipp und klar genug ausgedrückt.« Ich ließ einen Finger emporschnellen: »Erstens, Sie geben mir Geld.« Noch ein Finger: »Zweitens, ich liefere Ihnen den Bericht. Ich biete Ihnen etwas zum Kauf an; weiter nichts.«

Sie nickte bedauernd. »Das ist eben das Dumme dabei.«

»Was denn?«

»Na, Sie meinen es gar nicht ernst. Wenn Sie mir anbieten würden, es mir für zwanzig Dollar zu erzählen, wär' es vielleicht was anderes, und ich würde natürlich furchtbar gern wissen, was sie gesagt hat. Aber fünftausend? Wissen Sie, was ich glaube, Mr. Goodwin?«

»Nein, das weiß ich nicht.«

»Ich glaube, Sie sind ein viel zu netter Kerl, als daß Sie so eine Taktik anwenden könnten, um meine Neugier zu erwekken, bloß damit ich anfange zu reden. Als Sie 'reinkamen, hätte ich nicht im Traum gedacht, daß Sie so wären, besonders wegen Ihrer Augen. Ich gehe nach den Augen.«

Auch ich gehe bis zu einem gewissen Grad nach den Augen, und die ihren paßten nicht zu ihrem Benehmen. Es waren zwar nicht die lebhaftesten und intelligentesten, die mir in meinem Leben begegnet waren, aber auch nicht die Augen eines Wirrkopfes. Ich wäre gern eine Stunde oder länger dageblieben, um zu versuchen, ob ich sie nicht festnageln könnte, aber meine Instruktionen verlangten, es schlicht und einfach vorzutragen, die Reaktion zu beobachten und eine Haustür weiterzugehen, und außerdem wollte ich noch vor der Beerdigung so viel wie möglich erledigen.

Ich stand also auf, um mich zu verabschieden. Es tat ihr leid, mich gehen zu sehen. Sie deutete sogar an, daß sie auf ihr Gegenangebot von zwanzig Dollar unter Umständen noch zehn drauflegen würde, aber ich gab ihr zu verstehen, ihre Bemerkung über meine Taktik habe mich beleidigt.

Auf der Straße suchte ich mir eine Telefonzelle, um Wolfe Bericht zu erstatten, und nahm dann ein Taxi nach der 42. Straße.

Ich hatte mir von Lon Cohen sagen lassen, ich brauchte es der Union zur Unterstützung von Einwanderern nicht übelzunehmen, daß diese Leute mit einem eleganten, sonnigen Büro im fünfundzwanzigsten Stockwerk eines der neueren Geschäftspaläste in der Stadtmitte angäben, denn das Haus gehöre Mrs. Fromm, und sie zahlten keine Miete. Immerhin wirkte es ziemlich protzig für einen Verein, der sich der Unterstützung unglücklicher und vom Schicksal geschlagener Menschen widmete.

Da, in dem funkelnden Empfangsraum, hatte ich ein Musterstück vor mir. An einem Ende eines braunen Ledersofas lungerte mißmutig und verzweifelt ein typisches Exemplar, in einen alten grauen Anzug gekleidet, der ihm zwei Nummern zu groß war. Ich warf einen Blick zu ihm hin und fragte mich verwundert, was die Umgebung auf ihn wohl für einen Eindruck machte. Aber dann blickte ich noch einmal hin und hörte auf, mich zu wundern. Es war Saul Panzer. Unsere Augen begegneten sich, dann ließ er die seinen sinken, und ich ging auf die Frau an dem Anmeldepult zu, die eine lange dünne Nase und ein entsprechendes Kinn hatte.

Sie sagte, Miss Wright sei beschäftigt und nur für angemeldete Besucher zu sprechen. Nachdem ich eine Karte hervorgezogen und ihr zugeredet hatte, nicht nur meinen Namen weiterzugeben, sondern auch das, was darunter stand, erhielt ich den Bescheid, ich würde empfangen werden, aber es paßte der Anmeldedame offensichtlich nicht recht. Sie gab mit ihren verkniffenen Lippen und ihren zusammengebissenen Zähnen deutlich zu erkennen, daß sie mit mir nichts zu tun haben wolle.

Ich wurde in ein großes Eckzimmer mit Fenstern nach zwei Seiten geführt, von dem man nach Süden und Osten Manhattan überblicken konnte. Es standen zwei Schreibtische darin, aber nur einer davon war besetzt, und zwar mit einem braunhaarigen weiblichen Managertyp, der fast so mißmutig dreinblickte wie Saul Panzer.

Sie begrüßte mich mit einer Frage: »Kann ich Ihre Karte sehen, bitte?«

Sie war ihr am Telefon vorgelesen worden. Ich trat auf Miss Wright zu und überreichte ihr die Karte. Sie betrachtete sie und dann mich. »Ich habe viel zu tun. Ist denn das eilig?«

»Es wird nicht lange dauern, Miss Wright.«

»Was soll denn dabei 'rauskommen, wenn Sie das mit mir besprechen?«

»Ich weiß nicht. Sie werden die Frage offenlassen müssen, ob was dabei 'rauskommt oder nicht. Ich spreche ausschließlich für mich selbst, nicht für Nero Wolfe, und es ist nicht ...«

»Hat nicht Nero Wolfe Sie hergeschickt?«

»Nein.«

»Die Polizei?«

»Nein. Ich komme aus eigener Initiative. Ich habe ein bißchen Pech gehabt und brauche etwas Bargeld, und ich habe etwas zu verkaufen. Ich weiß, heute ist für Sie ein schlechter Tag, da doch nachmittags Mrs. Fromms Beerdigung ist, aber das wird meinen Gläubiger nicht abhalten – wenigstens kann ich damit nicht rechnen –, und ich brauche so bald wie möglich fünftausend Dollar.«

Sie lächelte mit einer Hälfte ihres Mundes. »Ich fürchte, so viel habe ich gar nicht bei mir, wenn Sie mir auch die Pistole auf die Brust setzen. Sind Sie denn nicht ein respektabler lizenzierter Detektiv?«

»Ich gebe mir Mühe. Wie schon gesagt, ich hab' ein bißchen Pech gehabt. Ich tue ja nichts weiter, als Ihnen etwas zum Kauf anbieten, und Sie können dazu ja oder nein sagen. Es kommt nur darauf an, wieviel Ihnen daran liegt, genau zu wissen, was Mrs. Fromm Mr. Wolfe erzählt hat. Für fünftausend Dollar kann das ein Bombengeschäft für Sie sein, vielleicht aber auch nicht. Sie müssen das besser beurteilen können als ich, aber das werden Sie natürlich erst wissen, wenn Sie es gehört haben.«

Sie betrachtete mich. »Also so ist das«, sagte sie.

»So ist das«, bestätigte ich.

Es war schwerer, ihren braunen Augen standzuhalten, als denen Jean Esteys oder Claire Horans. Es kam für mich darauf an, den Eindruck eines Menschen mit einem kräftigen Schuß Verrätergesinnung zu erwecken, aber zugleich den eines Mannes, bei dem man sich auf prompte Lieferung verlassen kann. Bei ihrem starren, durchdringenden Blick beschlich mich das Gefühl, für die Rolle nicht richtig kostümiert zu sein, und ich bemühte mich, es meinem Gesicht nicht anmerken zu lassen. Andererseits fand ich, daß es nützlich sein könnte, etwas zu tun, und so ließ ich den Mund in Aktion treten: »Sie verstehen, Miss Wright, es handelt sich um ein vertrauliches Angebot. Ich kann und werde Ihnen alles erzählen, was Mrs. Fromm und Mr. Wolfe gesagt haben.«

»Aber zuerst möchten Sie das Geld haben?« Ihre Stimme war ebenso durchdringend wie ihre Augen.

Ich kehrte eine Hand um. »Ich fürchte, anders läßt sich das gar nicht machen. Sie könnten mir ja auch sagen, ich solle mich verglasen lassen.«

»Das könnte ich allerdings.« Ihr Verstand arbeitete. »Vielleicht können wir uns auf einen Kompromiß einigen.« Sie zog einen Schreibblock aus einem Tischfach und schob mir ihren Federhalter herüber. »Holen Sie sich einen Stuhl her, oder setzen Sie sich an den andern Schreibtisch, und legen Sie Ihr Angebot kurz schriftlich nieder. Schreiben Sie ungefähr so: ›Nach Barzahlung von fünftausend Dollar werde ich Angela Wright vollständig und prompt über die Unterredung berichten, die am vergangenen Freitag nachmittag zwischen Laura Fromm und Nero Wolfe stattgefunden hat.‹ Datum dazu, unterschrieben und fertig.«

»Und dann soll ich das Ihnen geben?«

»Ja. Ich gebe es zurück, sobald Sie Ihrerseits den Vertrag erfüllt haben. Ist das nicht ein fairer Vorschlag?«

Ich lächelte zu ihr hinab. »Na aber, Miss Wright. Wenn ich ein solcher Dussel wäre – was meinen Sie wohl, wie lange Nero Wolfe mich behalten hätte?«

Sie lächelte zurück. »Möchten Sie wissen, was ich glaube?«

»Ja, gern.«

»Ich meine, wenn Sie fähig wären, Geheimnisse zu verkaufen, die Sie in Wolfes Büro erfahren haben, wäre er schon längst dahintergekommen und hätte Sie 'rausgeschmissen.«

»Ich hab' doch gesagt, ich habe ein bißchen Pech gehabt.«

»Aber so viel Pech nicht. Ich bin auch kein Dussel. In einem Punkt haben Sie natürlich recht – das heißt, Mr. Wolfe hat recht: Mir läge sehr viel daran, zu wissen, weswegen Mrs. Fromm ihn aufgesucht hat. Ich möchte gern mal sehen, was eigentlich passieren würde, wenn ich Ihnen das Geld hinlegte.«

»Das können Sie leicht feststellen.«

»Vielleicht noch leichter, als Sie meinen. Ich könnte zu Mr. Wolfe gehen und ihn fragen.«

»Dann würde ich eben sagen, Sie lügen.«

Sie nickte. »Ja, das kann ich mir wohl denken. Er könnte doch nicht gut zugeben, daß er Sie mit so einem Angebot zu mir geschickt hat.«

»Besonders, wenn das gar nicht der Fall ist.«

Die braunen Augen blitzten einen Moment lang auf und wurden dann wieder hart. »Wissen Sie, was mich am meisten ärgert, Mr. Goodwin? Es ärgert mich, daß man mich für einen kompletten Schwachkopf hält. Das verletzt meine Eitelkeit. Sagen Sie Mr. Wolfe das. Sagen Sie ihm, ich nehme es ihm nicht übel, daß er diese kleine Kriegslist bei mir versucht hat, aber ich nehme es ihm übel, daß er mich so niedrig einschätzt.«

Ich grinste sie an. »Diese Version paßt Ihnen gut in den Kram, wie?«

»Ja, sie scheint mir recht einleuchtend.«

»Na schön, bleiben Sie dabei. Das kostet ja nichts.«

Ich drehte mich um und ging. Als ich durch den Empfangsraum kam und Saul dort auf dem Sofa sitzen sah, hätte ich ihm gern die Warnung zukommen lassen, daß er gegen eine Gedankenleserin anzutreten habe, aber das mußte ich mir natürlich verkneifen.

Unten in der Halle fand ich eine Telefonzelle, erstattete Wolfe Bericht und ging dann eine Cola trinken, teils weil ich Durst hatte, und teils weil ich mir die Zeit zu einer kleinen Manöverkritik gönnen wollte. Hatte ich was verpatzt, oder war sie einfach zu gerissen für mich, oder was sonst?

Während ich die Cola trank, kam ich zu dem Ergebnis: Wenn man vermeiden will, daß weibliche Intuition einen gelegentlichen glücklichen Ansatz durchschaut, bleibt einem nichts weiter übrig, als sich ganz und gar von Frauen fernzuhalten, was aber nicht tunlich ist. Immerhin, ich hatte ihr das Angebot unterbreitet, und das war die Hauptsache.

Es waren nur ein paar Schritte zu Fuß bis zu meiner nächsten Station, einem älteren und schmuddligeren Bürohaus an der 43. Straße westlich der Fifth Avenue. Als ich mit dem Fahrstuhl in den dritten Stock hinaufgefahren und durch eine Tür mit der Aufschrift *Denken der Zeit* getreten war, erlebte ich eine angenehme Überraschung. Ich hatte am Sonntag eine Nummer der von Vincent Lipscomb herausgegebenen Zeitschrift gekauft und sie durchgesehen, bevor ich sie an Wolfe weitergab. Nach dieser Lektüre hatte ich angenommen, bei jedem weiblichen Wesen, das dort arbeitet, müßten die interessantesten Punkte, soweit vorhanden, ausschließlich im Gehirnkasten liegen. Aber ein kurvenreiches kleines Ding mit munteren Augen, das an einem Telefonschaltbrett saß, warf mir einen frechen Blick zu und hieß mich dann mit einem Lächeln willkommen, das besagte, sie habe die Stellung nur deswegen angenommen, weil sie glaubte, daß ich eines Tages auftauchen würde.

Ich wäre nur zu gern darauf eingegangen und hätte sie gefragt, was für Orchideen sie am liebsten mag, aber bald war Mittag, und so gab ich ihr nur das Lächeln zurück und sagte, ich wolle Mr. Lipscomb sprechen.

»Eine Karte?« sagte sie entzückt. »Ganz vornehm, was?« Als sie sah, was darauf stand, betrachtete sie mich mit einem zweiten, immer noch freundlichen, aber etwas reservierteren Blick, stöpselte mit flinken Fingern eine Buchse ein, drückte auf einen Knopf und sagte einen Augenblick später etwas in das Mikrophon der Sprechanlage.

Sie zog den Stecker heraus, reichte mir die Karte und sagte: »Da durch, und dann die dritte Tür links.«

Ich brauchte nicht erst bis drei zu zählen, denn als ich in den schmalen, dunklen Flur trat, ging eine Tür auf, und ein Mann erschien und brüllte mir zu, als stünde ich am andern Ufer eines Flusses: »Hier 'rein!« Dann ging er wieder hinein.

Als ich ins Zimmer trat, stand er mit dem Rücken zum Fenster, die Hände in die Hosentaschen gesteckt. Das Zimmer war klein, und der Schreibtisch und die beiden Stühle sahen so aus, als hätte er sie in der Zweiten Avenue zum gleichen Preis wie ein Paar Schuhe erstanden.

»Mr. Lipscomb?«

»Ja.«

»Sie wissen, wer ich bin?«

»Ja.«

Seine Stimme war nicht mehr brüllend, aber immer noch fünfmal lauter als nötig. Vielleicht sollte sie zu seiner Statur passen, denn er war fünf Zentimeter größer als ich und hatte massive Schultern, die entsprechend breiter waren, oder vielleicht war es auch als Ausgleich für seine Nase gemeint, die breit und flach war und jedes Gesicht verschandelt hätte, ganz gleich, wie es im übrigen aussah.

»Es handelt sich um eine vertrauliche Angelegenheit«, sagte ich zu ihm. »Ganz persönlich und privat.«

»Ja.«

»Und es geht nur Sie und mich etwas an. Mein Vorschlag kommt allein von mir und ist allein für Sie bestimmt.«

»Was ist es denn?«

»Ein Angebot, eine Information gegen Bargeld einzutauschen. Für Sie als den Herausgeber einer Zeitschrift ist das ja nichts Neues. Für fünftausend Dollar will ich Ihnen von dem Gespräch erzählen, das Mrs. Fromm vorigen Freitag mit Mr. Wolfe geführt hat. Authentisch und komplett.«

Er zog eine Hand aus der Tasche, um sich an der Backe zu kratzen, und steckte sie dann wieder hinein. Als er sprach, war seine Stimme auf eine annehmbare Lautstärker herabgeschraubt:

»Mein lieber Freund, auf diese Weise erwerben Zeitschriftenredaktionen ihre Informationen für gewöhnlich nicht. Die Sache geht so vor sich: Sie erzählen mir im Vertrauen, was Sie haben, und dann, wenn ich es gebrauchen kann, einigen wir uns über den Betrag. Wenn wir uns nicht einigen können, hat niemand was verloren.«

Er hob die breiten Schultern und ließ sie herabsinken. »Ich weiß nicht, ich werde gewiß einen Artikel über Laura Fromm bringen, einen gedankenreichen und anregenden Artikel; sie war eine große Frau und eine große Dame; aber vorderhand sehe ich noch nicht, wie Ihre Information da hineinpassen würde. Welcher Art ist sie denn?«

»Ich meine, nicht für Ihre Zeitschrift, Mr. Lipscomb. Ich meine, für Sie persönlich.«

Er runzelte die Stirn. Sofern das nicht echt war, so war es gut gespielt. »Ich glaube, ich komme nicht ganz mit.«

»Es ist furchtbar einfach. Ich habe dieses Gespräch mit angehört, von A bis Z. Am gleichen Abend ist Mrs. Fromm ermordet worden. Sie sind in die Geschichte verwickelt, und ich habe ...«

»Das ist doch absurd. Ich bin nicht in die Geschichte verwickelt. Worte sind meine Spezialität, Mr. Goodwin. Und das Schwierige daran ist, daß jeder Hinz und Kunz sie gebraucht, nur zu oft, ohne zu verstehen, was sie eigentlich bedeuten. Ich will gern annehmen, daß Sie dieses Wort gebraucht haben, weil Sie es nicht besser verstanden – andernfalls wäre es eine verleumderische Unterstellung. Ich bin nicht in den Fall verwickelt.«

»Na schön. Sind Sie davon berührt?«

»Natürlich bin ich das. Ich war mit Mrs. Fromm nicht gerade eng befreundet, aber ich habe sie hochgeschätzt und war stolz auf die Bekanntschaft mit ihr.«

»Sie sind am Freitag abend bei der Gesellschaft im Hause Horan gewesen. Sie waren einer der letzten, die sie lebend gesehen haben. Die Polizei, deren Spezialität in gewisser Weise auch Worte sind, hat Sie allerlei gefragt und wird Sie noch mehr fragen. Aber sagen wir ruhig, Sie sind davon berührt. Wenn ich alles in Betracht ziehe, auch das, was ich aus Mrs. Fromms Munde in ihrem Gespräch mit Mr. Wolfe gehört habe, denke ich mir, Sie wären vielleicht so sehr davon berührt, daß es Ihnen fünftausend Dollar wert wäre.«

»Das klingt langsam wie Erpressung. Ist es das?«

»Das müssen Sie selbst wissen. Sie sind doch der Wortspezialist. Ich verstehe ja nichts davon.«

Seine Hände glitten unvermittelt aus seinen Taschen heraus, und eine Sekunde lang glaubte ich, er würde mir entgegenkommen, aber er rieb nur die Handflächen aneinander. »Wenn das Erpressung ist«, sagte er, »dann muß eine Drohung dabeisein. Wenn ich zahle, was dann?«

»Gar keine Drohung. Sie bekommen die Information und fertig.«

»Und wenn ich nicht zahle?«

»Dann bekommen Sie sie nicht.«

»Sondern wer?«

Ich schüttelte den Kopf. »Ich habe gesagt, es ist keine Drohung dabei. Ich versuche nur, Ihnen etwas zu verkaufen.«

»Natürlich. Eine Drohung muß ja nicht unbedingt offen ausgesprochen sein. Es ist publik geworden, daß Wolfe Nachforschungen über Mrs. Fromm anstellt.«

»Stimmt.«

»Aber beauftragt hat sie ihn damit nicht, denn sie hat doch ihren Tod sicherlich nicht vorher geahnt. Anscheinend ist es so: Sie hat Wolfe eine Zahlung geleistet, damit er über irgend etwas oder irgend jemanden Ermittlungen anstellt, und am gleichen Abend ist sie ermordet worden. Wolfe fühlt sich jetzt verpflichtet, den Gründen für ihren Tod nachzuforschen. Sie können mir doch nicht Informationen zum Kauf anbieten, die nach Wolfes Ansicht mit ihrem Tode zusammenhängen, denn derartiges Material könnten Sie ja gewiß nicht ohne Wolfes Zustimmung unterdrücken, und das behaupten Sie doch wohl auch nicht?«

»Nein.«

»Dann bieten Sie also eine Information an, etwas, das Mrs. Fromm Wolfe erzählt hat, das aber nicht aufgerollt zu werden braucht, weil es nicht mit ihrem Tode zusammenhängt. Ist es nicht so?«

»Dazu habe ich nichts zu sagen.«

Er schüttelte den Kopf. »So geht das nicht. Wenn Sie mir das nicht sagen, kann ich mich unmöglich auf den Handel mit Ihnen einlassen. Ich sage nicht, *daß* ich mich darauf einlassen würde, wenn Sie es mir erzählten, aber zuvor kann ich gar nicht darüber entscheiden.«

Er machte kehrt und blickte aus dem Fenster, sofern seine Augen offen waren. Ich sah nichts weiter als seinen breiten Rücken. Endlich drehte er sich um.

»Ich glaube nicht, daß es etwas nützen würde, wenn ich Ihr Benehmen so kennzeichnete, wie es nötig wäre. Lieber Gott, sich auf diese Weise sein Geld zu verdienen! Hier stehe ich und widme alle meine Zeit, Kraft und Intelligenz dem Bestreben, den Standard menschlichen Verhaltens zu verbessern – und da stehen Sie. Aber das interessiert Sie ja nicht – Sie kümmern sich bloß um Geld. Lieber Gott! Geld! Ich will mir's überlegen. Vielleicht rufe ich Sie an. Vielleicht auch nicht. Steht Ihre Nummer im Telefonbuch?«

Ich verwies auf Nero Wolfes Nummer, und da mir nichts daran lag, noch weitere häßliche Dinge über mich im Vergleich mit ihm anzuhören, verzog ich mich. Meine lustige kleine Freundin an dem Telefonschaltbrett wäre vielleicht bereit gewesen, mich ein wenig aufzuheitern, aber ich sagte mir, es wäre schlecht für sie, mit einem Burschen meines Charakters Umgang zu pflegen, und ging vorbei.

Ein paar Häuser weiter stieß ich auf eine Telefonzelle, rief zu Hause an und hörte Wolfes Stimme antworten. »Nummer vier erledigt«, sagte ich zu ihm. »Lipscomb. Wie ist Ihr Befinden?«

»Weiter. Keine Fragen.«

Wenn er sagte: »Keine Fragen«, so bedeutete das, daß er nicht allein war. Ich gab mir deshalb besondere Mühe, ihm alles vollständig zu erzählen, einschließlich meines ersten Eindrucks von dem Verbesserer des Standards menschlichen Verhaltens. Als das geschafft war, sagte ich ihm, daß es zwanzig Minuten nach zwölf sei, um ihm so die Mühe eines Blickes auf die Uhr zu ersparen, und fragte ihn, ob ich nun weiter zu Nummer fünf gehen solle, zu Paul Kuffner, dem Berater in Fragen der Vertrauenswerbung, der mich auf so glatte Weise abgefertigt hatte, als er mich bei Jean Estey antraf.

»Nein«, sagte er kurz. »Kommen Sie sofort nach Hause. Mr. Paul Kuffner ist hier, ich muß Sie sprechen.«

10

Ton und Formulierung von Wolfes Anordnung hatten mir natürlich schon warnend angedeutet, was ich zu erwarten hatte, und ich war daher nicht über den häßlichen Blick überrascht, den er mir zuwarf, als ich ins Büro trat. Paul Kuffner, der in dem roten Ledersessel saß, schaltete nicht das Lächeln begeisterten Einverständnisses ein, das er mir am Samstag gegönnt hatte, doch hätte ich seine Miene auch nicht gerade als feindselig bezeichnet. Die Grundsätze gediegener Vertrauenswerbung, so möchte ich annehmen, schließen offene Feindseligkeit gegenüber einem Mitmenschen aus.

Als ich mich an meinen Schreibtisch setzte, sprach Wolfe: »Setzen Sie sich nicht dorthin, Archie. Ihr Recht, an diesem Schreibtisch zu sitzen, ist suspendiert.« Er wies auf einen der gelben Sessel.

»Dort hinüber, bitte.«

Ich war außerordentlich erstaunt. »Was? Was soll denn das heißen?«

»Dort hinüber, bitte.« Seine Miene war finster.

Ich befahl meinem Gesicht, nicht nur erstaunt, sondern auch gekränkt und verblüfft zu erscheinen, als ich aufstand, auf den gelben Sessel zuging, mich niederließ und mich seinem vernichtenden Blick gegenübersah. Sein Ton war entsprechend. »Mr. Kuffner hat eine sehr bedenkliche Beschuldigung vorgebracht.

Ich möchte, daß Sie sie aus seinem Munde hören. Mr. Kuffner?«

Es tat Kuffner weh, es aussprechen zu müssen. Sein dicker, breiter Mund kräuselte sich, so daß sein Schnurrbart, der wie eine gerupfte Augenbraue aussah, sich zu einem Bogen wölbte. Er wandte sich an mich, nicht an Wolfe: »Mir ist hinterbracht worden, daß Sie heute morgen einer Dame, auf deren Glaubwürdigkeit ich mich verlasse, ein Angebot gemacht haben. Sie sagt, Sie hätten ihr angeboten, über das Gespräch zu berichten, das Mrs. Fromm am letzten Freitag mit Mr. Wolfe gehabt hat, unter der Bedingung, daß sie vorher fünftausend Dollar in bar auf den Tisch legt.«

Ich sprang nicht voller Entrüstung von meinem Sessel auf. Als alter Hase mit umfangreichen Erfahrungen unter Nero Wolfes Anleitung mußte ich wohl in der Lage sein, einer niederträchtigen Anschuldigung mit einiger Haltung gegenüberzutreten. Ich hob mein Kinn einen Zentimeter und fragte ihn: »Wie heißt diese Dame?«

Er schüttelte den Kopf. »Das habe ich Mr. Wolfe nicht gesagt, weil sie mich ersucht hat, es nicht zu tun. Aber Sie wissen es doch ganz genau.«

»Ich hab' es vergessen. Sagen Sie mir's doch!«

»Nein.«

»Herrgott noch mal!« Ich war leicht angewidert. »Wenn Sie ein Senator aus Washington wären, würde ich natürlich nicht erwarten, daß Sie den Namen meines Denunzianten nennen, aber da Sie keiner sind, können Sie mir den Buckel 'runterrutschen.«

Kuffner war bekümmert, aber hartnäckig. »Die Sache scheint mir ganz einfach. Ich will weiter nichts von Ihnen, als daß Sie die Frage beantworten: Haben Sie heute vormittag einer Dame ein derartiges Angebot gemacht?«

»Meinetwegen, nehmen wir an, ich antworte darauf. Dann sagen Sie als nächstes, irgend jemand hätte Ihnen erzählt, ich hätte ihm heute nacht den Käse aus seiner Mausefalle gestohlen, und fragen mich, ob das stimmte, und verlangen von mir, daß ich darauf antworte. Dann sagen Sie, irgendein Pferd hätte Ihnen erzählt, ich hätte ihm den Schwanz abgeschnitten ...«

»Das genügt«, schaltete sich Wolfe ein. »Da hat er in der Tat recht, Mr. Kuffner. Anonyme Anschuldigungen sind fragwürdig.«

»Für mich ist sie nicht anonym. Ich kenne die Dame.«

»Dann nennen Sie ihren Namen.«

»Ich bin gebeten worden, das nicht zu tun.«

»Wenn Sie versprochen haben, es nicht zu tun, sind wir, fürchte ich, in einer Sackgasse. Es verwundert mich nicht, daß Mr. Goodwin diese Forderung stellt. Er wäre töricht, wenn er es nicht täte. Damit ist die Sache erledigt. Ich werde die Angelegenheit nicht weiter verfolgen. Wenn Sie kein Recht haben, auf eine anonyme Anschuldigung eine Antwort zu erwarten, habe ich es ebensowenig.«

Kuffners Mund kräuselte sich, und sein Schnurrbart war eine auf dem Rücken liegende Bogenlinie. Seine Hand fuhr mechanisch in seine Seitentasche und kam mit einem Zigarettenetui heraus. Er öffnete es, entnahm eine, betrachtete sie, und als er sich dessen bewußt wurde, fragte er: »Darf ich rauchen?«

»Nein«, sagte Wolfe rundweg.

Das war keineswegs eine strenge und feste Regel. Sie war nicht nur für einige Männer, sondern sogar schon für ein paar Frauen gelockert worden, und zwar nicht unbedingt nur für angehende Klientinnen. Kuffner sah sich enttäuscht und verwirrt. Die Ausübung einer fest eingewurzelten Gewohnheit war unversehens verhindert worden, und außerdem hatte er ein Problem. Um einem Metalletui mit Schnappverschluß eine Zigarette zu entnehmen, bedarf es nur eines Druckes von Finger und Daumen, komplizierter aber ist es, die Zigarette ins Etui zurückzustecken. Er löste das Problem, indem er das Etui in seine linke Seitentasche gleiten ließ und die Zigarette in die rechte steckte. Er gab sich Mühe, nicht erregt zu sein, aber seine Stimme verriet es: »Es war Miss Angela Wright.«

Ich ertrug es wie ein Mann. »Miss Angela Wright hat Ihnen das gesagt?«

»Ja.«

»Ich hätte ihr dieses Angebot gemacht?«

»Ja.«

Ich stand auf und trat auf meinen Schreibtisch zu. Wolfe fragte: »Was machen Sie denn?«

»Ich will Miss Wright anrufen und sie fragen. Wenn sie ja sagt, nenne ich sie eine reinrassige Lügnerin.«

»Sie ist jetzt nicht da«, sagte Kuffner.

»Wo ist sie?«

»Sie wollte etwas essen und dann zu der Trauerfeier gehen.«

»Haben Sie Miss Wright ein Angebot in dem von Mr. Kuffner behaupteten Sinne gemacht?« fragte Wolfe.

»Nein, Mr. Wolfe.«

»Haben Sie irgend etwas zu ihr gesagt, das man mit einigem Recht als ein solches Angebot hätte interpretieren können?«

»Nein, Mr. Wolfe.«

»Hat jemand anders Ihre Unterredung mit ihr gehört?«

»Nein – wenn nicht gerade eine Abhöranlage in dem Zimmer ist.«

»Dann setzen Sie sich bitte wieder an Ihren Schreibtisch.« Wolfe wandte sich an den Besucher. »Wenn Sie korrekt wiedergegeben haben, was Miss Wright Ihnen erzählt hat, so läuft es auf die Frage hinaus, wer als glaubwürdiger zu betrachten sei: Miss Wright oder Mr. Goodwin. Ich glaube, Mr. Goodwin. Haben Sie außer dem, was Sie gesagt haben, noch anderes Beweismaterial, das ihn belasten könnte?«

»Beweismaterial nicht, nein.«

»Glauben Sie Miss Wright auch jetzt noch?«

»Ich – ja, ich glaube ihr.«

»Dann sitzen wir also fest. Sie sind sich doch wohl darüber im klaren, daß es für mich nicht ausschließlich auf die Alternative hinausläuft, ob ich Miss Wright oder Mr. Goodwin für den Lügner halten soll, denn ich habe ja für das, was sie Ihnen erzählt hat, keine anderen Anhaltspunkte als Ihre Aussage.«

Kuffner lächelte. Er hatte sich nun gefangen und war wieder aalglatt. »Wir brauchen uns wohl eigentlich nichts vorzumachen, Mr. Wolfe. Ich habe das noch nicht erwähnt, weil es nur eine Vermutung von Miss Wright war. Sie ist der Ansicht, Sie hätten Goodwin mit diesem Angebot zu ihr geschickt. Also existieren für mich nicht nur diese beiden Alternativen.«

Wolfe nickte, unberührt. »Ist der Stoff einmal gewebt, so läßt er sich nach Belieben verzieren und ausschmücken.« Er warf einen Blick auf die Uhr. »Es sind noch zwanzig Minuten bis zu meiner Essenszeit. Wir sind auf einem toten Punkt angelangt und können wohl Schluß machen – es sei denn, Sie wollen auf der Grundlage einer Hypothese fortfahren. Wir können entweder annehmen, daß Sie oder Miss Wright lügen, oder wir können annehmen, daß Mr. Goodwin lügt oder er und ich. Ich bin durchaus bereit, letztere Annahme der Diskussion zugrunde zu legen. Das ist die beste Position, die Sie sich irgend erhofft haben können. Was dann?«

Kuffner hatte eine Antwort parat. »Dann frage ich Sie, mit welchem Recht Sie Miss Wright einen ungehörigen Vorschlag machen können, verbunden mit einem Nötigungsversuch.«

»Ich erwidere darauf, daß Sie keine Legitimation besitzen, mir mein Verhalten vorzuschreiben. Weiter.«

»Dann würde ich zu der Überzeugung kommen – allerdings widerstrebend –, es sei meine Pflicht, die Polizei darüber zu unterrichten, daß Sie sich in die behördliche Untersuchung eines Mordes einmischen.«

»Unsinn. Mein Gespräch mit Mrs. Fromm ist der Polizei gemeldet worden, und zwar ohne Copyright-Vorbehalte. Ich bin kein Rechtsanwalt, und was ein Klient zu mir sagt, gilt nicht als vertrauliche Mitteilung, die mir Verschwiegenheit auferlegt. Es hat sich um keine Einmischung oder Ungehörigkeit und gewiß nicht um Nötigung gehandelt. Ich hatte etwas, was legal und Rechtens in meinem Besitz war, das Protokoll eines Gesprächs, und ich habe es zum Kauf angeboten, ohne irgendeinen Druck auszuüben oder eine unangenehme Alternative anzudeuten. Ihre Absicht, es der Polizei zu melden, interessiert mich nicht.«

Kuffner lächelte. »Na, darauf waren Sie aber gut vorbereitet.«

»Das mußte ich wohl. Ich habe die Hypothese ja aufgestellt. Was weiter?«

Das Lächeln verschwand. »Ich möchte die Hypothese fallenlassen. Selbst wenn ich beweisen könnte, daß das Angebot gemacht worden ist – und das kann ich nicht, abgesehen von Miss Wrights Wort –, was hätte ich damit erreicht? Wir haben nicht mehr viel Zeit – ich muß zu der Beerdigung –, und ich möchte zum Geschäft kommen.«

»Zu Ihrem oder zu meinem Geschäft?«

»Sowohl als auch.« Kuffner beugte sich vor. »Es ist meine berufliche Funktion, Mr. Wolfe, meine Klienten zu beraten und bis zu einem gewissen Grade ihre Angelegenheiten zu regeln, so daß sie und ihre Unternehmungen in einem günstigen Licht erscheinen. Mrs. Fromm gehörte zu meinen Klienten. Auch die Union zur Unterstützung von Immigranten gehörte und gehört noch dazu. Ich fühle mich Mrs. Fromm gegenüber sehr verpflichtet, und dieses Gefühl ist durch ihren Tod nicht gemindert worden – im Gegenteil. Ich werde alles tun, was in meiner Macht steht, um dafür zu sorgen, daß ihrem Andenken und ihrem Ruf kein Abbruch geschieht. Außerdem habe ich die Belange der Union wahrzunehmen. Soviel ich weiß, hat zwischen ihrem Tod und den Angelegenheiten der Union kein Zusammenhang bestanden, trotzdem ist es denkbar, daß einer bestanden hat. Wissen Sie von einem solchen Zusammenhang?«

»Fahren Sie fort, Mr. Kuffner!«

»Das will ich. Ich glaube, es ist mehr als denkbar, es ist sehr wahrscheinlich, daß ein Zusammenhang zwischen Mrs. Fromms Tod und ihrem Gespräch mit Ihnen am Freitag besteht. Die Angelegenheit, deretwegen sie Sie aufgesucht hat, muß geheim gewesen sein, denn meines Wissens hat sie von ihrem Besuch bei Ihnen niemandem etwas erzählt. Das Natürliche wäre gewesen, daß sie es mir erzählt hätte, das liegt ja auf der Hand. Aber sie hat es nicht getan. Es muß etwas Bedeutendes gewesen sein, denn sicherlich hätte sie sich wegen irgendeiner Lappalie nicht an einen Privatdetektiv gewandt, namentlich nicht an Sie. Und wenn es mit der Sache oder Person zusammenhängt, die ihren Tod herbeigeführt hat, so muß es mehr als bedeutend, so muß es von entscheidender Bedeutung gewesen sein. Ich will das wissen – ich muß das wissen. Ich habe versucht, es aus der Polizei herauszubekommen, aber dort will man es mir nicht erzählen. Sie haben eben gesagt, das Protokoll dieses Gespräches sei legal und Rechtens in Ihrem Besitz, und es wäre nicht ungehörig von Ihnen, es zu verkaufen. Ich zahle Ihnen fünftausend Dollar dafür, pränumerando. Wenn Sie das Geld in bar wollen, kann ich es heute nachmittag haben.«

Wolfe blickte ihn finster an. »Also was denn nun, Mr. Kuffner – schwarz oder weiß? Beides können Sie doch nicht haben. Sie wollten der Polizei über eine empörende Zumutung Meldung machen, und jetzt sind Sie bereit, selbst den Handel abzuschließen. Ein höchst seltsamer moralischer Purzelbaum.«

»Nicht seltsamer als der Ihre«, hielt Kuffner ihm entgegen. »Sie haben Goodwin deswegen verdammt, Sie haben ihm sogar verboten, sich an seinen Schreibtisch zu setzen – und dann haben Sie sein Verhalten für richtig erklärt.«

»Allerdings. Mr. Goodwin hätte nämlich etwas zum Kauf angeboten, was ihm gar nicht gehörte; mir gehört es.« Wolfe schnippte mit der Hand. »Aber Ihre kasuistische Akrobatik, so eindrucksvoll sie sein mag, ist Nebensache. Die Frage ist: Nehme ich Ihr Angebot an? Die Antwort lautet: Nein. Ich muß es ablehnen.«

Kuffner schlug mit der Faust auf die Sessellehne. »Sie können es nicht ablehnen. Sie können einfach nicht!«

»Nein?«

»Nein! Als Vertreter von Mrs. Fromms Interessen habe ich das Recht, das zu verlangen. Sie haben kein Recht, es abzulehnen. Das ist eine ungehörige Einmischung in meine legitime Funktion.«

Wolfe schüttelte den Kopf. »Wenn ich keinen weiteren Grund für meine Weigerung hätte, so wäre schon der genug, daß ich mich fürchte, mich mit Ihnen einzulassen. Sie sind mir viel zu wendig. Erst vor ein paar Minuten war es eine ungehörige Einmischung von mir, die Information zum Kauf anzubieten; jetzt ist es eine ungehörige Einmischung, wenn ich mich weigere, sie zu verkaufen. Sie haben mich ganz konfus gemacht, und ich brauche wenigstens etwas Zeit, um meine Fassung wiederzufinden. Ich weiß ja, wie ich Sie erreichen kann.« Er sah auf die Uhr. »Sie werden zur Beerdigung zu spät kommen.«

Das war richtig. Kuffner blickte auf seine Uhr und erhob sich. Offenbar – das war an seinem Gesicht zu erkennen – überlegte er sich, daß er in vorteilhaftem Licht scheiden müsse. Er lächelte erst mich an, dann Wolfe.

»Ich bitte um Verzeihung«, sagte er, »wenn ich mit meinen Anschuldigungen zu leichtsinnig umgegangen bin. Ich hoffe, Sie sehen mir das nach. Das ist bei weitem die böseste Situation, der ich mich je gegenübergesehen habe. Bei weitem. Ich erwarte und hoffe, von Ihnen zu hören.«

Als ich ihn hinausbegleitet hatte und wieder zurückkam, war Wolfe über den Flur ins Eßzimmer gegangen.

11

Gegen Abend des gleichen Tages, um halb sieben, saß ich auf einem harten Holzstuhl in Staatsanwalt Mandelbaums Büro, einem ziemlich kleinen Zimmer, und hielt eine Rede.

Das dreiköpfige Publikum war für das Zimmer groß genug. Mandelbaum saß an seinem Schreibtisch. Er war in den mittleren Jahren, dicklich, und man konnte wohl diagnostizieren, daß er in zwei Jahren eine Glatze haben werde. Neben ihm stand ein Kriminalbeamter der Mordkommission namens Randall, lang und schmal, mit nichts weiter als Haut auf den hervorspringenden Knochen. Jean Estey, die am Ende des Schreibtisches in einem Sessel saß, mir schräg gegenüber, hatte ein dunkelgraues Kleid an, das zu ihren grünlich-braunen Augen nicht allzu gut paßte, das aber vermutlich das beste war, was sie für die Beerdigung auf Lager gehabt hatte.

Die Konferenz, die hauptsächlich aus Fragen Mandelbaums und aus Miss Esteys und meinen Antworten bestand, war seit etwa zehn Minuten im Gange, als ich den Eindruck hatte, daß nunmehr für meine Rede der Grund gelegt sei, und ich also mit ihr begann:

»Ich nehme es Ihnen nicht übel«, sagte ich zu Mandelbaum, »daß Sie Ihre – und natürlich auch meine – Zeit vergeuden, denn ich weiß ja, daß neun Zehntel einer Mordfahndung darin bestehen, leeres Stroh zu dreschen. Aber ist das nicht schon lange genug im Gange? Wo stehen wir? Wie die Tatsachen auch aussehen mögen, ich verabschiede mich. Wenn Miss Estey sich alles aus den Fingern gesogen hat, brauchen Sie ja nicht mich, damit ich Ihnen feststellen helfe, weshalb. Wenn sie die Wahrheit sagt und ich ihr das Angebot auf eigene Faust gemacht habe, so haben Sie das ja Mr. Wolfe telefonisch erzählt, und es ist seine Sache, mir Saures zu geben, nicht Ihre. Wenn Wolfe mich mit diesem Angebot zu ihr hingeschickt hat, wie Sie annehmen wollen, weshalb dann der ganze Rummel? Er könnte doch ein Inserat in die Zeitung setzen und eine Niederschrift über sein Gespräch mit Mrs. Fromm jedem Beliebigen zum Kauf anbieten, der den Preis zu bezahlen bereit ist, was vielleicht nicht sehr edel wäre und Ihnen nicht passen würde; aber wo wäre der Paragraph, mit dem Sie ihn deswegen belangen könnten? Ich bin auf Ihren Wunsch hergekommen, und jetzt möchte ich nach Hause gehen und meinen Brotherrn zu überzeugen suchen, daß ich keine Schlange an seinem Busen bin.«

Es war nicht ganz so leicht, wie sich das jetzt liest, aber nach weiteren fünf Minuten wurde mir gestattet, mich zu verabschieden, ohne daß ich mich gewaltsam hätte heraushauen müssen. Jean Estey bot mir keinen Abschiedskuß an.

Ich wollte in Wirklichkeit gar nicht nach Hause. Ich mußte nur zeitig essen, um eine Verabredung mit Orrie Cather einzuhalten. Gegen fünf Uhr war er mit einer Meldung im Büro aufgetaucht, die es wert zu sein schien, daß man Wolfe in seinem Treibhaus störte, und ich hatte ihn mit hinaufgenommen. Wolfe war knurrig, aber er hörte zu.

Der Verkäufer bei Boudet hatte Spinnenohrringe noch nie gesehen, weder goldene noch sonst welche, aber er hatte Orrie sein Verzeichnis von Leuten gegeben, die mit Herstellern, Importeuren, Groß- und Kleinhändlern verkehrten, und Orrie hatte sich mit ihnen in Verbindung gesetzt, meist telefonisch. Gegen vier Uhr war er so ungefähr im Begriff gewesen, zu melden, daß noch nie ein Spinnenohrring in New York gewesen sei, als ein Einkäufer eines Großhändlers ihm empfahl, mit Miss Grummon, einer Vertreterin der Firma, zu sprechen.

Miss Grummon sagte, einmal habe sie allerdings ein Paar Spinnenohrringe gesehen, und sie lege keinen Wert darauf, noch mehr zu sehen. Vor ein paar Wochen – das genaue Datum können sie nicht angeben – sei sie eines Tages die 46. Straße entlanggegangen und stehengeblieben, um die Auslage in einem Schaufenster zu betrachten, und da waren sie, zwei große goldene Spinnen in einem grüngefütterten Kästchen. Sie hatte sie schaurig gefunden, auf keinen Fall ein Modell, das sie ihrer Firma hätte vorschlagen können, und war erstaunt gewesen, sie bei Julius Gerster ausgestellt zu sehen, denn die meisten Artikel in seinem Laden waren sehr geschmackvoll.

So weit, so gut. Aber Orrie hatte sich stracks zu Gersters Laden aufgemacht und sich eine Abfuhr geholt. Er behauptete, er habe es gar nicht ungeschickt angefangen, indem er nämlich zu Gerster sagte, er habe die Ohrringe im Fenster gesehen und wolle sie kaufen, aber Gerster habe von Anfang an den Mund gehalten. Er habe nicht abgestritten, einmal ein Paar Spinnenohrringe im Laden gehabt zu haben, habe es aber auch nicht zugegeben. Er legte seinen Standpunkt in so wenig Worten wie möglich dar, wobei er behauptete, er könne sich an einen solchen Artikel nicht erinnern, und wenn er ihn einmal ausgestellt habe, so wisse er nicht mehr, wie und an wen er das Paar abgesetzt habe.

Orries Standpunkt dagegen, den er Wolfe und mir gegenüber mit einem reichlichen Aufwand an Worten darlegte, war der, Gerster sei ein verdammter Lügner, und er bitte um Erlaubnis, ihn mit Benzin übergießen und anzünden zu dürfen.

Orrie und ich sollten also Mr. Gerster am gleichen Abend in seiner Wohnung aufsuchen, unangemeldet.

Verschiedene andere Vorgänge im Laufe des Tages brauchen nicht näher beschrieben zu werden. Es kamen Anrufe von Saul Panzer und Fred Durkin, die auf nichts Nennenswertes gestoßen waren, und Lon Cohen bohrte ein paarmal nach. Das Ausbleiben eines gewissen Vorganges muß aber wohl erwähnt werden: Von einer Rückgabeklage von seiten James Albert Maddox' war nichts zu vernehmen gewesen.

Ich traf mich mit Orrie um acht Uhr an der Ecke der 74. Straße und der Columbus-Avenue, und wir gingen zu Fuß in östlicher Richtung bis zu der Hausnummer direkt am Westrand des Central Parks. Unser Spaziergang wurde etwas beeinträchtigt durch einen eintönigen Nieselregen, der am späten Nachmittag eingesetzt hatte. Wenn New Yorks Apartmenthäuser sich in zwei Sorten einteilen lassen, die mit Baldachinen und die ohne, so war dies ein Mittelding. Das Gestänge war da, von der Haustür bis an die Bordkante, aber es war keine Plane darüber gespannt. In der Halle sagten wir dem Portier nur den Namen: »Gerster« und gingen weiter auf den Fahrstuhl zu. Der Fahrstuhlführer sagte, es sei Apartment 11 F.

Ein Schuljunge, etwa von Pit Drossos' Alter und Statur, aber sehr adrett und sauber, machte die Tür auf. In dem Augenblick, als ich ihn sah, warf ich den Schlachtplan, den wir uns vorgenommen hatten, über den Haufen und wählte einen anderen. Ich sagte zu Orrie: »Schönen Dank, daß Sie mich hier 'raufgebracht haben. Auf Wiedersehen!«

Er brauchte nur etwa eine Sekunde, um das zu kapieren – was gar nicht übel war. »Keine Ursache«, sagte er und wandte sich zum Fahrstuhl.

Der Junge hatte mir guten Abend gesagt, und ich gab ihm den Gruß zurück, nannte ihm meinen Namen und sagte, ich wolle Mr. Julius Gerster sprechen.

»Ich will's ihm sagen. Warten Sie bitte mal!« sagte er und verschwand.

Ich trat nicht über die Schwelle. Bald darauf erschien ein Mann und kam direkt zu mir heran, ehe er sprach. Er war etwas kleiner und auch älter als ich, hatte ein schmales, klares Gesicht und glatt zurückgebürstetes schwarzes Haar und sah genauso adrett und sauber aus wie sein Sohn – wenigstens hoffte ich, daß es sein Sohn sei. »Sie wollten mich sprechen?« fragte er höflich, aber kühl.

»Das würde ich gern, wenn es Ihnen paßt. Mein Name ist Goodwin. Ich arbeite bei Nero Wolfe, dem Privatdetektiv. Ich möchte Sie im Zusammenhang mit der Ermordung eines Jungen etwas fragen – eines zwölfjährigen Jungen namens Pit Drossos.«

Seine Miene änderte sich nicht. Wie ich noch sehen sollte, änderte sie sich nie. »Von einem Mord an einem Jungen habe ich keine Ahnung«, erklärte er.

Ich widersprach ihm. »Doch, es ist Ihnen nur nicht bewußt. Was Sie wissen, kann vielleicht wesentlich dazu beitragen, den Mörder des Jungen zu fassen. Mr. Wolfe nimmt das jedenfalls an. Kann ich auf fünf Minuten 'reinkommen und es Ihnen auseinandersetzen?«

»Sind Sie von der Polizei?«

»Nein, Mr. Gerster. Privatdetektiv. Der Junge ist mit einem Wagen absichtlich überfahren worden. Es war ein brutaler Mord.«

Er trat zur Seite. »Kommen Sie herein.«

Er führte mich nicht in das vordere Zimmer, aus dem er gekommen war, sondern durch den Flur in der anderen Richtung, in einen kleinen Raum, dessen Wände ganz mit Büchern und Bildern bedeckt waren. In einer Ecke stand ein kleiner Schreibtisch, an einem Fenster ein Schachtisch und zwei Polstersessel. Er bot mir den einen an und setzte sich, als ich Platz genommen hatte, in den anderen.

Ich erzählte ihm von Pit, nicht allzu ausführlich, aber doch so, daß er ein vollständiges Bild bekam: von seiner Sitzung mit Wolfe und mir, von seinem zweiten Besuch am nächsten Tag, wenige Stunden ehe Stebbins mit der Nachricht von seinem Tode kam, und von dem Erscheinen seiner Mutter, die uns ausrichtete, was er ihr aufgetragen hatte, und uns die vier Dollar und dreißig Cent brachte. Ich trug nichts auf, ich erzählte es nur. Dann hakte ich bei ihm ein.

»Es sind noch Komplikationen dabei«, sagte ich, »die ich nicht näher ausführen möchte, wenn Sie es nicht gerade wollen. Zum Beispiel hat Mrs. Laura Fromm goldene Spinnen als Ohrringe getragen, als sie Freitag nacht ermordet wurde. Aber um Ihre Hilfe bitte ich Sie, weil ich herausbekommen will, wer den Jungen ermordet hat. Die Polizei ist nicht weitergekommen. Mr. Wolfe ebensowenig. Die beste Möglichkeit, eine Fährte zu finden, bieten nach seiner Ansicht die Ohrringe, die nach Pits

Angabe die Dame in dem Wagen getragen hat. Wir können niemanden finden, der jemals eine Frau mit solchen Ohrringen gesehen hat – außer Mrs. Fromm natürlich –, und Mr. Wolfe ist deswegen zu dem Entschluß gekommen, es vom anderen Ende her zu versuchen. Er hat einen Mann – Cather heißt er – darangesetzt, jemanden aufzustöbern, der Spinnenohrringe verkauft hat. Heute nachmittag war Cather schon so ungefähr überzeugt, daß es keine solche Person oder Firma in New York gebe, und dann ist er darauf gestoßen. Eine verläßliche Person, mit der wir nötigenfalls aufwarten können, hat ihm erzählt, sie habe vor einigen Wochen in Ihrem Schaufenster ein Paar gesehen. Cather ist zu Ihnen gekommen, und Sie haben gesagt, Sie könnten sich nicht daran erinnern.«

Ich hielt inne, um ihm eine Gelegenheit zu einer Zwischenbemerkung zu geben, aber er machte keinen Gebrauch davon. Sein schmales, klares Gesicht ließ keinerlei Reaktion erkennen.

Ich fuhr fort: »Natürlich könnte ich zu schreien anfangen und grob werden. Ich könnte sagen, es sei doch nicht recht zu glauben, daß Sie noch vor kurzem einen derart ungewöhnlichen Artikel in ihrem Laden gehabt haben und sich jetzt überhaupt nicht mehr daran erinnern können. Sie könnten sagen, es möge ja sein, daß es nicht recht zu glauben ist, aber es sei wahr. Dann könnte ich sagen, Ihr Gedächtnis müßte ein bißchen aufgewärmt werden, und da ich keine Möglichkeit hätte, Hitze anzuwenden, müßte ich das jemandem überlassen, der diese Möglichkeit hat, nämlich Kriminalkommissar Cramer von der Mordkommission – obwohl ich das gar nicht gern täte.«

Ich lehnte mich gemächlich zurück. »Damit will ich Ihnen also nicht kommen. Ich möchte Ihnen die Frage lieber ganz sachlich vorlegen. Der Junge ist von jemandem, dem er nichts Böses getan hatte, absichtlich umgebracht worden. Das ist jetzt fünf Tage her, und noch ist keine Fährte gefunden. Vielleicht wird nie eine gefunden, wenn wir nicht die Frau ausfindig machen, die den Wagen gefahren hat. Sie hat Spinnenohrringe angehabt, und offenbar ist ein solches Paar schon einmal in New York gesehen worden, und zwar vor kaum einem Monat in Ihrem Schaufenster. Ich frage Sie, Mr. Gerster, hilft das Ihrem Gedächtnis nicht nach?«

Er fuhr sich mit der Zungenspitze über die Lippen. »Sie machen es sehr schwierig, Mr. Goodwin.«

»Nicht ich. Der Mann, der Pit umgebracht hat, hat es schwierig gemacht.«

»Ja, natürlich. Davon habe ich nichts gewußt. Die Mordberichte lese ich gewöhnlich nicht. Über den Tod von Mrs. Fromm habe ich allerdings ein bißchen was gelesen, unter anderem auch, daß sie Spinnenohrringe getragen hätte. Sie haben durchaus recht – die waren einmalig. Ein Mann in Paris, der mir dort solche ausgefallenen Neuheiten besorgt, hat mir zu einer Sendung, die ich Ende April bekommen habe, ein Paar dazugelegt. Sie stammten von Lercari.«

»Sie haben sie in Ihr Schaufenster gelegt?«

»Richtig. Heute nachmittag, als dieser Mann danach gefragt hat ... was haben Sie gesagt, wie er hieß?«

»Cather.«

»Ja. Als der danach gefragt hat, hab' ich es für besser gehalten, nichts mehr davon zu wissen. Ich hatte den Verdacht, er sei ein Kriminalbeamter und mit der Untersuchung von Mrs. Fromms Tod beschäftigt, obwohl ich nicht wußte, warum die Ohrringe dabei eine Rolle spielten. Ich habe eine tiefe Abneigung gegen alles öffentliche Aufsehen. Es wäre mir äußerst unangenehm, meinen Namen groß in der Zeitung zu lesen. Ich wäre Ihnen sehr dankbar, wenn Sie das vermeiden könnten, aber ich verlange nicht, daß Sie es mir versprechen. Wenn meine Aussage erforderlich ist, dann muß es eben sein. Ich habe die Ohrringe am Nachmittag des 11. Mai, einem Montag, verkauft. Eine Dame, die vorbeiging, hat sie im Schaufenster gesehen und ist 'reingekommen und hat sie gekauft. Sie hat hundertvierzig Dollar dafür bezahlt, mit einem Scheck. Es war Mrs. Laura Fromm.«

Es wäre interessant gewesen, mit diesem Zeitgenossen Poker zu spielen. »Bestimmt?« fragte ich.

»Ja, bestimmt. Der Scheck war mit ›Laura Fromm‹ unterzeichnet, und ich hab' sie nach Bildern, die ich gesehen hatte, erkannt. Nach dem, was Sie mir von dem Mord an dem Jungen erzählt haben, Mr. Goodwin, hat es mich gedrängt, Ihnen das zu erzählen, obwohl mir freilich klar ist, daß es nichts nützen wird, weil Mrs. Fromm die Dame in dem Wagen war, und die ist nun tot.«

Ich hätte ihm sagen können, Mrs. Fromm sei nicht die Dame in dem Wagen gewesen, aber ich hatte meiner Großmutter versprochen, niemals zu schwätzen, bloß um zu zeigen, wie schlau ich sei, und so ging ich darüber hinweg. Ich bedankte mich bei ihm, sagte, ich glaubte nicht, daß sein Name in der Zeitung erscheinen würde, und stand auf, um zu gehen. Als ich ihm an der Tür die Hand reichte und er sie höflich ergriff, hatte sein Gesicht genau denselben Ausdruck wie vorher, als er mir entgegengekommen war.

Orrie gesellte sich unten in der Halle wieder zu mir. Er wartete, bis wir draußen auf dem Bürgersteig wieder in dem Nieselregen waren, ehe er fragte: »Haben Sie ihn geknackt?«

»Klar, ohne weiteres. Er hat gesagt, er hätt' es dir nur zu gern schon heut' nachmittag erzählt, aber er hätte dich erwischt, wie du gerade ein Armband gemopst und dir in die Tasche gesteckt hättest. Mrs. Fromm hat die Dinger am 11. Mai gekauft.«

»Na, so was! Und was hat das nun zu bedeuten?«

»Nicht mein Ressort. Das Denken ist Wolfes Sache. Ich erledige bloß Spähtruppunternehmungen, die du verpatzt hast.«

Am Westrand des Central Parks winkten wir uns ein Taxi heran, und er fuhr mit mir nach Hause.

Wolfe saß im Büro vor dem Fernsehapparat, was ihm großen Spaß macht. Ich habe erlebt, wie er ihn im Laufe eines Abends ganze achtmal andrehte, eine bis drei Minuten zuschaute, ihn abdrehte und sich wieder über sein Buch hermachte. Einmal hat er mir eine lange Rede darüber gehalten, die ich vielleicht eines Tages aufschreibe. Als Orrie und ich hereinkamen, knipste er den Apparat aus.

Ich berichtete ihm. Am Ende setzte ich hinzu: »Ich gebe zu, daß ich da was riskiert habe. Wenn der Junge nicht sein Sohn gewesen wäre, sondern ein Neffe, den er vielleicht am liebsten erwürgt hätte, wäre ich geliefert gewesen. Ich möchte empfehlen, daß wir seinen Namen weglassen, wenn wir das der Polente in den Rachen schmeißen. Und Orrie will wissen, was das nun zu bedeuten hat.«

»Ich auch«, brummte er. »Saul hat angerufen. Er hat etwas aufgetan, aber er weiß nicht, was.«

»Ich hab' Ihnen doch erzählt, daß ich ihn in dem ›Unim‹-Büro gesehen hab'.«

»Ja. Er nennt sich Leopold Heim und wohnt irgendwo in einem schäbigen Hotel an der First Avenue – die Adresse steht hier auf meinem Block. Er hat ein kurzes Gespräch mit

Miss Wright und eins mit ihrem Assistenten, einem Mr. Chaney, gehabt. Er hat sich an sie um Hilfe gewandt. Er ist illegal eingewandert und hat furchtbar Angst, verhaftet und deportiert zu werden. Sie haben ihm gesagt, sie könnten ihn bei einer Übertretung der Landesgesetze natürlich nicht decken und haben ihm geraten, einen Rechtsanwalt aufzusuchen. Als er sagte, er kenne keinen Rechtsanwalt, haben sie ihm den Namen von Dennis Horan genannt. – Dieser geräucherte Schellfisch war zu salzig, ich habe Durst. Möchten Sie auch einen Schluck Bier, Orrie?«

»Ja, bitte, gern.«

»Sie, Archie?«

»Nein, danke. Es täte mir zwar gut, aber ich täte nicht gut daran.«

Er drückte auf einen Knopf am Rande seines Schreibtisches und nahm den Faden wieder auf: »Saul ist zu Mr. Horan in die Kanzlei gegangen und hat ihm von seiner Misere berichtet. Horan hat ihn ausführlich ausgefragt, sich allerlei aufgeschrieben und dann gesagt, er würde sich so bald wie möglich mit der Materie befassen und Saul Bescheid zukommen lassen. Saul ist in sein Hotelzimmer gegangen und den ganzen Nachmittag dort geblieben. Um sechs Uhr ist er etwas essen gegangen und dann wiedergekommen. Kurz vor acht hatte er einen Besucher. Der Mann hat sich nicht vorgestellt. Er hat gesagt, er habe schon seit einiger Zeit Kenntnis von Sauls mißlicher Lage, empfinde Mitgefühl und wolle ihm helfen. Da aber sowohl bei der regulären Polizei wie bei der geheimen Bundespolizei Schritte zu unternehmen seien, würde es kostspielig werden. Er schätze, der Betrag, der erforderlich sei, um eine Anzeige und allerlei Unannehmlichkeiten zu vermeiden, könne sich womöglich auf zehntausend Dollar belaufen.«

Wolfe zog ein Schubfach auf, nahm den goldenen Flaschenöffner mit der eingravierten Widmung eines ehemaligen Klienten heraus, öffnete eine der Flaschen, die Fritz gebracht hatte, und schenkte ein.

Als Fritz auch die Flasche für Orrie aufgemacht hatte, fuhr Wolfe fort: »Natürlich hat Saul verzweifelt eingewandt, es sei ihm unmöglich, eine derartig hohe Summe aufzubringen. Der Mann war zu Konzessionen bereit. Er sagte, das Geld brauche nicht auf einmal gezahlt zu werden, wöchentliche oder monatliche Raten seien auch akzeptabel. Er wolle Saul vierundzwanzig Stunden geben, um sich nach Hilfsquellen umzutun, aber ein Versuch, sich aus dem Staube zu machen, würde katastrophale Folgen haben. Er hat gesagt, er würde morgen um die gleiche Zeit wiederkommen, und ist gegangen. Saul ist ihm gefolgt. Ein solches Husarenstück zu unternehmen, unter derartigen Umständen einem solchen Mann zu folgen, ist natürlich selbst für den erfahrensten Privatdetektiv eine Tollkühnheit, und auch für Saul war das höchst riskant, scheint mir, aber er hat es geschafft. Er ist ihm bis zu einem Restaurant an der Third Avenue in der Nähe der 14. Straße gefolgt. Der Mann sitzt jetzt in dem Restaurant und ißt. Saul hat vor zwanzig Minuten aus dem Haus gegenüber angerufen.«

Wolfe trank Bier. Ich hatte vorgehabt, mir, wenn er fertig wäre, einen tüchtigen Schluck zu mixen, um etwas gegen die Erinnerung an das kalte Nieselwetter zu tun. Nun aber unterdrückte ich diesen Wunsch. Ich sah Saul vor mir und versetzte mich in seine Lage: wie er da in einem kleinen Loch an der Third Avenue, vor dem Nieselregen gerade noch in Sicherheit, mit gespannten Augen über die Straße lugte, vorbei an den Pfeilern der Hochbahn, und inständig hoffte, daß sein Mann nicht irgendeinen Genossen anriefe, damit er ihn im Wagen abhole. Da es Saul war, konnte man zwar annehmen, daß er schon ein paar Häuser weiter ein Taxi für sich postiert hatte, aber immerhin ...

»Ich kann die Limousine nehmen«, schlug ich vor, »und Orrie zu Saul 'rüberfahren. Ich könnte mit dem Wagen im Hintergrund bleiben. Wir drei könnten uns dann unserem Houdini an die Fersen heften.«

Orrie stürzte sein Bier hinunter, stand auf und knurrte: »Also, los!«

»Das wird wohl das beste sein.« Wolfe machte ein finsteres Gesicht. Der Gedanke, daß jemand bereit, ja sogar begierig war, hinauszugehen ins feindliche Leben und in den wilden Rummel der Straßen, bereitete ihm stets Unbehagen. Bei Nacht war es schlimmer, und bei Nacht im Regen, das war für seine Begriffe geradezu abenteuerlich. Er seufzte: »Geht nur.«

Das Telefon klingelte. Er griff nicht danach, und so nahm ich es an meinem Schreibtisch ab. »Hier ist die Wohnung von Nero Wolfe. Archie Goodwin am App ...«

»Hier ist Fred, Archie. Der Chef muß das auch hören.«

»Kannst du's ein bißchen zack-zack sagen?«

»Nein, es wird ein Weilchen dauern, und ich werde dich brauchen. Ich bin nämlich ...«

»Eine Sekunde mal!« Ich drehte mich um: »Es ist Fred, und er ist offenbar ganz auf Touren. Geh du mal schon vor, Orrie. An der Zehnten Avenue kriegt man wahrscheinlich am besten ein Taxi. Wenn Fred mich nicht noch nötiger braucht als Saul, komme ich dir bald nach. Aber wenn er mich braucht, dann nicht.«

Wolfe gab Orrie die Adresse an, und er zog los. Dann griff Wolfe nach seinem Telefonhöhrer. Ich sagte in den Hörer hinein: »In Ordnung, Fred, Mr. Wolfe ist dran.«

Wolfe fragte: »Wo sind Sie?«

»In einer Telefonzelle in einem Lokal an der Neunten Avenue. Bei der 55. Straße. Ich glaube, ich hab' was. Heut' morgen hab' ich den Mann bei der *Gazette* gesprochen, zu dem Archie mich hingeschickt hat, und der hat mir eine ganze Menge Material über Matthew Birch gegeben. Birch hat verschiedene Gewohnheiten gehabt, also zum Aussuchen, aber sein Standquartier war eine Kneipe an der Neunten Avenue, Dannys Bar und Grillroom, zwischen der 54. und 55. Straße. Dannys richtiger Name ist Pincus, und er hat eine Wettannahme. Die Bude hat nicht vor elf aufgemacht, und die erste Stunde war tot. Danny ist überhaupt erst um eins aufgetaucht. Ich hab' mich nicht häuslich niedergelassen, sondern bin 'rumgelaufen und hab' drinnen und draußen alle Leute, die mir über den Weg liefen, nach Birch ausgefragt. Natürlich ist die Polente in den letzten paar Tagen oft dagewesen, und sie haben wahrscheinlich gedacht, ich wär' auch wieder einer von denen. Schließlich ist mir das alles zu dumm geworden. Ich hab' einer kleinen Gruppe erzählt, ich hieße O'Connor, und was mich bei Birch so fuchste, wäre, daß ich gehört hätte, meine Frau wäre vorigen Dienstag nachmittag, nur ein paar Stunden, ehe er ermordet wurde, mit ihm zusammen in einem Wagen gesehen worden. In einem dunkelgrauen Cadillac mit einem Nummernschild aus Connecticut. Ich hab' gesagt, der Wagen hätte vor Dannys Bar geparkt:«

Wolfe brummte. »Das war zu spezifisch.«

»Das kann schon sein, aber ich wollte gern einen guten Tip 'rauskitzeln, und Sie haben doch gesagt, ich sollte von Ihrer Annahme ausgehen. Und ich hab' den Tip auch gekriegt. Die meisten haben sich nicht weiter dafür interessiert und mir höchstens gesagt, ich sollte die Geschichte vergessen und mir eine neue Frau nehmen, aber nachher hat einer mich in eine Ecke geschleppt und allerhand wissen wollen. Er war verdammt neugierig, und ich hab' getan, was ich konnte. Schließlich hat er gesagt, es sähe so aus, als ob mich jemand auf den Arm nehmen wollte, aber da wäre einer, der mir über Birch genau Bescheid sagen könnte, und wenn ich den sprechen wollte, wäre es heute abend zwischen halb zehn und zehn günstig, dort bei Danny. Ein Mann namens Lippen-Egan.«

»Jetzt ist es zwei Minuten vor halb zehn.«

»Ich weiß. Ich wollte eigentlich gleich nach halb zehn 'reingehen, aber da sind mir Bedenken gekommen. Hast du mal was von dem Lippen-Egan gehört, Archie?«

»Nicht, daß ich wüßte.«

»Ich glaube, ich hab' mal was gehört. Ich glaube, der hat immer bei Joe Slocum am Hafen Teppiche geklopft. Wenn es der ist, habe ich vielleicht zu viele Karten aufgedeckt, und es kann sein, daß man mir auf den Pelz rückt, und darum habe ich gedacht, du möchtest vielleicht dabeisein, aber wenn du nicht willst, kann ich auch allein mein Heil versuchen.«

»Na, da versuche mal dein Heil allein.«

»Gut.« Es klang nicht gerade begeistert.

»Aber warte, bis ich da bin. Auf welcher Seite der Avenue liegt denn die Bar?«

»Auf der Westseite.«

»Schön. Ich fahr' jetzt los. Ich nehme die Limousine. Wenn du mich gegenüber parken siehst, gehst du in die Bar 'rein, wie du ausgemacht hattest. Ich bleibe im Wagen, bis ich dich schreien höre oder bis sie deine Leiche 'rauswälzen. Wenn du mit jemandem zusammen 'rauskommst, komm' ich hinterher. Wenn du allein 'rauskommst, lauf nur in südlicher Richtung, immer weiter, und sobald ich sicher weiß, daß niemand hinter dir her ist, hol' ich dich in den Wagen. Kapiert?«

»Ja. Wie fasse ich ihn an?«

»Wie Mr. Wolfe schon gesagt hat, du bist ziemlich spezifisch geworden. Sie haben sich darauf eingelassen, Mr. O'Connor. Jetzt bleiben Sie halt dabei. Ich werde Ihnen eine neue Frau suchen.«

»Irgendwelche neuen Instruktionen, Mr. Wolfe?«

»Nein. Machen Sie nur weiter.«

Wir legten auf. Aus dem Schubfach nahm ich den Schultergurt mit dem Revolver und schnallte ihn an. Wolfe saß da und sah mir mit düsterer Miene zu. Körperliche Anstrengungen und die Vorbereitungen dazu sind ihm unheimlich, aber als erfahrener Detektiv beugte er sich vor der Notwendigkeit, Menschen – mich zum Beispiel – in Situationen zu bringen, in denen sie abgeknallt oder abgestochen oder von einer Klippe heruntergestürzt werden können. Angesichts seines Abscheus vor solchen Vorgängen ist das äußerst großzügig von ihm. Ich nahm Hut und Regenmantel aus dem Schrank im Flur und ging.

Nachdem ich die Limousine aus der Garage um die Ecke geholt hatte, fuhr ich quer bis zur Zehnten Avenue durch und bog in sie ein. Der Nieselregen war womöglich noch schlimmer und der Nebel noch dichter geworden, aber das Stakkato der Ampeln auf der Zehnten Avenue zwingt einen ohnehin zum Schleichen. Ich bog rechts in die 56. Straße ein, dann wieder in die Neunte Avenue, fuhr auf die linke Seite hinüber und verlangsamte das Tempo.

An der Ecke der 55. war ein Lokal. Vor mir, auf der anderen Seite der Straße, sah ich an einem Fenster die Neon-Aufschrift: ›Dannys Bar und Grillroom‹. Ich rollte an die Bordkante heran und hielt, bevor ich auf der Höhe der Bar angekommen war, stellte den Motor ab und kurbelte das rechte Fenster herunter, um durch den Regen etwas sehen zu können. Nach einer halben Minute erschien Fred auf der gegenüberliegenden Seite, ging auf die Bar zu und trat ein. Es war einundzwanzig Uhr neunundvierzig.

Bequem zurückgelehnt, hatte ich durchs offene Fenster gute Sicht zur Bar, wenn nicht gerade vorbeifahrende Wagen dazwischenkamen, aber viele waren das nicht. Ich beschloß, eine halbe Stunde – bis zweiundzwanzig Uhr neunzehn – zu warten, ehe ich über die Straße und ins Haus ging, um zu sehen, ob Fred noch unversehrt und lebendig sei.

Aber so lange brauchte ich gar nicht auszuhalten. Die Uhr am Armaturenbrett zeigte erst zwei Minuten nach zehn, als Fred mit einem Mann, der nur halb so groß war wie er, zum Vorschein kam. Der Mann hatte die rechte Hand in der Tasche und ging an Freds linker Seite, so daß ich eine Sekunde lang dachte, es handle sich um die altbekannte Geleitzugmasche. Dann aber trollte sich Fred über den Bürgersteig, und der Mann nahm Kurs in nördlicher Richtung.

Fred stand an der Bordkante, ohne ein Zeichen von sich zu geben, und ich blieb angespannt sitzen. Der Mann bog links in die 55. Straße ein. Drei Minuten vergingen, während Fred stehen- und ich sitzen blieb, dann kam ein Wagen aus der 55. heraus, bog in die Avenue ein und hielt an, wo Fred stand. Der Mann am Steuer war Freds Begleiter von vorhin; außer ihm saß niemand im Wagen. Fred stieg zu, und der Wagen rollte ab.

Mein Motor war noch warm, also war das kein Problem. Ich sehe bei Nacht recht gut und konnte ihm trotz des Nieselregens einen ganzen Häuserblock Vorsprung lassen, und da die Neunte Avenue breit und leer vor mir lag und ja obendrein Einbahnstraße ist, konnte ich mich auf der linken Seite halten, so daß ich nicht in den Sichtbereich seines Rückspiegels kam.

Aber kaum hatte ich diese Punkte zu meinen Gunsten verbucht, als er von der Avenue abbog und nach rechts in die 47. Straße einschwenkte. Ich sauste diagonal vor dem Bug eines Zwanzig-Tonnen-Lastwagens vorbei und schaffte die Kurve. Der andere Wagen war mir ein ganzes Stück voraus.

An der Zehnten Avenue hielt rotes Ampellicht ihn auf, und ich bremste. Als Grün kam, bog er nordwärts in die Zehnte ein, und ich schaffte die Ecke noch gerade rechtzeitig, um zu sehen, wie er in der Mitte des Häuserblocks in die Einfahrt einer Garage einschwenkte. Als ich vorbeiglitt, war er bereits darin verschwunden. Ich fuhr ein Stück weiter, bog in die 48. Straße ein, parkte einen halben Meter hinter der Häuserlinie, stieg aus und ging über die Avenue.

Auf dem Schild stand ›Garagenbetrieb Nunn‹. Es war ein altes Ziegelgebäude von zwei Stockwerken, in keiner Weise auffällig. Ich ging weiter bis zu einer Einfahrt gerade gegenüber, trat einen Schritt hinein, um im Trockenen zu stehen, und überschaute die Lage.

Das Licht drinnen war trüb, und ich konnte nicht weit in die Einfahrt hineinsehen. In den beiden oberen Geschossen war überhaupt kein Licht. Ordentliches Licht brannte nur in einem kleinen Raum mit zwei Fenstern rechts von der Einfahrt. Man sah darin zwei Schreibtische und ein paar Stühle, Menschen aber nicht. Als ich zehn Minuten dagestanden und noch immer niemanden bemerkt hatte, gefiel mir das nicht recht, und ich überlegte mir, daß es wohl nicht schlecht wäre, der Sache auf den Grund zu gehen.

Ich ging an die Ecke, überquerte die Avenue, kam auf der anderen Seite zurück und blieb mitten in der Einfahrt stehen, um Ausschau zu halten. Kein Mensch war zu sehen, aber natürlich hätten zwischen den Reihen von Wagen und Autobussen ein paar Kompanien in Stellung liegen können. Ich schlich hinein in die Einfahrt, schlüpfte linkerhand hinter einen Lieferwagen und blieb horchend stehen.

Schwache Geräusche von Schritten waren zu hören, und dann begann irgendwo da hinten jemand ein Liedchen zu pfeifen. Als der Pfeifer näher herankam, ein Stück rechts von mir, schob ich mich ums Heck des Wagens herum. Er hörte mit seinem Liedchen auf, aber seine Tritte auf dem Zementpflaster genügten mir auch. Er hielt sich rechts – das heißt, von ihm aus gesehen links –, fast bis zu der Einfahrt, und dann ging eine Tür auf und schloß sich wieder. Er war in das Büro gegangen.

Ich pirschte mich rasch, aber leise bis nahe an die Mauer heran und dann rückwärts durch das Fahrzeuglabyrinth. Als ich an eine Stelle kam, wo die Stoßstangen die Wand berührten, wählte ich lieber einen Umweg, um es nicht darauf ankommen zu lassen, daß unter meinem Gewicht irgendwelche losen Teile zu Boden klapperten. Ein Stück weiter hinten sah ich ein Ziel, eine Holztreppe, die nahe der Ecke emporführte, und hielt darauf zu. Als ich aber näher kam, bemerkte ich ein anderes Ziel. Da waren auch noch Stufen, die nach unten führten, und durch die Öffnung drangen Stimmen herauf. Eine davon gehörte Fred. Ich ging hin und blieb oberhalb der Stufen stehen. Was gesprochen wurde, konnte ich aber nicht verstehen.

Es gibt nur eine einzige Methode, unter solchen Umständen die Lage zu erkunden, ohne dabei Füße und Beine in Gefahr zu bringen, ehe man mit den Augen hat sichern können. Ich legte mich auf die linke Seite, meine Schulter über der ersten Stufe, packte mit der rechten Hand den Pfosten des Geländers und ließ mich, Zentimeter um Zentimeter, vorsichtig nieder, bis mein Auge auf der Höhe der Decke des Kellergeschosses war.

Zuerst sah ich nichts weiter als wiederum ein Labyrinth von Wagen und Wagenteilen, das sich in der Dunkelheit verlor. Doch als ich den Kopf so weit herumdrehte, daß ich mir beinahe den Hals brach, sah und hörte ich, daß die Stimmen aus der Tür in einer Zwischenwand kamen, die offenbar die eine Wand eines abgeteilten Raumes darstellte. Die Tür stand offen, doch konnten die Menschen in dem Zimmer die Treppe nicht sehen, falls sie nicht gerade an die Tür kamen, um hinauszublicken.

Ich stand wieder auf und ging die Treppe hinunter – freilich nicht so flink. Auf einer Holztreppe kann man nichs anderes tun, als sich seitwärts halten, sein Gewicht nur nach und nach von einer Stufe auf die andere schieben und den Himmel anflehen, daß der Zimmermann sein Handwerk verstanden hat. Ich schaffte es.

Der Fußboden des Kellergeschosses war zementiert. Ich steuerte, nun wirklich absolut lautlos, zu dem ersten Wagen rechts hinüber und hinter ihn, schlüpfte dann zum nächsten Wagen weiter, und dann wieder zum nächsten.

Dort, im Schatten kauernd, konnte ich direkt in das Zimmer sehen und konnte hören, was sie sprachen. Sie saßen an einem nackten Holztisch inmitten des Zimmers, der kleine Kerl an der hinteren Seite, das Gesicht zu mir gewandt, und Fred links, so daß ich ihn im Profil vor mir hatte. Freds Hände lagen auf dem Tisch, die des kleinen Kerls ebenfalls, aber in der einen hatte er einen Revolver. Ich fragte mich, wie er das wohl so inszeniert haben mochte, da Fred doch schließlich nicht gelähmt war. Aber diese Frage hatte Zeit. Ich zog meinen Revolver aus dem Schultergurt. Es war beruhigend, ihn in der Hand zu fühlen. Auf den Wagen gestützt, hätte ich auf jeden beliebigen Quadratzentimeter seines Körpers zielen können.

Er redete. »Nee, nee, ich bin gar nich so. Einer, der einen Mann bloß abknallt, weil's ihm Spaß macht, auf den Abzug zu drücken, der kommt eines Tages mal in Schwulitäten. Mensch, mir is es ebenso lieb, wenn ich niemand kaltmachen brauch'. Aber wie gesagt, der Lippen-Egan redet nich gern mit jemand, der 'n Revolver dabei hat, und da hat er ja auch recht. Er muß jeden Augenblick kommen. Warum ich Ihn' das alles vorquaßle – Hände stillhalten! –, ich werd' Ihn' jetzt die Knarre wegnehmen, und Sie sind so groß, Sie könnten mich zusammenhauen, deswegen bilden Sie sich ja nich etwa ein, ich würde nie auf den Abzug drücken! Hier unten in dem Keller könnten wir glatt 'n Schießstand aufmachen. Vielleicht machen wir das auch.«

Nach der Art, wie er die Waffe hielt, fest und sicher, aber nicht verkrampft, sah es keineswegs so aus, als ob er das alles ehrlich meinte. Es machte ihm durchaus Spaß, auf den Abzug zu drücken. Er hielt sie fest und sicher, während er seinen Stuhl zurückschob, sich aufrichtete und hinter Freds Rücken trat. Es ist nicht ganz einfach, jemandem von hinten mit der linken Hand einen Revolver wegzunehmen, den er unter der linken Achsel hat. Aber er machte das sehr sauber und flink. Ich merkte, wie Fred mit den Zähnen knirschte, aber im übrigen ertrug er es wie ein Gentleman. Der Mann trat einen Schritt zurück, sah sich Freds Revolver an, nickte anerkennend, ließ ihn in seine Seitentasche gleiten, ging zu seinem Stuhl zurück und setzte sich hin.

»Sind Sie mal in Pittsburgh in Pennsylvanien gewesen?« fragte er dann.

»Nein«, sagte Fred.

»Ich hab' da mal einen gekannt, der hat sich seine Patronen selber gemacht. So was hab' ich noch nie gesehen. Er hat behauptet, in seiner eigenen Pulvermischung wär' mehr Pfiff drin, aber das war bloß Kokolores. Der war einfach verrückt, weiter war's nichts. Ehe ich mal auf so 'ne Schnapsidee verfalle, würd' ich lieber aufgeben und Kohlköppe ziehen. Und 'n paar Jahre später hab' ich dann auch wirklich gehört, daß es den Burschen in St. Louis in Missouri erwischt hat. Wahrscheinlich hat er vergessen, den Pfiff 'reinzumachen.«

Er lachte. Bis dahin hatte ich persönlich nichts Besonderes gegen ihn gehabt, aber dieses Lachen war unangenehm.

»Sind Sie schon mal in St. Louis gewesen?« fragte er.

»Nein«, sagte Fred.

»Ich auch noch nicht. Liegt am Mississippi, soviel ich weiß. Den möcht' ich mir eigentlich ganz gern mal angucken. Mir hat mal einer erzählt, da wären Krokodile drin, aber die müßt' ich erst sehen, ehe ich's glaube. So vor acht Jahren hab' ich mal . . .«

Ein Summer schnarrte – innerhalb des Zimmers, wie mir schien. Einmal lang, dann zweimal kurz, dicht hintereinander, dann noch einmal lang. Der Mann lehnte sich an die Wand, wobei er die Augen und den Revolver auf Fred gerichtet hielt, legte den Daumen auf einen Knopf und drückte kurz. Dann trat er um den Tisch herum an die Tür und blieb mit gespreizten Beinen quer über der Schwelle stehen, das Gesicht der Treppe zugewandt, doch so, daß Fred immer noch in seiner Schußlinie saß.

Einen Augenblick später waren oben Schritte zu hören, und

dann erschienen Füße auf der Treppe und kamen herab. Ich duckte mich tief nieder, hinter den Wagen. Es lag nahe, daß ein Neuankömmling sich umblickte, und ich wollte mich der Gesellschaft noch nicht anschließen.

»'n Abend, Mort!«

»'n Abend, Egan! Wir haben schon gewartet.«

»Kann der sich mausig machen?«

»Nee, nich mehr. Aber er hat einen S & W unterm Arm gehabt, wie so'n Fieberthermometer.«

Ich blieb unten, bis die Schritte des Ankömmlings zur Tür hinüber- und ins Zimmer hineingegangen waren, und kam dann langsam hoch, bis ich mit einem Auge die Scheibe der Wagentür erreichte. Mort war um den Tisch herum an seinen früheren Platz getreten und stand neben dem Stuhl. Lippen-Egan stand Fred gegenüber an der anderen Seite des Tisches. Er war ziemlich stämmig gebaut, hatte abfallende Schultern und war ganz in Grau, bis auf sein blaues Hemd: grauer Anzug, graue Krawatte, graues Gesicht und auch etwas Grau in seinem dunklen Haar. Seine Nasenspitze war ein wenig aufwärts gebogen. »O'Connor heißen Sie?« fragte er.

»Ja«, sagte Fred.

»Was ist da los mit dem Matt Birch und Ihrer Frau?«

»Mir hat jemand erzählt, sie wär' vorigen Dienstag nachmittag zusammen mit ihm in einem Wagen gesehen worden. Ich denke mir, sie hat mich vielleicht betrogen. Dann, am selben Abend ist er umgebracht worden.«

»Haben Sie ihn umgebracht?«

Fred schüttelte den Kopf. »Ich hab' ja erst gestern abend davon gehört, daß sie mit ihm zusammengewesen sein soll.«

»Wo sind die beiden gesehen worden?«

»Der Wagen hat vor der Bar von Danny geparkt. Deswegen bin ich da hingegangen.«

»Was für ein Wagen?«

»Dunkelgraue Cadillac-Limousine mit einer Nummer aus Connecticut. Hören Sie doch mal, es ist wirklich bloß wegen meiner Frau. Ich will nur kontrollieren, was sie macht. Dieser Mann hier, dieser Mort, der hat mir gesagt, Sie könnten mir vielleicht helfen.«

»Na ja, ich könnte vielleicht. Wo ist sein Zeug, Mort?«

»Ich hab' ihn noch nich gefilzt, Egan. Ich hab' auf dich gewartet. Bloß den Revolver hab' ich ihm abgenommen.«

»Wollen uns doch das Zeug mal angucken.«

»Nase zur Wand!« sagte Mort zu Fred.

Fred setzte sich hin. »Zunächst mal«, sagte er, »ich heiße gar nicht O'Connor. Ich hab' bloß so gesagt, weil ich meinen richtigen Namen nicht nennen wollte, denn es ist doch wegen meiner Frau. Ich heiße Durkin, Fred Durkin.«

»Nase zur Wand, hab' ich gesagt! Da hinten hin!«

Fred setzte sich in Bewegung. Als er drei Schritte gegangen war, hätte ich, um ihn in meinem Blickwinkel zu behalten, nach rechts hinüberrücken und über die Kühlerhaube spähen müssen, und das zu riskieren hatte keinen Sinn. Mort verschwand ebenfalls. Schwache Töne waren zu hören, und nach einem Weilchen Morts Stimme: »Stehenbleiben da!«, und dann trat er zurück, so daß ich ihn wieder sehen konnte. Er holte aus den Taschen eine Reihe verschiedener Gegenstände, die er auf den Tisch legte. Es waren die Kleinigkeiten, die ein Mann gewöhnlich mit sich herumschleppt. Darunter aber erkannte ich den gelben Umschlag mit den Fotos, die ich Fred am Tage zuvor ausgehändigt hatte.

Darauf und auf die Brieftasche und das Notizbuch konzentrierte sich Lippen-Egan beim Durchsehen des Häufchens. Er betrachtete die Fotos in aller Ruhe. Als er sprach, klang seine Stimme ganz verändert. Nicht daß sie etwa vorher freundschaftlich gewesen wäre, aber jetzt war sie tückisch. »Er heißt Fred Durkin und ist Privatdetektiv.«

»Was? So 'n dreckiger Hund!«

Man hätte meinen können, Egan hätte gesagt, er sei Rauschgiftschmuggler. Er sagte: »Setz ihn wieder auf den Stuhl!«

Mort kommandierte, und Fred kam wieder in meinen Blickwinkel. Er ließ sich auf dem Stuhl nieder und sprach: »Hören Sie doch mal, Egan, ein Privatdetektiv hat auch ein Privatleben. Ich hab' gehört, meine Frau wär' ...«

»Das können Sie sich einpökeln. Für wen arbeiten Sie?«

»Ich sage Ihnen doch, ich wollte nur kontrollieren ...«

»Das können Sie sich einpökeln. Wo haben Sie diese Bilder her?«

»Das hat damit nichts zu tun. Das ist bloß was Geschäftliches.«

»Da ist eins von Birch dabei. Wo haben Sie die Dinger her?«

»Ich hab' gedacht, ich komme vielleicht auf eine Fährte und kriege was über den Mord an dieser Mrs. Fromm 'raus.«

»Für wen arbeiten Sie?«

»Für niemand. Ich sage Ihnen ja, bloß für mich selber.«

»Quatsch. Gib mir den Revolver, Mort und hol' ein Stück Strick und die Zange.«

Mort reichte ihm den Revolver, trat an eine Kommode im Hintergrund, zog ein Fach auf und kam mit einem braunen Knäuel von dickem Strick und einer Zange zurück. Die Zange war mittelgroß, und ihre Backen waren mit irgend etwas umwickelt, aber ich konnte nicht erkennen, womit. Er trat hinter Fred. »Hände hier auf den Rücken!«

Fred rührte sich nicht.

»Wollen Sie mit Ihrem eigenen Revolver eins 'reingewürgt haben? Pfoten auf den Rücken.«

Fred gehorchte. Mort wickelte ein Stück von dem Strick ab, schnitt es mit einem Messer ab, ließ sich auf die Knie nieder, fesselte Fred gründlich die Handgelenke, wand die Enden des Strickes um die Querstrebe des Stuhles und knotete sie fest. Dann griff er nach der Zange. Ich konnte nicht sehen, was er damit machte, aber das brauchte ich auch nicht. »Tut das weh?« fragte er.

»Nein«, sagte Fred.

Mort lachte. »Nehmen Sie sich in acht. Sie werden jetzt hübsch Antwort geben. Wenn Sie sich aufregen und anfangen zu zappeln, kann's Ihnen passieren, daß Sie einen Finger loswerden, also passen Sie lieber auf! Fertig, Egan!«

Egan saß Fred gegenüber und ließ die Hand, in der er den Revolver hielt, auf der Tischplatte ruhen. »Für wen arbeiten Sie, Durkin?«

»Ich hab' Ihnen doch schon gesagt, Egan, für mich selber. Wenn Sie mir bloß erzählen, ob Sie meine Frau zusammen mit Birch gesehen haben oder nicht, weiter will ich ja nichts.«

Fred beendete seinen Satz, aber mitten darin schnappte er einmal kurz nach Luft und wurde steif. Ich glaube, ich hätte es ein Weilchen aushalten können, vielleicht bis zu zwei Minuten, und es wäre pädagogisch gewesen, zu sehen, wieviel Fred ertragen konnte. Aber wenn ihm dabei ein Finger gebrochen wurde, so hatte Wolfe die Arztrechnung zu bezahlen, und ich achte da lieber auf die Interessen meines Arbeitgebers. Deshalb glitt ich nach rechts, stützte den Revolver auf die Kühlerhaube, nahm Egans Hand, in der er den Revolver hielt, aufs Korn und gab Feuer. Dann war ich mit einem Satz, zu dem ich all meine Muskelkraft aufwandte, vorn um den Wagen herum, und sprang auf die Tür zu.

Ich hatte gesehen, wie Mort Freds Revolver in seine linke Tasche gleiten ließ, und sofern er nicht gerade mit der Linken ebensogut schießen konnte wie mit der Rechten, berechnete ich, daß ich etwa drei Sekunden Zeit hätte, zumal er auf den Knien lag.

Doch er wartete nicht so lange, bis er aufstehen konnte. Als ich an der Tür war, hatte er sich hinter Fred geworfen. Ich ließ mich flach zu Boden fallen, und aus dieser Lage sah ich unter Freds Stuhlsitz hindurch, wie seine linke Hand mit dem Revolver aus der Tasche kam.

Ich hatte meine Revolverhand auf dem Fußboden nach vorn gestreckt, als ich mich fallen ließ, und drückte jetzt auf den Abzug. Dann stand ich wieder auf den Füßen, oder vielmehr ich hing in der Luft, und landete hinter Freds Stuhl. Mort, noch immer kniend, griff mit der rechten Hand nach dem Revolver, der einen guten Meter von ihm entfernt auf dem Boden lag. Ich versetzte ihm einen Tritt in den Bauch, sah noch, wie er zusammensackte, und wandte mich mit einem Ruck zu Egan um.

Drei Meter weiter hinten bückte er sich gerade, um seinen Revolver aufzuheben. Wenn ich gewußt hätte, in welchem Zustand er war, wäre ich stehengeblieben und hätte zugeschaut. Erst später erfuhr ich, daß die Kugel ihn nicht berührt hatte. Sie hatte den Lauf des Revolvers getroffen, so daß er ihm aus der Hand gerissen wurde, und er hatte ihn so fest gehalten, daß seine Hand von der Erschütterung lahm und gefühllos geworden war, und jetzt versuchte er, den Revolver aufzuheben. konnte aber nicht.

Da ich das nicht wußte, ging ich auf ihn zu, schmetterte ihn gegen die Wand, hob den Revolver auf, hörte ein Geräusch hinter mir und fuhr herum.

Fred hatte es irgendwie fertiggebracht, sich mitsamt seinem Stuhl zu der Stelle zu manövrieren, wo sein Revolver lag, und saß da, beide Füße daraufgestellt. Mort wand sich am Boden. Ich stand da, keuchte und zitterte am ganzen Körper.

»Heiliger Strohsack«, sagte Fred.

Ich konnte nicht sprechen. Egan stand an der Wand und rieb sich die rechte Hand mit der linken. Morts linke Hand blutete. Ich stand immer noch da und keuchte. Als das Zittern einigermaßen vorbei war, steckte ich mir Morts Revolver in die Tasche, zog mein Messer heraus, ging zu Fred und schnitt den Strick durch.

Er nahm die Füße von dem Revolver, hob ihn auf, stand auf und versuchte mich anzugrinsen. »So, jetzt legst du dich erst mal hin und machst ein Nickerchen.«

»Jaja.« Ich hatte einigermaßen den Atem wiedergefunden. »Der Knabe da oben wird neugierig geworden sein. Ich will mal 'raufgehen und nachsehen. Sorg' dafür, daß die beiden hier Ruhe halten.«

»Laß mich doch gehn. Du hast schon dein Teil getan.«

»Nein, ich will mal nachsehen gehen. Paß auf die Burschen auf.«

»Keine Sorge.«

Ich ging aus dem Zimmer, blieb am unteren Ende der Treppe stehen und horchte. Nichts. Den Revolver in der Hand und den Kopf zurückgelegt, ging ich langsam und vorsichtig hinauf. Ich nahm zwar nicht an, daß der Garagenwart eine große Gefahr darstellte, aber es hätte sein können, daß er Hilfe herbeitelefoniert hatte. Vielleicht war der Lippen-Egan auch nicht allein gekommen. Da ich in Gegenwart eines Zeugen soeben bewiesen hatte, was für ein großer Held ich war, hatte ich die Absicht, am Leben zu bleiben, um meinen Ruhm auch genießen zu können.

Als meine Augen die Höhe des Pflasters oben erreicht hatten, blieb ich stehen, um Ausschau zu halten und zu horchen. Immer noch nichts. Ich ging weiter hinauf und stand auf dem Beton. Die Route, über die ich gekommen war, war so gut wie jede andere, und ich drang in das Gewirr der Wagen und Lastautos vor.

Alle paar Schritte stehenbleibend, um die Ohren zu spitzen, war ich etwa auf halbem Wege zum Eingang, als ich plötzlich das Gefühl hatte, da müsse jemand sein, nicht allzuweit rechts von mir. Das kommt oft vor. Es ist nicht undenkbar, daß es manchmal auf den Geruch zurückzuführen ist, aber ich glaube, man nimmt es mit den Ohren oder mit den Augen wahr, wenn sie so angespannt sind, mag der Eindruck auch so schwach sein, daß man es nur fühlt. Jedenfalls war jemand da. Ich blieb stehen und hockte mich hin.

Ich klebte da, an einen Lastwagen gepreßt, und spannte Augen und Ohren zehn Stunden lang an. Meinetwegen, sagen wir zehn Minuten. Es reichte jedenfalls. Ich begann mich langsam, kaum einen halben Meter in der Minute, auf das hintere Ende des Lastwagens zuzuschieben. Ich wollte hinten daran vorbeisehen. Es dauerte ewig, aber endlich schaffte ich es. Ich stand da und horchte und streckte dann meinen Hals vor, so daß mein Auge gerade an der Ecke des Lastwagens vorbeisehen konnte. Da stand, eine Armeslänge von mir entfernt, ein Mann und sah mir gerade ins Gesicht. Ehe er sich bewegte, streckte ich den Kopf vor.

»Ach, Saul«, flüsterte ich.

»Ach, Archie«, flüsterte er zurück.

12

Ich kam um die Ecke des Lastwagens herum. »Wo ist der Garagenwart?« flüsterte ich.

»Orrie hat ihn da vorn hinterm Büro gefesselt. Orrie hängt da bei der Einfahrt 'rum.«

Ich ließ das Flüstern sein. »Hurra. Ich werde eine Honorarerhöhung für dich empfehlen. Seid ihr dem Lippen-Egan hierher nachgeschlichen?«

»Wie er heißt, weiß ich nicht, aber hierher nachgeschlichen sind wir ihm. Dann sind wir 'reingekommen, um im Trocknen zu sein, und der Garagenwart hat uns entdeckt, und da mußten wir ihn fertigmachen. Dann haben wir zwei Schüsse gehört, und ich wollte nach hinten gehen und nachgucken, was da los wär', und da hab' ich dich gerochen und aufgehört zu denken. Du machst aber einen Krach beim Laufen.«

»Aber du auch. So ein Getöse hab' ich noch nie gehört. Red nur so laut, wie's dir Spaß macht. Egan ist mit einem Freund unten im Keller, und Fred ist dabei und paßt auf, daß sie keine Dummheiten machen.«

Saul in Erstaunen zu setzen ist schwer, aber diesmal gelang es. »Das ist doch nicht dein Ernst?«

»Komm und sieh selber.«

»Wie hast du denn das gemacht? Mit Radar?«

»Ach, mich findest du meistens da, wo ich gebraucht werde. Goodwin, der Mann mit Mumm. Ich erzähl's dir später mal. Wir haben noch was zu tun. Reden wir ein Wort mit Orrie!«

Ich ging voran, er hinterher. Orrie stand nicht weit von der Einfahrt. Bei meinem Anblick sperrte er die Augen weit auf.
»Mich laust der Affe. Wie kommt denn *das*?«
»Später. Fred ist unten und paßt auf die zwei Kerle auf. Saul und ich gehen 'runter, um ein Spielchen zu machen. Hier können Typen von allen Sorten auftauchen, also paß auf. Ist der Garagenmann in Ordnung?«
»Saul und ich haben schon dafür gesorgt.«
»Gut. Unser aller Leben liegt in deiner Hand. Komm mit, Saul.«

In dem Zimmer im Kellergeschoß war Fred Herr der Lage. Er saß auf dem Stuhl, den zuvor Mort eingenommen hatte, die Augen auf die Tür gerichtet. Mort lag, langgestreckt mit gebundenen Fußknöcheln, an der linken Wand auf dem Rücken, und Egan saß nicht weit davon auf dem Boden an die Wand angelehnt, ebenfalls mit gebundenen Füßen. Sauls Erscheinen in meiner Begleitung rief einige Bewegung hervor.

»Also *das* hat dich so lange aufgehalten«, bemerkte Fred, nicht gerade erbaut. »Brauchen wir denn eine ganze Armee?«

Der Lippen-Egan murmelte etwas.

»Nein«, sagte ich zu Fred. »Ich hab' ihn nicht extra geholt. Er war oben, ist Egan hierher nachgeschlichen. Orrie ist auch oben, und der ganze Laden gehört uns.«

»Hat der Mensch Töne? Zeig mir mal Morts Revolver.«

Ich nahm ihn aus der Tasche und reichte ihn Fred, und der betrachtete ihn. »Na ja, das hab' ich mir gedacht – hier am Lauf. Egan hat überhaupt nichts abgekriegt. Morts Hand ist ein bißchen ramponiert, aber ich hab' ein Taschentuch drum gebunden, und das wird eine Weile halten. Du hast ihm mit deinem Fußtritt den Magen beinahe bis an den Hals 'raufgedrückt, und ich sagte ihm, er soll lieber aufrecht sitzen, damit der Magen wieder 'runterrutschen kann, aber er möchte sich ausruhen.«

Ich ging zu Mort hinüber, hockte mich hin und sah ihn mir an. Er hatte keine besonders gute Farbe, aber seine Augen waren offen und nicht glasig. Ich piekte ihn ein paarmal sacht in den Unterleib und fragte, ob es weh tue. Ohne mit der Wimper zu zucken, sagte er mir, ich sollte mich zu etwas nicht Salonfähigem scheren. Ich stand also auf, ging weiter zu Egan, blieb vor ihm stehen und blickte auf ihn hinab. Saul stellte sich neben mich.

»Mein Name ist Archie Goodwin«, sagte ich zu ihm. »Ich arbeite für Nero Wolfe. Meine Freunde hier ebenfalls. Das war es doch, was Sie Fred Durkin aus der Nase ziehen wollten, und nachdem wir das hinter uns haben, ist die Reihe jetzt an uns. Für wen arbeiten Sie?«

Er gab keine Antwort. Er besaß nicht einmal die Höflichkeit, mich anzusehen, sondern starrte auf seine Füße.

»Ich werd' ihm mal die Taschen ausräumen, und du übernimmst den anderen«, sagte ich zu Saul, und wir machten uns daran. Ich legte die Stücke meiner Sammlung auf den Tisch, und Saul brachte die seine.

Bei Mort kam nichts heraus, was sich einzurahmen lohnte, abgesehen von einem Führerschein auf den Namen Mortimer Ervin. Aber in Egans Häuflein fand sich ein Gegenstand, der recht verheißungsvoll schien: ein dickes Notizbuch mit losen Blättern im Format 10 mal 17, über hundert Seiten stark, und auf jeder Seite standen etwa ein Dutzend Namen und Adressen. Ich blätterte es flüchtig durch. Es waren anscheinend Namen von allen Sorten, die Adressen lagen sämtlich im Stadtgebiet. Ich reichte es Saul hin, und während er es sich ansah, trat ich an die Kommode, das einzige Möbelstück im Raume, das etwas enthalten konnte, und durchsuchte sie. Ich fand nichts von Interesse.

Saul rief mir zu: »Die letzte Eintragung hier ist Leopold Heim, und die Adresse steht dabei.«

Ich ging hin und warf einen Blick darauf. »Das ist interessant. Mir war das gar nicht aufgefallen.« Ich schob das Buch in meine Seitentasche und ging zu Egan hinüber. Er warf nur einen kurzen Blick an mir empor, einen wirklich bösartigen Blick.

Ich sprach ihn an: »Wenn in dem Buch da tausend Namen stehen und jeder zehntausend gespendet hat, wären das zehn Millionen Eier. Das ist wahrscheinlich ein bißchen hoch gegriffen, aber ziehen wir neunzig Prozent ab, und Sie haben immer noch ein hübsches Sümmchen. Möchten Sie dazu was bemerken?«

Keine Antwort.

»Wir haben nicht die ganze Nacht Zeit«, sagte ich, »aber ich sollte wohl darauf hinweisen, daß wir hier nicht hinter Erpressungsmanövern her sind, obwohl wir durchaus nichts dafür übrig haben, besonders nicht für solche von dieser Sorte. Wir sind hinter einem Mord her, oder vielleicht sollte ich lieber sagen: hinter drei Morden. Wenn ich Sie nach Ihrer Erpresserei ausfrage, dann bloß, um einer Mordsache auf die Spur zu kommen. Zum Beispiel: Hat Matthew Birch mit in dem Schwindelunternehmen dringesteckt?«

Sein Kinn hob sich ruckartig, und er fauchte Saul an: »Sie dreckiger kleiner Angeber.«

Ich nickte. »Na, das wäre 'raus, jetzt wird Ihnen wohler sein. Hat Birch mit in dem Schwindelunternehmen dringesteckt?«

»Nein.«

»Von wem haben Sie den Namen Leopold Heim bekommen?«

»Von niemand.«

»Wie hoch ist Ihr Anteil an dem Zaster, und wer kriegt den Rest?«

»Von welchem Zaster?«

Ich zuckte die Achseln. »Sie wollen es also nicht anders, wie? Nimm ihn bei den Armen, Saul!«

Ich packte ihn an den Fußknöcheln, und wir schleppten ihn zur gegenüberliegenden Wand hinüber und legten ihn neben einem Tischchen, auf dem ein Telefon stand, nieder. Er begann sich herumzuwälzen, um sich gegen die Wand zu lehnen, aber ich sagte zu Saul: »Paß auf, daß er liegen bleibt. Ich will inzwischen mal sehen, ob das Telefon hier angeschlossen ist.« Ich hob den Hörer ab und wählte. Nach nur zweimaligem Summen sagte eine Stimme: »Hier Nero Wolfe.«

»Hier Archie. Ich prüfe bloß eine Leitung.«

»Es ist Mitternacht. Wo zum Teufel stecken Sie denn?«

»Wir sind hier zusammen, alle vier, und betreiben eine Garage an der Zehnten Avenue, Kunden warten auf uns, und ich hab' keine Zeit zum Reden. Sie hören später von uns.«

»Ich gehe zu Bett.«

»Aber bitte. Schlafen Sie nur gut und fest.«

Ich legte den Hörer auf die Gabel, hob den Apparat hoch, schob das Tischchen an der Wand entlang beiseite, stellte den Apparat einen halben Meter von Egans Schultern auf den Fußboden und rief Fred zu: »Bring mal dieses Knäuel Strick her.«

Er kam damit an und fragte: »Die Überkreuz-Methode?«

»Sicher. Ein Stück von zwei bis drei Metern.«

Während er es abschnitt, erklärte ich Egan: »Ich weiß nicht, ob Sie damit schon mal das Vergnügen gehabt haben oder nicht. Es ist eine wissenschaftliche Methode, um den Stimmbändern nachzuhelfen. Wenn Sie etwa feststellen, daß sie Ihnen nicht gefällt, steht das Telefon hier gleich neben Ihnen. Sie können entweder das Polizeipräsidium wählen, CAnal 6–2000, oder das 16. Revier, CIrcle 6–0416, das ist ja gleich hier in der Nähe. Aber versuchen Sie nicht, etwa eine andere Nummer zu wählen. Wenn Sie die Polente anrufen, hören wir mit unserem wissenschaftlichen Experiment auf, und Sie können ihnen ungehindert alles erzählen, was Sie wollen. Das wird Ihnen garantiert. Saul, halt ihm die Schultern fest. Hier, Fred.«

Wir hockten uns neben Egan, an jeder Seite einer, und fesselten ihm langsam und sorgfältig die Füße. Während Saul die Schultern festhielt und Fred das Ende des Strickes in der Hand hatte, um bald sachter, bald kräftiger daran zu ziehen, holte ich mir einen Stuhl heran, setzte mich hin und beobachtete Egans Gesicht. Er gab sich Mühe, sich nichts anmerken zu lassen. »Das tut Ihnen mehr weh als mir«, sagte ich zu ihm. »Also, wenn Sie die Polente anrufen wollen, sagen Sie's ruhig. Wenn Ihre Beine zu unbequem liegen, so daß Sie sich zum Wählen nicht umdrehen können, schneide ich den Strick ab. Ein bißchen strammer, Fred, bloß ein bißchen. Hat Birch mit Ihnen unter einer Decke gesteckt?«

Ich wartete zehn Sekunden. Sein Gesicht verzog sich, und sein Atem ging rasch. »Haben Sie Birch Dienstag nachmittag in dem Wagen gesehen?«

Seine Augen waren geschlossen, und er versuchte, die Schultern zu bewegen. Noch einmal zehn Sekunden. »Von wem haben Sie den Namen Leopold Heim bekommen?«

»Ich will die Polente«, sagte er mit rauher Stimme.

»Gut. Schneid ab, Fred.«

Statt abzuschneiden, machte er den Halbknoten auf und wickelte den Strick ein Stück ab. Egan begann langsam und vorsichtig die Knie zu bewegen.

»Keine Freiübungen«, warnte ich ihn. »Wählen Sie die Nummern.«

Er drehte sich auf die Seite, hob den Hörer ab und begann zu wählen. Saul und ich paßten auf. Er steckte den Finger in die richtigen Löcher – CA-2000. Ich hörte, wie sich am anderen Ende der Leitung jemand meldete, und er fragte: »Polizeipräsidium?«

Dann ließ er den Hörer wieder auf seinen Platz sinken und sagte zu mir: »Sie Saukerl, Sie würden wirklich?«

»Gewiß«, sagte ich zu ihm, »das hab' ich Ihnen doch garantiert. Bevor wir diese Prozedur noch einmal wiederholen, ein paar Hinweise: Sie kriegen nur noch einmal Gelegenheit, die Polente anzurufen, dann nicht mehr. Sonst machen Sie das die ganze Nacht immer weiter. Zweitens: Es wäre vielleicht nicht dumm, jetzt mit der Sprache 'rauszurücken. Wenn Sie erwarten, daß Ihr Adressenbuch auf jeden Fall der Polente in die Finger kommt, täuschen Sie sich. Ich werde es Mr. Wolfe geben; der arbeitet an einem Mordfall, und ich glaube nicht, daß er Lust haben wird, alle diese Leute der Polizei auszuliefern. Das ist nicht sein Fall. Ich verspreche nichts, aber ich wollte Ihnen das bloß sagen. Also los, Fred. Halt ihn fest, Saul.«

Dieses Mal wickelten wir den Strick ein wenig strammer. Fred nahm die Enden, und ich setzte mich wieder auf den Stuhl. Die Reaktion kam rascher und stärker. In zehn Sekunden begann sein Gesicht sich zu verziehen. In zehn weiteren waren seine Stirn und sein Hals schweißfeucht. Sein graues Gesicht wurde noch grauer, seine Augen gingen auf und begannen herauszutreten. Ich wollte Fred gerade sagen, er solle ein wenig nachlassen, als er keuchte: »Aufhören.«

»Ein bißchen lockerer, Fred, aber festhalten. Hat Birch mit Ihnen in dem Schwindelunternehmen drin gesteckt?«

»Ja.«

»Wer ist der Chef?«

»Birch war das. Macht doch diesen Strick ab.«

»Gleich, gleich. Das ist immer noch besser als die Zange. Wer ist jetzt der Chef?«

»Ich weiß nicht.«

»Quatsch. Der Strick wird wohl noch eine Weile dranbleiben müssen. Haben Sie Birch Dienstag nachmittag mit einer Frau im Wagen gesehen?«

»Ja, aber er hat nicht vor Dannys Bar geparkt.«

»Etwas strammer, Fred. Wo war er denn?«

»Er fuhr die Elfte Avenue lang, bei den Fünfziger Straßen.«

»Eine dunkelgraue Caddy-Limousine mit einem Nummernschild aus Connecticut?«

»Ja.«

»War das Birchs Wagen?«

»Ich habe ihn vorher noch nie gesehen. Aber Birch hat auch mit einer Bande von Autodieben zusammengearbeitet, und dieser Caddy war natürlich geklaut. Alles, wo Birch seine Pfoten drin gehabt hat, war geklaut oder sonstwie krumm.«

»Jaja, der ist jetzt tot, und da denken Sie wohl, es geht. Wer war die Frau, die mit ihm im Wagen gesessen hat?«

»Ich weiß nicht. Ich stand auf der anderen Straßenseite und habe sie nicht genau gesehen. Machen Sie den Strick ab. Ich sage nichts mehr, bis er ab ist.«

Sein Atem ging wieder rasch, und sein Gesicht wurde immer grauer. Deshalb sagte ich Fred, er solle ihm eine Erholungspause geben. Als seine Beine frei waren, wollte Egan sie biegen, dann wollte er sie strecken, dann beschloß er, den Versuch, sie zu bewegen, noch aufzuschieben.

Ich fuhr fort: »Haben Sie die Frau erkannt?«

»Nein.«

»Würden Sie sie identifizieren können?«

»Ich glaube nicht. Sie sind ja bloß so vorbeigefahren.«

»Das war Dienstag nachmittag – um welche Zeit?«

»So um halb sieben 'rum, vielleicht etwas später.«

Ich war geneigt, das hinzunehmen, jedenfalls vorläufig. Pit Drossos hatte gesagt, es sei Viertel vor sieben gewesen, als die Frau in dem Wagen ihn gebeten hatte, einen Polizisten zu holen.

Die nächste Frage hätte ich am liebsten gar nicht gestellt – aus Furcht, Egan könnte sich disqualifizieren, indem er eine falsche Antwort gab. »Wer hat den Wagen gefahren – Birch?«

»Nein, die Frau. Darüber habe ich mich gewundert. Birch war keiner von denen, die sich von einer Frau fahren lassen.«

Ich hätte dem Schuft einen Kuß geben können. Er hatte Wolfes Hypothese zwanzig zu eins bestätigt. Mir kam der Gedanke, die Fotos von Jean Estey, Angela Wright und Claire Horan aus Freds Umschlag zu nehmen und Egan zu fragen, ob die Frau in dem Wagen einer von ihnen ähnlich gesehen habe; aber ich verkniff mir das. Er hatte gesagt, er würde sie nicht identifizieren können, und sicherlich würde er sich nicht noch mehr aufladen, als er schon hatte.

»Bei wem liefern Sie den Zaster ab?« fragte ich ihn.

»Bei Birch.«

»Der ist tot. Bei wem jetzt?«

»Ich weiß nicht.«

»Ich glaube, wir haben den Strick zu früh abgenommen. Wenn Leopold Heim Ihnen die Zehntausend bezahlt hätte oder einen Teil davon, was hätten Sie damit gemacht?«

»Sie behalten, bis ich was gehört hätte.«

»Von wem gehört?«

»Ich weiß nicht.«

Ich stand auf. »Her mit dem Strick, Fred.«

»Moment mal!« flehte Egan. »Sie haben mich gefragt, von wem ich den Namen Leopold Heim bekommen hätte. Ich hab' solche Hinweise entweder von Birch direkt oder telefonisch bekommen. Da hat immer eine Frau angerufen und mir's durchgesagt.«

»Was für eine Frau?«

»Ich weiß nicht. Gesehen habe ich sie nie.«

»Woher wußten Sie dann, ob's nicht eine Falle war? Bloß nach der Stimme?«

»Ich habe sie an der Stimme erkannt, aber sie nannte auch noch ein Kennwort.«

»Wie heißt das?«

Egan kniff die Lippen zusammen.

»Sie werden es sowieso nicht mehr brauchen«, redete ich ihm zu, »also 'raus damit.«

»›Sagte die Spinne zur Fliege.‹«

»Was?«

»Das ist das Kennwort. So habe ich den Hinweis auf Leopold Heim bekommen. Sie haben mich gefragt, bei wem ich den Zaster abliefern würde, wo Birch jetzt tot ist. Ich dachte, sie würde anrufen und mir es sagen.«

»Weshalb hat sie Ihnen das denn nicht gesagt, als sie Ihnen den Hinweis auf Heim durchtelefoniert hat?«

»Ich habe sie gefragt, und sie hat gesagt, sie würde mir das später sagen.«

»Wie heißt sie?«

»Ich weiß nicht.«

»Unter welcher Nummer rufen Sie sie an?«

»Ich rufe sie niemals an. Meine Verbindung ist immer über Birch gegangen. Jetzt wüßte ich nicht, wie ich sie erreichen sollte.«

»Blödsinn. Wir kommen darauf noch zurück, wenn wir die Prozedur noch mal anfangen müssen. Warum haben Sie Birch ermordet?«

»Ich habe ihn nicht ermordet. Ich bin kein Mörder.«
»Wer dann?«
»Ich weiß nicht.«
Ich setzte mich hin. »Wie ich Ihnen schon erzählt habe, interessiere ich mich für einen Mordfall. Mit diesem Strick da könnten wir Ihnen das Mark ausquetschen, aber davon hätten wir nichts, wir wollen bloß Tatsachen, und zwar Tatsachen, die wir nachprüfen können. Wenn Sie Birch nicht ermordet haben und nicht wissen, wer's gewesen ist, erzählen Sie mir jetzt genau, wie Sie davon Wind bekommen haben, und lassen Sie ja nicht ...«
Ein Summer tönte. Ich stand von dem Stuhl auf. Es summte zweimal kurz, einmal lang und einmal kurz. Ich sagte scharf: »Macht ihnen Knebel in die Schnauze.« Saul preßte Egan eine Hand auf den Mund, und Fred ging zu Mort.

Ich ging zur Wand, zu dem Knopf, den ich Mort hatte benutzen sehen, und drückte darauf. Einmal kurz, zweimal lang und einmal kurz war diesmal wahrscheinlich nicht das richtige Antwortsignal, aber es war ebenso gut wie irgend etwas Improvisiertes. Dann trat ich aus dem Zimmer und blieb, den Revolver schußbereit, drei Schritt vor der untersten Stufe stehen. Ich hörte von oben schwach eine Stimme, dann Stille, dann Schritte, die zuerst kaum hörbar waren. Dann drang Orries Stimme herab: »Archie?«
»Ja. Hier.«
»Ich bringe euch Gesellschaft.«
»Schön. Je mehr wir sind, desto lustiger wird es.«
Die Schritte waren an der obersten Stufe angelangt und kamen die Treppe herab. Ich sah feingeputzte schwarze Schuhe, dann feingebügelte dunkelblaue Hosenbeine, dann einen dazu passenden Mantel, und obendrauf das Gesicht Dennis Horans. Das Gesicht sprach Bände. Hinter ihm kam Orrie, seinen Revolver sichtbar in der Hand.
»Sieh mal an. Herzlich willkommen!« begrüßte ich ihn. Er antwortete nicht. Also wandte ich mich an Orrie. »Wie ist der denn hergekommen?«
»In einem Wagen, allein. Er ist 'reingefahren, und ich habe mich ruhig verhalten, als ob's mich nichts anginge. Er hat nach mir geguckt, aber nichts gesagt, ist zu einem Knopf an einem Pfeiler gegangen und hat draufgedrückt. Als ich ein Summen hörte, dachte ich, es wäre Zeit zum Eingreifen, und habe ihm

meinen Revolver gezeigt und ihm gesagt, er soll losschießen. Wer dieses Signal mit dem Summer gegeben hat, der kann vielleicht noch . . .«

»Das ist schon in Ordnung. Das war ich. Hast du ihn durchsucht?«

»Nein.«

Ich ging zu Horan und klopfte ihn an den Stellen ab, wo man gewöhnlich eine Waffe vermutet, und auch an anderen, wo man sie weniger vermutet. »Gut. Geh wieder 'rauf und kümmere dich um die Kunden.« Orrie ging, und ich rief: »Saul. Nimm ihm den Knebel 'raus, feßle ihm die Beine und komm her!«

Horan wollte auf die Tür des Zimmers zugehen. Ich packte ihn beim Arm und riß ihn herum. Er versuchte sich loszumachen, und ich drehte ihm tüchtig den Arm um. »Glauben Sie bloß nicht, ich meine es nicht ernst«, sagte ich zu ihm. »Ich weiß schon, welche Nummer man anrufen muß, wenn man einen Krankenwagen braucht.«

»Ja, es *ist* ernst«, meinte auch er. Sein dünner Tenor brauchte Öl. »So ernst, daß ich Sie damit erledigen kann, Goodwin.«

»Kann schon sein, aber im Augenblick bin *ich* dran, und das ist mir in den Kopf gestiegen, also nehmen Sie sich in acht.« Saul kam heraus. »Das ist Mr. Saul Panzer. Saul, das ist Mr. Dennis Horan. Wir werden ihn später zu der Konferenz bitten, aber erst möchte ich mal telefonieren. Geh mit ihm an die Wand da hinten. Brich ihm nichts ab, wenn er nicht gerade unbedingt will. Waffe hat er keine.«

Ich ging zu dem Zimmer hinüber, trat ein und machte die Tür zu. Fred saß am Tisch und massierte sich einen Finger, und die andern befanden sich noch in der gleichen Lage wie vorher. Ich zog das kleine Tischchen an seinen Stammplatz zurück, nahm das Telefon und stellte es auf das Tischchen, setzte mich und wählte. Diesmal mußte ich es öfter summen lassen als vorhin, ehe ich etwas hörte, und auch dann kam nur ein mürrisches Brummen.

»Hier ist Archie. Ich brauche Rat.«

»Ich schlafe ja noch.«

»Spritzen Sie sich kaltes Wasser ins Gesicht.«

»Lieber Himmel. Was ist denn?«

»Wie ich Ihnen schon erzählt habe, sind wir alle vier hier in einer Garage. Wir haben zwei Subjekte in einem Kellerraum.

Das eine ist ein Zweibein namens Mortimer Ervin, für uns wahrscheinlich uninteressant. Der andere heißt Lippen-Egan. Nach seinem Führerschein heißt er mit Vornamen Lawrence. Das ist der Bursche, der Saul in seinem Hotel aufgesucht hat, und Saul und Orrie sind ihm hierher nachgeschlichen. Er ist Gold wert. Er hat ein Notizbuch bei sich gehabt, das jetzt in meiner Tasche steckt, und darin stehen etwa tausend Namen und Adressen von Kunden, und die letzte Eintragung darin ist Leopold Heim – was das bedeutet, können Sie sich ja denken. Wir haben ihm ein bißchen nachgeholfen, und er behauptet, Matthew Birch sei der Chef der Erpresserbande gewesen, aber das nehme ich ihm nicht ab. Abgenommen habe ich ihm, daß er Birch am Dienstag nachmittag in diesem Cadillac gesehen hat, mit einer Frau am Steuer. Nicht abgenommen habe ich ihm, daß er sie nicht erkannt habe und sie nicht identifizieren könne. Auch nicht, daß ...«

»Machen Sie nur weiter mit ihm. Warum stören Sie mich mitten im Schlaf?«

»Weil wir auch gestört worden sind. Dennis Horan ist oben in den Hof 'reingefahren und hat mit einem Summer ein Code-Signal in den Keller gegeben, und Orrie hat ihn abgefangen und 'runtergebracht. Er ist jetzt nicht weit von hier, aber er kann nicht hören, was ich sage, und die anderen beiden sind hier bei mir. Ich möchte gern Ihre Meinung über Art und Ausmaß der Nachhilfe hören, die man gegenüber einem amtlich bestallten Rechtsanwalt anwenden kann. Natürlich ist er hergekommen, um Egan zu sprechen, und steckt in dem Schwindel mit drin, aber schriftlich habe ich das nicht.«

»Ist Mr. Horan lädiert?«

»Wir haben ihn kaum angerührt.«

»Haben Sie ihn schon ausgefragt?«

»Nein, ich habe gedacht, ich rufe Sie lieber erst an.«

»Das ist sehr vernünftig und anständig. Bleiben Sie am Apparat, bis ich richtig wach bin.«

Das tat ich. Es dauerte eine volle Minute, vielleicht noch länger, ehe seine Stimme wiederkam. »Was für eine Einteilung haben Sie getroffen?«

»Fred und ich sind mit Ervin und Egan in dem Raum im Keller. Saul ist mit Horan draußen. Orrie ist oben, um Besucher zu empfangen.«

»Holen Sie Mr. Horan herein und entschuldigen Sie sich.«

»Ach, haben Sie ein Herz.«

»Ich weiß, aber er ist immerhin Rechtsanwalt, und wir wollen ihm keine Trümpfe in die Hand spielen. Haben Ervin oder Egan Waffen gezeigt?«

»Ja, beide. Bei Fred. Sie haben ihm den Revolver weggenommen, ihn an einen Stuhl gefesselt und waren gerade dabei, ihm mit einer Zange die Finger zu verdrehen, als ich dazwischengekommen bin.«

»Gut. Dann haben Sie zwei Anklagepunkte gegen sie in der Hand: versuchte Erpressung bei Saul und Angriff mit Schußwaffe auf Fred. Hier sind Ihre Anweisungen.«

Er setzte sie mir auseinander. Manches war zu kurz angedeutet, und ich bat ihn, es näher auszuführen. Endlich sagte ich, ich glaube es verstanden zu haben. Zum Schluß sagte er mir noch, ich solle Egans Notizbuch behalten, niemandem etwas davon erzählen und es ins Safe legen, sobald ich nach Hause käme. Ich legte auf, ging an die Tür, machte sie auf und rief Saul zu, er möge Horan bringen.

Horans Gesicht sagte nicht mehr so viel wie vorhin. Anscheinend hatte er sich für eine bestimmte Linie entschieden, die eine sture Miene erforderte. Er nahm wie ein Lamm auf einem Stuhl Platz und bekundete keinerlei Interesse an Ervin oder Egan, nur daß er beim Hereinkommen die hingestreckten Gestalten mit einem Blick streifte.

Ich wandte mich an ihn: »Wenn Sie mich bitte entschuldigen wollen, Mr. Horan – ich habe diesen beiden Leuten etwas zu sagen. Hören Sie, Ervin?«

»Nein.«

»Wie Sie wollen. Sie haben sich eines Angriffs mit geladenem Revolver auf Fred Durkin schuldig gemacht, außerdem der Körperverletzung mit einer Zange. Hören Sie, Egan?«

»Ihre Stimme höre ich.«

»Sie haben sich ebenfalls des Angriffs schuldig gemacht – mit dem Revolver, den ich Ihnen aus der Hand geschossen habe. Außerdem haben Sie Saul Panzer zu erpressen versucht – also noch ein Verbrechen. Ich für mein Teil würde dazu neigen, die Polizei anzurufen, damit sie kommt und euch zwei Kunden abholt, aber ich arbeite für Nero Wolfe, und es ist nicht ausgeschlossen, daß er da anderer Meinung ist. Er möchte Ihnen ein paar Fragen stellen, und ich bringe Sie beide jetzt zu ihm in die Wohnung. Wenn Sie lieber auf die Wache möchten, dann sagen Sie's, aber das ist die einzige andere Möglichkeit, die Sie haben. Wenn Sie auszureißen versuchen, werden Sie sich wundern – oder vielleicht werden Sie dazu auch keine Zeit mehr haben.«

Ich wandte mich an den Rechtsanwalt: »Was Sie betrifft, Mr. Horan, so bitte ich Sie in unser aller Namen aufrichtig um Entschuldigung. Der Zusammenstoß mit diesen beiden Typen hat uns ziemlich in Anspruch genommen, und da war Orrie Cather ein bißchen übereifrig und ich wohl auch. Ich habe eben mit Mr. Wolfe telefoniert, und er hat gesagt, ich möge Ihnen sein Bedauern darüber aussprechen, daß Sie von seinen Angestellten so behandelt worden sind. Ich muß wohl auch noch wegen einer anderen Kleinigkeit um Entschuldigung bitten: Als ich Ihnen Saul Panzer da draußen vorstellte, habe ich nicht daran gedacht, daß er Sie heute unter dem Namen Leopold Heim aufgesucht hatte. Das muß für Sie verwirrend gewesen sein. So, das wäre es – falls Sie nicht noch etwas sagen möchten. Wir wollen Sie jetzt nicht länger aufhalten, und ich hoffe, Sie nehmen uns diesen Zwischenfall nicht übel. – Nein, warten Sie einen Moment, mir kommt gerade noch ein Gedanke.«

Ich wandte mich an Egan. »Wir möchten absolut fair sein, Egan, und mir fällt gerade ein, Sie hätten vielleicht gern einen Anwalt dabei, wenn Sie bei Mr. Wolfe sind, und dieser Herr hier ist zufälligerweise Rechtsanwalt. Dennis Horan ist sein Name. Ich weiß nicht, ob er bereit wäre, Ihre Vertretung zu übernehmen, aber wenn Sie wollen, können Sie ihn ja mal fragen.«

Ich fand und finde auch heute noch, daß das eine von Wolfes glänzendsten Ideen war – selbst für ein Wochengehalt hätte ich mir die Gesichter nicht entgehen lassen mögen, die sie darauf machten. Egan drehte den Kopf herum, um Horan zu sehen, offensichtlich in der Hoffnung, von ihm einen Wink zu bekommen, wie er sich verhalten sollte. Aber Horan wußte selbst nicht, wie er sich verhalten sollte. Der Vorschlag hatte ihn völlig überrascht, und es waren zu viele Aspekte damit verbunden. Ja sagen mußte riskant sein, denn dadurch hätte er mir zu erkennen gegeben, daß bereits eine Verbindung zwischen ihm und Egan bestand, und er wußte nicht, wieviel Egan schon ausgeplaudert hatte. Nein sagen mußte ebenso riskant sein, doppelt so riskant, weil Egan denken konnte, er werde im Stich gelassen, und auch weil Egan jetzt zu Nero Wolfe gebracht würde. Das Problem war viel zu kompliziert und wichtig, um gleich aus dem Stegreif darauf zu antworten, und es war ein Genuß, zu beobachten, wie Horan mit seinen langen Wimpern zwinkerte und seine sture Miene beizubehalten suchte, während er darüber nachsann.

Egan brach das Schweigen. »Ich habe ein bißchen Geld als Anzahlung bei mir, Mr. Horan. Soviel ich weiß, hat doch ein Rechtsanwalt sozusagen die Pflicht, Leute, die in Schwierigkeiten sind, zu verteidigen.«

»So ist es, Mr. Egan«, quetschte Horans Tenor heraus. »Aber ich habe im Augenblick sehr viel zu tun.«

»Ja, ja, ich habe auch ziemlich viel zu tun.«

»Sicherlich. Ja. Selbstverständlich.« Horan streckte die Schultern. »Also gut. Ich will zusehen, was ich für Sie tun kann. Wir werden uns mal unterhalten müssen.«

Ich grinste ihn an. »Wenn Sie sich unterhalten«, stellte ich fest, »werden in jedem Fall Zuhörer dabeisein. Na los, meine Herren. Bindet sie ab. Fred, nimm dir die Zange als Souvenir mit.«

13

Ich brauche achteinhalb Stunden Schlaf, und am liebsten habe ich neun. Jeden Morgen, wenn meine Nachttischuhr um halb acht das Radio anstellt, wälze ich mich herum, um es im Rücken zu haben. Nach einer Minute wälze ich mich wieder herum, strecke die Hand aus, um es abzustellen, lege mich gemütlich hin und versuche, mir einzubilden, es sei Sonntag. Aber ich weiß nur zu gut, daß Fritz um acht Uhr zehn mein Frühstück fertig haben wird. Zwei oder drei Minuten lang schlage ich mich mit dem Gedanken herum, ihn über das Haustelefon anzurufen und ihm zu sagen, ich käme ein bißchen später, aber dann unterwerfe ich mich dem Unvermeidlichen, schiebe die Decke weg, schwenke meine Beine herum, richte mich auf und beginne der Wirklichkeit ins Auge zu sehen.

An diesem Dienstag morgen war es anders. Ich hatte den Wecker eine Stunde zeitiger gestellt, auf halb sieben, und als er klickte und das Radio mit so einem verdammt fröhlichen Morgenklamauk anfing, drehte ich den Knopf ab und stellte mit einer todesmutigen Verrenkung die Füße auf den Boden. Ich hatte gerade zwei Stunden horizontal gelegen. Ich duschte, rasierte mich, kämmte und bürstete mir das Haar, zog mich an, ging nach unten und trat in das Vorderzimmer.

Es war keine erfreuliche Szene. Mortimer Ervin war auf dem Teppich ausgestreckt, sein Kopf ruhte auf einem Kissen von der Couch. Lippen-Egan lag auf der Couch. Dennis Horan saß in dem gepolsterten Armsessel, zusammengesunken, aber nicht entspannt. Saul Panzer saß auf einem Sessel, der mit dem Rücken zum Fenster stand, so daß er alle seine Schutzbefohlenen in Sicht hatte, ohne sich den Hals ausrenken zu müssen.

»Guten Morgen«, sagte ich düster. »Frühstück wird bald serviert werden.«

»Das ist unerträglich«, piepste Horan.

»Sie brauchen es ja nicht zu ertragen. Ich habe Ihnen mindestens fünfmal gesagt, daß es Ihnen freisteht, zu gehen. Was die andern betrifft, so haben sie es geradezu luxuriös. Eine Couch und ein weicher Teppich als Ruhebett. Dr. Vollmer, der um zwei Uhr morgens aus dem Bett gekrochen ist, um Mort die Hand zu verbinden, ist nicht besser und nicht schlechter als irgendein anderer Arzt. Wir tun des Guten geradezu zuviel. Mr. Wolfe war der Ansicht, Sie könnten es vielleicht als unbefugten Vorgriff auffassen, wenn er sich die beiden auf eigene Faust vornähme, ehe er die Polizei benachrichtigt hat. Deshalb ist er nicht mal aufgestanden, um sie sich anzusehen. Er ist ganz allein in seinem Zimmer geblieben, hat im Bett gelegen oder ist auch hin und her gelaufen, eins von beiden, ich weiß nicht, was. In Ihrer Gegenwart habe ich um ein Uhr siebenundvierzig die Mordkommission Manhattan angerufen und gesagt, daß Mr. Wolfe Kriminalkommissar Cramer persönlich etwas Wichtiges zu sagen habe und für einen möglichst baldigen Anruf von Cramer dankbar sei. Sie haben es selbst gehört. Was Ihren Wunsch betrifft, mit Ihrem Klienten allein zu sein, so konnten wir einen Gauner wie Egan wohl nicht gut aus den Augen lassen. Cramer hätte uns schön die Hölle heiß gemacht. Wie geht's dir, Saul?«

»Tadellos. Ich habe drei Stunden schlafen können, ehe ich Fred um halb sechs abgelöst habe.«

»Das sieht man dir aber nicht an. Ich will mich mal um das Frühstück kümmern.«

Als ich bei Fritz in der Küche war, kam Fred, vollständig

angezogen, mit einer welterschütternden Nachricht herein. Er und Orrie hatten in dem Doppelbett im Südzimmer, das auf dem gleichen Stockwerk liegt wie das meine, Augenpflege getrieben und waren vom Geräusch eines Klopfens an der Decke des darunterliegenden Zimmers aufgestört worden – des Zimmers, in dem Wolfe schlief. Fred war hinuntergegangen, um nachzusehen, was los war, und Wolfe hatte ihm aufgetragen, Orrie auf der Stelle zu ihm zu schicken. Ich hätte tief in meinem Gedächtnis graben müssen, um einen Präzedenzfall dafür zu finden, daß Wolfe irgend etwas unternahm, ehe er sein Frühstück hinter sich hatte.

Fritz hatte alle Hände voll damit zu tun, acht Portionen Frühstück herzurichten und zu servieren, sein eigenes noch nicht mitgerechnet, doch Fred und ich waren ihm dabei behilflich, indem wir einen Tisch ins Vorderzimmer schafften und Speisen und Geschirr hineinbeförderten. Wir aßen in der Küche und waren gerade dabei, unsern Anteil an den Maissemmeln und dem gebackenen Schinken mit Honig zu verdrücken, als Orrie hereinkam und kommandierte: »Kümmern Sie sich nicht um diese Trottel, Fritz, sondern versorgen Sie lieber mich. Ich muß dienstlich weg und habe Hunger. Archie, hol' mir mal fünfhundert Dollar. Solange du weg bist, werde ich dir deinen Stuhl warmhalten. Und schreib' mir mal auf, wie die Firma von diesen Leuten heißt, die Telefonanrufe für soundso viel je tausend Stück erledigen.«

Ich blieb auf meinem Stuhl sitzen, bis ich mit meinem Frühstück fertig war, so daß er inzwischen auf einem Schemel herumhocken mußte. Dann führte ich seine Bestellung aus.

Er hatte keine Ahnung, was er mit den fünfhundert Dollar anfangen wollte; aber wenn etwa ein wesentlicher Teil der Summe dazu gedacht war, Telefonanrufe *en gros* zu bezahlen, so konnte ich vielleicht zur Übung versuchen, das spitzzukriegen. Da ich Wolfe oben in seinem Zimmer einen vollständigen Bericht erstattet hatte, nachdem unsere Gäste unten untergebracht worden waren, wußte er genausoviel wie ich, aber auch nicht mehr. Welche Kandidaten kamen wohl für tausend Anrufe am ehesten in Frage? Die Leute, die in Egans Kundenbuch verzeichnet standen, konnten es nicht sein, denn das war im Safe eingeschlossen – ich hatte es dort liegen sehen, als ich das Geld aus der Spesenschublade holte –, und Orrie hatte es sich nicht ausgeborgt. Ich stellte die Frage zu späterer Überlegung in freien Augenblicken zurück, falls ich welche haben sollte. Es war nicht das erste Mal, daß Wolfe einen unserer Helfer mit einem Sonderauftrag fortschickte, ohne mich zu Rate zu ziehen.

Als es acht schlug, hatte Fritz Wolfes Tablett wieder heruntergebracht, Orrie war aufgebrochen, und Fred und ich hatten das Frühstücksgeschirr aus dem Vorderzimmer geholt und waren in der Küche, um beim Abwasch zu helfen, als es an der Tür klingelte. Ich warf das Geschirrtuch auf einen Tisch und ging in den Flur, und als ich durch die Scheibe Kriminalkommissar Cramer und Freund Stebbins auf dem Vorplatz erblickte, brauchte ich sie nicht erst warten zu lassen, um Instruktionen einzuholen. Ich hatte meine Instruktionen bereits. Nicht ohne mich im Vorbeigehen mit einem Blick zu überzeugen, daß die Tür des Vorderzimmers geschlossen war, ging ich hin, machte ihnen auf und begrüßte sie.

Sie standen stur da. »Wir sind unterwegs und haben wenig Zeit«, schnarrte Cramer. »Was möchten Sie mir erzählen?«

»Nichts. Derjenige, der etwas zu erzählen hat, ist Mr. Wolfe. Treten Sie näher!«

»Ich kann hier nicht 'rumsitzen und auf ihn warten.«

»Das brauchen Sie auch nicht. Er erwartet Sie schon.«

Sie kamen herein und steuerten auf das Büro zu. Als ich hinter ihm eintrat, brummte Cramer: »Er ist ja gar nicht drin.«

Ich bat sie, Platz zu nehmen, trat an meinen Schreibtisch, klingelte Wolfe über das Haustelefon an und sagte ihm, wer gekommen sei. Cramer zog eine Zigarre aus der Tasche, rollte sie zwischen den Handflächen, betrachtete ihr Ende, als wolle er sehen, ob sie jemand mit irgendeinem seltenen und nicht ganz geheuren Gift präpariert habe, steckte sie sich zwischen die Lippen und biß mit den Zähnen darauf. Stebbins saß da und betrachtete mich mit schrägem Blick von oben bis unten. Ihm paßte es nicht, daß sein Vorgesetzter hierher kam, wo doch ein dicker Mordfall am Schmoren war, und ich hätte keine Wette darauf eingehen mögen, daß es ihm selbst dann besser gepaßt hätte, wenn er etwa gewußt hätte, daß wir den Mörder mitsamt komplettem Beweismaterial fertig eingewickelt zum Abholen bereit hätten.

Das Geräusch des herabkommenden Fahrstuhls näherte sich, und einen Augenblick später trat Wolfe ins Zimmer. Er begrüßte die Besucher ohne viel Aufhebens, ging zu seinem Schreibtisch und fragte, noch ehe er sich hinsetzte: »Was hat

Sie denn so lange aufgehalten? Mr. Goodwin hat vor über sechs Stunden angerufen. Mein Haus ist voll von zweifelhaften Typen, die ich loswerden möchte.«

»Schenken Sie sich das«, zischte Cramer. »Wir haben wenig Zeit. Was für Typen?«

Wolfe setzte sich in aller Ruhe zurecht. »Erstens«, begann er, »haben Sie etwas zu Miss Esteys Anschuldigung zu bemerken, wonach Mr. Goodwin ihr einen Bericht über meine Unterredung mit Mrs. Fromm zum Kauf angeboten habe?«

»Nein. Das ist Sache des Oberstaatsanwalts. Sie suchen bloß Ausflüchte.«

Wolfe zuckte die Achseln. »Zweitens, die Frage der Spinnenohrringe. Mrs. Fromm hat sie am Montag, dem 11. Mai, nachmittags, in einem Laden in der Stadtmitte gekauft. Wie Sie gewiß festgestellt haben werden, existiert wahrscheinlich kein zweites Paar dieser Art in New York und hat auch nie existiert.«

Stebbins holte sein Notizbuch hervor. Cramer fragte: »Wo haben Sie das her?«

»Durch Recherchen. Ich gebe Ihnen die Tatsache weiter; wie ich dazu gekommen bin, ist meine Angelegenheit. Sie hat sie in einem Schaufenster gesehen, gekauft, mit einem Scheck bezahlt und mitgenommen. Da Ihnen ihre Scheckabschnitte zugänglich sind, können Sie den Laden wahrscheinlich ausfindig machen und sich davon überzeugen, doch kann ich mir eine unsinnigere Zeitverschwendung kaum vorstellen. Ich verbürge mich für die Tatsache. Bei einiger Überlegung werden Sie verstehen, daß dieser Umstand höchst bedeutsam ist.«

»Inwiefern?«

»Nein. Deuten Sie sich das selbst. Ich liefere nur die Tatsachen. Da wäre noch eine. Sie kennen Saul Panzer.«

»Ja.«

»Er ist gestern ins Büro der Union zur Unterstützung von Immigranten gegangen, hat den Namen Leopold Heim und als Adresse ein billiges Hotel an der First Avenue angegeben. Er hat mit Miss Angela Wright sowie mit einem Mann namens Chaney gesprochen. Er hat ihnen erzählt, er sei auf illegalem Weg ins Land gekommen und befürchte, bloßgestellt und deportiert zu werden, und hat um Hilfe gebeten. Sie haben gesagt, sein Mißgeschick falle nicht in ihr Tätigkeitsfeld, haben ihm geraten, zu einem Rechtsanwalt zu gehen, und ihm den

Namen Dennis Horan genannt. Er ist hingegangen und hat mit Mr. Horan geredet und ist dann in sein Hotel gegangen. Kurz vor acht Uhr abends erschien dort ein Mann und erbot sich, ihn gegen Zahlung von zehntausend Dollar vor einer Anzeige und sonstigen Unannehmlichkeiten zu bewahren. Mr. Panzer wird Ihnen alle Einzelheiten angeben. Man gab ihm vierundzwanzig Stunden Zeit, um so viel Geld wie möglich zusammenzukratzen, und als der Mann sich verabschiedete, ist Mr. Panzer ihm nachgegangen. Darin ist er ganz hervorragend.«

»Das weiß ich. Und weiter?«

»Das mag Mr. Goodwin Ihnen erzählen. Ehe er den Bericht fortsetzt, muß ich wohl erläuternd hinzufügen, daß ich eine Hypothese über den Mann aufgestellt habe, der am Dienstag mit der Frau im Wagen saß, als sie den Jungen bat, einen Polizisten zu holen. Meine Hypothese war die, daß der Mann Matthew Birch gewesen ist.«

Cramers Augen gingen weit auf. »Wieso Birch?«

»Ich brauche das nicht des näheren darzulegen, weil es sich inzwischen bestätigt hat. Es *war* Birch. Wiederum eine Tatsache.«

»Erklären Sie mir das. Dieser Punkt muß genauestens ausgeführt werden.«

»Von Mr. Goodwin. Er wird gleich dazukommen. Archie, beginnen Sie mit Freds Anruf gestern abend und berichten Sie den gesamten Vorgang.«

Ich besorgte das. Da ich gewußt hatte, daß dies irgendwann im Programm fällig war, hatte ich beinahe eine Stunde daran gewandt, es mir sorgfältig zu vergegenwärtigen, als ich von halb vier bis halb fünf im Vorderzimmer Wache schob, und war zu dem Ergebnis gelangt, daß nur zwei wichtigere Punkte auszulassen wären: die Art der Nachhilfe, die wir bei Lippen-Egan angewandt hatten, und Egans Notizbuch. Letzteres sollte nicht erwähnt werden und wurde auch nicht erwähnt. Wolfe hatte während unserer Sitzung oben in seinem Zimmer gesagt, falls es sich später als wesentliches Material erweisen sollte, würden wir es vorlegen müssen, sonst aber nicht.

Bis auf diese beiden Punkte lieferte ich die gesamte Ernte ab. Stebbins begann sich Notizen zu machen, ließ es aber sein, als ich erst zur Hälfte durch war. Es war zuviel für ihn. Ich überreichte ihm Morts Revolver und wies die Zange vor, deren Backen dick mit schwarzen Kalikostreifen umwickelt waren, damit nicht die Haut aufplatzte und das Fleisch verletzt würde. Als ich ans Ende kam, saßen Cramer und Stebbins da und sahen einander an.

Cramer wandte sich an Wolfe: »Da muß noch ein bißchen Ordnung 'reingebracht werden.«

»Ja«, stimmte Wolfe zu, »das allerdings.«

Cramer fragte Stebbins: »Ist Egan uns bekannt?«

»Mir nicht, aber ich bin ja mein Leben lang bei ›Mord‹ gewesen.«

»Rufen Sie Rowcliff an, daß er schleunigst Material über ihn besorgt.«

Ich räumte meinen Stuhl, und Stebbins setzte sich darauf und wählte. Während er telefonierte, saß Cramer mit seiner Zigarre zwischen den Fingern da, betrachtete sie finster und strich sich mit einem Knöchel der anderen Hand über die Lippen. Es sah ganz so aus, als überlege er sich, ob er das Zigarrenkauen sein lassen solle. Als Stebbins fertig und wieder zu seinem Sessel zurückgekehrt war, sah Cramer Wolfe an: »Horan steckt offenbar bis zum Halse drin, aber festhalten können wir ihn jetzt noch nicht.«

»Ich halte ihn gar nicht fest. Er bleibt aus freien Stücken an seinem Klienten kleben.«

»Ja, ja, ich weiß. Da gebe ich Ihnen völlig recht. Horan ist damit allerdings festgenagelt. Wenn wir Egan zum Revier bringen können, haben wir es.«

Wolfe schüttelte den Kopf. »Noch nicht unbedingt den Mörder. Möglicherweise weiß Egan von dem Mord genausowenig wie Sie.«

Das war ein boshafter Scherz, aber Cramer ging darüber hinweg. »Wir werden ihm Gelegenheit dazu geben«, erklärte er. »Reichlich Gelegenheit. Ich muß da noch Ordnung 'reinbringen. Es steht noch nicht absolut fest, daß Birch mit der Frau in dem Wagen gesessen hat. Angenommen, er war es nicht? Angenommen, der Mann in dem Wagen war einer von den armen Teufeln, in die sie ihre Krallen geschlagen hatten? Die Frau war die von der Bande, dieselbe, die Egan immer die Hinweise durchtelefoniert. Sie hat gedacht, der Mann würde sie umbringen, und hat deswegen den Jungen gebeten, einen Polizisten zu holen. Irgendwie ist sie noch einmal davongekommen, aber am gleichen Abend hat der Mann in dem Auto Birch erwischt, der den ganzen Schwindel dirigiert hat, und ihn umgebracht. Dann ist ihm klargeworden, daß der Junge ihn identifizieren könnte. Vielleicht hat er inzwischen sogar noch die Frau umgebracht, und ihre Leiche ist bloß noch nicht gefunden worden. Deswegen hat er am nächsten Tag den Jungen ermordet. Dann hat er erfahren, daß Mrs. Fromm die Leiterin der Union war, und sie deshalb umgebracht. Mein Gott, da haben wir noch ein weites Feld vor uns – diese Bande, und Horan daran beteiligt ... Solche Leute in verzweifelter Zwangslage gibt es zu Tausenden in New York – Leute, die illegal im Lande sind und Angst haben, daß man sie wieder 'rausschmeißt. Für Erpresser sind die ein gefundenes Fressen. Irgendwo muß es eine Liste von denjenigen geben, die von diesen Schweinehunden genept worden sind, und ich wünschte, ich hätte sie. Ich möchte darauf wetten, daß der Name des Mörders darauf steht. Sie nicht auch?«

»Nein.«

»Sie müssen ja immer anderer Meinung sein. Weshalb denn nicht?«

»Sie haben noch nicht genug Ordnung hineingebracht, Mr. Cramer. Aber daß Sie sich ein Erpressungsopfer als Täter angeln wollen, zeigt, daß Sie im Druck sind. Es handelt sich um drei Morde. Einfachheitshalber angenommen, es handelte sich nur um *einen* Mord – sind denn schon alle eliminiert, die auf den ersten Blick in Frage gekommen wären?«

»Nein.«

»Wer denn bisher?«

»Ganz abgestrichen – noch niemand. Es sind freilich Komplikationen dabei. Mrs. Horan zum Beispiel sagt, als ihr Mann Freitag abend mit Mrs. Fromm weggegangen war, um sie zu ihrem Wagen zu begleiten, sei er schon nach zehn Minuten zurückgekommen und dann ins Bett gegangen und liegengeblieben. Aber da bestätigt schließlich die Ehefrau die Aussage des Ehemannes. Wenn Sie so weit sind, daß Sie einen Kandidaten nennen können, so will ich Sie keineswegs davon abhalten. Haben Sie einen?«

»Ja.«

»Na, wer das glaubt. Nennen Sie ihn doch.«

»Die Frage lautete, ob ich einen Kandidaten habe, nicht ob ich soweit bin, ihn namhaft machen zu wollen. Ich bin vielleicht in einer Stunde soweit oder in einer Woche. Aber jetzt noch nicht.«

Cramer knurrte: »Entweder wollen Sie Eindruck schinden, was ja nichts Neues wäre, oder Sie unterschlagen etwas. Ich gebe zu, Sie haben einen guten Fang gemacht – diese Erpresserbande und Egan und durch einen glücklichen Zufall auch noch Horan – mein Kompliment. Na schön. Aber all das bringt uns noch nicht auf den Namen des Mörders. Was weiter? Wenn Sie auf ein Geschäft mit mir aus sind, ich bin bereit. Ich gebe Ihnen alles, was wir haben, Sie können mich alles fragen, was Sie wollen – darauf sind Sie doch aus? –, wenn Sie sich revanchieren und mir alles geben, was Sie haben.«

Stebbins gab ein Geräusch von sich und bemühte sich dann, ein Gesicht zu machen, als habe er es nicht getan.

»Das«, sagte Wolfe, »ist theoretisch ein anständiger und redlicher Vorschlag. Praktisch aber ist er sinnlos. Denn erstens habe ich Ihnen alles gegeben, was ich habe, und zweitens haben Sie nichts, was ich suche oder brauche.«

Cramer und Stebbins glotzten ihn an, verwundert und zugleich mißtrauisch.

»Sie haben mir bereits gesagt«, fuhr Wolfe fort, »daß bis heute, mehr als drei Tage nachdem Mrs. Fromm ermordet worden ist, noch niemand eliminiert ist. Das genügt mir. Mittlerweile haben Sie Hunderte von Seiten an Berichten und Aussagen, und ich räume ein, daß darin möglicherweise irgendwo eine Tatsache oder ein Satz versteckt liegt, den ich vielleicht aufschlußreich fände, aber selbst wenn Sie mir das alles hier angeschleppt brächten, hätte ich nicht die Absicht, mich hindurchzufressen. Beispielsweise, wie viele Seiten haben Sie über das Vorleben und den persönlichen Umgang von Miss Angela Wright und ihr Kommen und Gehen in der letzten Zeit?«

»Eine ganze Menge«, brummte Cramer.

»Selbstverständlich. Ich will keineswegs die Nase darüber rümpfen. Recherchen solcher Art liefern oft eine Antwort. Aber in diesem Falle haben sie Ihnen offensichtlich nicht einmal einen Weg zu einer solchen gewiesen, denn sonst wären Sie nicht hier. Fände ich denn in Ihrem Dossier die Antwort auf folgende Frage: Warum hat der Mann, der den Jungen am hellichten Tage vor den Augen der Leute auf der Straße getötet hat, das Risiko auf sich genommen, später von einem oder mehreren Zuschauern identifiziert zu werden? Oder auch auf diese: Wie erklären Sie die Irrfahrten der Ohrringe, die doch Mrs. Fromm am 11. Mai gekauft hat, die aber am 19.

Mai eine andere Dame und am 22. Mai wiederum Mrs. Fromm getragen hat? Haben Sie darüber hinaus von den Ohrringen irgendeine Spur gefunden? Daß irgend jemand sie irgendwann getragen hätte?«

»Nein.«

»Sehen Sie, deshalb habe ich mir selbst Antworten besorgt, aber da ich sie nicht dartun kann, ohne meinen Kandidaten zu nennen, wird das warten müssen. Einstweilen ...«

Er hielt inne, weil die Tür zum Flur sich öffnete. Sie ging zur Hälfte auf, so daß Fred Durkin gerade an der Kante vorbeischlüpfen und mir durch ein Zeichen bedeuten konnte, ich solle kommen. Ich erhob mich, aber Wolfe fragte ihn: »Was ist denn, Fred?«

»Saul läßt Archie etwas ausrichten.«

»Richten Sie aus. Mr. Cramer darf alles hören.«

»Ja, Mr. Wolfe. Horan möchte Sie sprechen. Jetzt gleich. Dringend.«

»Weiß er, daß Mr. Cramer und Mr. Stebbins hier sind?«

»Nein.«

Wolfe wandte sich wieder an Cramer. »Dieser Horan ist eine Hyäne, und ich habe bei ihm kein gutes Gefühl. Ich sollte meinen, Sie möchten lieber auf Ihrem eigenen Gelände mit ihm verhandeln – und auch mit den beiden andern. Warum nehmen Sie sie nicht mit?«

Cramer sah ihn an. Er nahm die Zigarre aus dem Mund, hielt sie eine halbe Minute in der Hand und steckte sie sich wieder zwischen die Zähne. »Ich hätte gedacht«, sagte er, nicht allzu bestimmt, »daß Sie mir schon alle Tricks vorgemacht haben, die es gibt, aber der hier ist mir neu. Weiß der Himmel, ich versteh' ihn nicht. Sie haben Horan und diesen anderen Rechtsanwalt, den Maddox, hier gehabt, und Sie haben sie davongejagt. Paul Kuffner ebenso. Jetzt sitzen also Horan und die beiden andern da in Ihrem Vorzimmer, und Sie wollen nicht mal mit ihnen sprechen und behaupten doch immer noch, Sie wären hinter dem Mörder her. Ich kenne Sie zu gut, um Sie nach dem Grund zu fragen, aber dahinterkommen möchte ich doch zu gern.« Er warf den Kopf herum zu Fred: »Bringen Sie Horan her.«

Fred rührte sich nicht, sondern sah Wolfe an. Wolfe gab einen Seufzer von sich. »Meinetwegen, Fred.«

14

Eine Sekunde lang glaubte ich, Dennis Horan würde tatsächlich kehrtmachen und ausrücken. Er kam hereingewalzt wie ein Mann, der weiß, was er will, blieb plötzlich stehen, als er sah, daß wir Besuch hatten, machte vier Schritte vorwärts, erkannte Cramer und blieb abermals stehen. Das war der Augenblick, in dem ich glaubte, er würde Reißaus nehmen.

»Ach«, sagte er, »ich will hier nicht stören.«

»Durchaus nicht«, beruhigte Cramer ihn. »Nehmen Sie Platz. Wir haben gerade von Ihnen gesprochen. Wenn Sie etwas zu sagen haben, tun Sie sich keinen Zwang an. Ich habe schon gehört, wie es kommt, daß Sie hier sind.«

In Anbetracht der Atmosphäre und der gegebenen Umstände, namentlich auch der schweren Nacht, die er hinter sich hatte, hielt Horan sich recht tapfer. Er mußte sich aus dem Stegreif entscheiden, ob er wegen der unvermuteten Anwesenheit der Gesetzeshüter sein Programm abändern sollte, und offenbar brachte er das zuwege, während er einen Stuhl zwischen Stebbins und sich stellte und sich darauf niederließ. Als er saß, ließ er den Blick von Cramer zu Wolfe und dann wieder zu Cramer wandern. »Es freut mich, daß Sie hier sind«, sagte er.

»Mich ebenfalls«, knurrte Cramer.

»Und zwar«, fuhr Horan fort, »weil Sie vielleicht der Ansicht sind, ich müßte mich bei Ihnen entschuldigen, obwohl ich da vielleicht anderer Auffassung bin.« Sein Tenor klang um ein paar Noten tiefer. »Sie meinen vielleicht, ich hätte Ihnen von einem Gespräch erzählen sollen, das ich Freitag abend mit Mrs. Fromm gehabt habe.«

Cramer sah ihn an. »Das haben Sie uns schon erzählt.«

»Ja, aber nicht vollständig. Ich hatte eine äußerst schwierige Entscheidung zu fällen, und ich glaubte mich richtig verhalten zu haben, aber jetzt bin ich mir dessen nicht mehr ganz sicher. Mrs. Fromm hatte mir etwas erzählt, was sich für die Union zur Unterstützung von Einwanderern als höchst fatal erweisen könnte, wenn es an die Öffentlichkeit käme. Sie war Vorsitzende der Union, und ich war der Rechtsbeistand des Vereins, und was sie mir erzählte, war deshalb eine vertrauliche Mitteilung. Unter normalen Umständen ist es natürlich nicht korrekt, wenn ein Anwalt derartige Mitteilungen ausplaudert. In diesem Falle aber hatte ich zu entscheiden, ob hier das öffentliche Interesse nicht den Vorrang habe. Ich kam zu der Entscheidung, daß die Union in diesem Fall das Recht habe, sich auf meine Diskretion zu verlassen.«

»Ich glaube, aus dem Protokoll wird hervorgehen, daß Sie in keiner Weise angedeutet haben, etwas verschwiegen zu haben.«

»Das mag sein«, gab Horan zu. »Möglicherweise habe ich sogar behauptet, Ihnen alles erzählt zu haben, was an dem Abend gesprochen worden ist, aber Sie wissen ja, wie das ist.« Er wollte lächeln, überlegte es sich dann aber anders. »Ich hatte eine Entscheidung gefällt, und jetzt glaube ich eben, sie war falsch. Jedenfalls will ich sie jetzt umkehren. Nach dem Essen an dem Abend hatte Mrs. Fromm mich beiseite genommen und mir etwas erzählt, was mich sehr bestürzte. Sie sagte, sie habe eine Mitteilung erhalten, daß jemand, der mit der Union in Zusammenhang stand, die Namen von Leuten, die sich illegal im Lande aufhalten, einem Erpresser oder einem Erpresserring auslieferte und daß die Betreffenden drangsaliert würden. Der Erpresser beziehungsweise der Anführer des Ringes sei ein gewisser Matthew Birch gewesen, der Dienstag nacht ermordet worden sei. Außerdem sei ein gewisser Egan in die Geschichte verwickelt, und es sei ...«

»Sind Sie denn nicht Egans Anwalt?« fragte Cramer.

»Nein. Das war ein Fehler von mir. Ich habe aus einem Impuls heraus gehandelt. Ich habe es mir inzwischen überlegt und ihm gesagt, daß ich seine Vertretung nicht übernehmen kann. Mrs. Fromm hat mir ferner erzählt, der Treffpunkt der Erpresser sei eine Garage an der Zehnten Avenue. Namen und Adresse hat sie mir genannt. Dort sollte ich noch am gleichen Abend, Freitag, gegen Mitternacht hingehen. Sie sagte, in der Garage sei am zweiten Pfeiler linkerhand ein Knopf, und damit sollte ich ein Signal geben – zweimal kurz, einmal lang, einmal kurz – und dann nach hinten durch und eine Treppe hinunter in das Kellergeschoß gehen. Sie überließ es mir, wie ich mit den Leuten, die ich dort vorfinden würde, verfahren wollte, schärfte mir aber ein, vor allen Dingen jeglichen Skandal zu vermeiden, der der Union schaden könnte. Das war ganz ihre Art. Immer an andere zu denken, niemals an sich selbst.« Er hielt inne, offenbar im Augenblick überwältigt.

Cramer fragte: »Sind Sie hingegangen?«

»Wie Sie wissen, habe ich das nicht getan. Wie meine Frau und ich Ihnen erzählt haben, habe ich Mrs. Fromm hinunter zu ihrem Wagen gebracht und bin dann in meine Wohnung zurückgekehrt und ins Bett gegangen. Ich hatte zu Mrs. Fromm gesagt, ich wollte es mir überlegen. Ich wäre wahrscheinlich zu dem Entschluß gekommen, am nächsten Abend, am Samstag, hinzugehen. Aber am Morgen kam die Nachricht von Mrs. Fromms Tod, und dieser furchtbare Schock ...« Horan mußte von neuem innehalten.

Dann fuhr er fort: »Offen gestanden, ich hoffte, Sie würden den Mörder finden, und das Verbrechen würde nicht mit den Angelegenheiten der Union in Zusammenhang gebracht werden. Deshalb habe ich Ihnen nichts von dem Gespräch erzählt. Aber der Sonntag kam und ging vorüber, und der Montag auch, und mir kam die Befürchtung, ich hätte einen Fehler begangen. Gestern abend habe ich mich dann entschlossen, einen Versuch zu wagen. Um Mitternacht fuhr ich zu dieser Garage, fuhr einfach hinein, und an dem zweiten Pfeiler fand ich den Knopf. Ich drückte darauf, und zwar mit dem Signal, das Mrs. Fromm mir angegeben hatte, und es kam ein Antwortsignal, ein Summton. Als ich durch den Hof gehen wollte, zog ein Mann, der ganz in der Nähe auf der Lauer gelegen hatte, einen Revolver und gab mir den Befehl, dahin zu gehen, wo er mich hindirigiere. Das habe ich gemacht. Er führte mich nach hinten zu einer Treppe und verlangte, daß ich hinuntergehe. Am Fuße der Treppe stand ein anderer Mann mit einem Revolver, und den erkannte ich – Archie Goodwin.«

Er nickte mir von der Seite zu. Ich reagierte nicht.

Er fuhr fort: »Ich hatte ihn Samstag abend hier im Büro gesehen. Um meine eigene Sicherheit war mir zwar nicht mehr bange, aber natürlich ärgerte es mich, daß man mit Revolvern auf mich zielte, und ich protestierte. Goodwin rief einen anderen Mann aus einem Zimmer herbei, der ebenfalls bewaffnet war, und ich wurde zu einer Wand hinübergeführt und dort festgehalten. Diesen anderen Mann hatte ich schon einmal gesehen. Er hatte mich gestern morgen in meiner Kanzlei aufgesucht, wobei er sich Leopold Heim nannte, und ich war ...«

»Ich weiß«, sagte Cramer kurz. »Beeilen Sie sich mit der Garage.«

»Wie Sie wünschen, Kriminalkommissar, selbstverständlich. Es dauerte nicht lange, da rief Goodwin diesem Mann – er nannte ihn Saul – zu, er solle mich ins Zimmer bringen. Drinnen waren noch drei andere Männer. Der eine gehörte offensichtlich zu Goodwin, und die beiden anderen lagen mit gefesselten Beinen am Boden. Goodwin sagte, er habe mit Nero Wolfe telefoniert, und entschuldigte sich bei mir. Dann sprach er kurz mit den beiden, die auf dem Boden lagen, und sagte ihnen, sie hätten Verbrechen begangen und er würde sie zwecks Vernehmung zu Nero Wolfe mitnehmen. Dem einen – dem, den er Egan nannte – sagte er noch, daß ich Rechtsanwalt bin und vielleicht bereit wäre, seine Verteidigung zu übernehmen. Als der Mann mich danach fragte, sagte ich zu, und ich muß gestehen, das war unbedacht. Ohne von Ihnen zu verlangen, daß Sie das als Entschuldigung gelten lassen, erkläre ich das aus dem Umstand, daß meine Denkfähigkeit nicht gehörig funktionierte. Männer mit Revolvern hatten mich herumkommandiert, und außerdem ärgerte mich Goodwins Eigenmächtigkeit, diese Leute ins Haus seines Arbeitgebers zu schaffen, wo das korrekte Verfahren doch gewesen wäre, die Behörden zu benachrichtigen. Ich habe also meine Einwilligung erteilt und bin hierhergekommen und hier die ganze Nacht festgehalten worden. Ich...«

»Nein«, wandte ich ein. »Berichtigung: Festgehalten worden sind Sie nicht. Ich habe Ihnen mehrmals gesagt, Sie könnten jederzeit gehen.«

»Aber die andern sind festgehalten worden, und mich hielt die unsinnige Verpflichtung fest, die ich übernommen hatte. Ich gebe zu, es war unsinnig, und ich bedaure es. Angesichts dessen, was sich nun alles herausgestellt hat, habe ich widerstrebend den Schluß gezogen, daß Mrs. Fromms Tod am Ende vielleicht doch mit den Angelegenheiten der Union zusammenhängt oder mit jemandem von dem Personal, und in diesem Falle liegt meine Pflicht klar. Ich erfülle sie nunmehr offen und ehrlich und, wie ich hoffe, zum Nutzen Ihrer Untersuchungen.«

Er zog ein Taschentuch heraus und wischte sich die Augenbrauen, das Gesicht und den Hals rundherum ab. »Zu einer Morgentoilette habe ich keine Gelegenheit gehabt«, sagte er entschuldigend. Das war eine schnöde Lüge. Ein tadellos eingerichtetes Badezimmer mit Türen sowohl zum Vorderzimmer wie zum Büro war vorhanden, und er war auch darin gewesen. Wenn er sich zu diesem Zeitpunkt noch nicht entschlossen hatte, offen und ehrlich zu sein und dem Nutzen der Untersuchungen zu dienen und deshalb Egan nicht so lange aus den Augen hatte lassen wollen, um sich das Gesicht zu waschen, so war das seine Angelegenheit.

Cramers grimmiger Blick war nicht milder geworden. »Wenn Sie unseren Untersuchungen nützen wollen, sind wir immer dankbar, Mr. Horan«, sagte er, aber es klang gar nicht dankbar. »Auch wenn es ein bißchen spät ist. Wer hat Ihr Gespräch mit Mrs. Fromm sonst noch gehört?«

»Niemand. Wie schon gesagt, sie hat mich beiseite genommen.«

»Haben Sie irgendwem davon erzählt?«

»Nein. Sie hatte mich gebeten, das zu unterlassen.«

»Wen hatte sie im Verdacht, daß er in die Geschichte verwickelt wäre?«

»Ich habe Ihnen ja gesagt – Matthew Birch und einen gewissen Egan.«

»Nein. Ich meine: wen von den Leuten, die mit der Union zu tun haben?«

»Das hat sie nicht gesagt. Ich hatte den Eindruck, daß sie niemanden besonders im Verdacht hatte.«

»Von wem hat sie denn ihre Informationen gehabt?«

»Ich weiß nicht. Das hat sie mir nicht gesagt.«

»Das ist schwer zu glauben.« Cramer war zurückhaltend. »Sie hat über so viele Einzelheiten Bescheid gewußt – über die Namen von Birch und Egan, über den Namen und die Adresse der Garage und sogar über den Klingelknopf und das Signal. Und da hat sie Ihnen nicht gesagt, woher sie das alles wußte?«

»Nein.«

»Haben Sie sie gefragt?«

»Freilich. Sie hat gesagt, sie könne es mir nicht erzählen, weil es ihr vertraulich berichtet worden sei.«

Unsere vier Augenpaare waren auf ihn gerichtet. Die seinen, mit den geschwollenen roten Lidern und den langen, geschwungenen Wimpern, hingen an Cramer. Wir alle, er selbst eingeschlossen, waren uns über die Situation vollständig im klaren. Wir wußten, daß er ein schnöder Lügner war, und er wußte, daß wir es wußten. Er steckte bis zum Hals in der Patsche, und das war nun sein Versuch, sich herauszurappeln. Er hatte sich eine Erklärung dafür zurechtzimmern müssen, daß er zur Garage gekommen war, und vor allem für den

Klingelknopf und die Tatsache, daß er ein Signal gegeben hatte, und das war ihm im ganzen gar nicht so übel gelungen.

Da Mrs. Fromm tot war, konnte er ihr in den Mund legen, soviel er wollte, und da Birch ebenfalls tot war, bedeutete es kein Risiko, seinen Namen zu nennen. Ein Problem für ihn war Egan gewesen. Ignorieren konnte er ihn nicht, da er ja gleich im Nebenzimmer saß. Er konnte nicht zu ihm halten, denn als Anwalt eines Erpressers aufzutreten, dessen dunkle Machenschaften gerade bloßgestellt wurden – und diese Bloßstellung mußte ja für die Union, deren Rechtsbeistand Horan war, schädlich sein –, das kam nicht in Frage. Also mußte man Egan opfern.

So stellte es sich von meinem Standpunkt aus dar und, da ich die anderen drei kannte und die Mienen sah, mit denen sie ihn betrachteten, auch von ihrem Standpunkt aus.

Cramer wandte sich mit fragend hochgezogenen Brauen zu Wolfe hin. Wolfe schüttelte den Kopf.

Cramer sagte: »Purley, holen Sie Egan!«

Purley Stebbins stand auf und ging. Horan setzte sich auf seinem Stuhl zurecht, straffte sich und richtete sich gerade auf. Jetzt wurde es mulmig, doch das hatte er ja herausgefordert. »Sie sind sich darüber im klaren«, sagte er zu Cramer, »daß dieser Mann nach allen Indizien ein gemeiner Verbrecher ist und daß er sich in einer verzweifelten Lage befindet. Ein glaubwürdiger Zeuge? Kaum!«

»Na ja«, sagte Cramer und ließ es dabei bewenden. »Goodwin, möchten Sie ihm einen Stuhl hinsetzen, da in Ihrer Nähe, nach dieser Richtung.«

Ich kam der Bitte nach. Auf diese Weise sollte Stebbins zwischen Egan und Horan zu sitzen kommen. Außerdem hieß das, daß Wolfe Egan im Profil vor sich hatte, aber da er keine Einwände erhob, stellte ich den Stuhl hin, wie Cramer es gewünscht hatte. Als ich noch damit beschäftigt war, kam Stebbins mit Egan zurück. »Dorthin«, befahl ich ihm, und er lotste Egan zu dem Stuhl hin. Der gemeine Verbrecher heftete, als er saß, die Augen auf Dennis Horan, aber der Blick wurde nicht angenommen. Horan sah zu Cramer hin.

»Sie sind Lawrence Egan«, sagte Cramer, »genannt Lippen-Egan?«

»Der bin ich.« Es kam heraus, und Egan räusperte sich.

»Ich bin Kriminalkommissar Cramer, das hier ist Nero

Wolfe. Ich werde in Kürze Unterlagen über Sie in der Hand haben. Sind Sie vorbestraft?«

Egan zögerte, dann platzte er heraus: »Das können Sie doch in Ihren Unterlagen lesen, oder?«

»Ja, aber ich frage Sie jetzt.«

»Gehn Sie lieber nach den Unterlagen. Vielleicht hab ich's vergessen.«

Cramer ging darüber hinweg. »Der Mann da neben Ihnen, Archie Goodwin, hat mir erzählt, was gestern vorgefallen ist, von Ihrem Besuch bei einem Mann in einem Hotel an der First Avenue – Sie waren der Meinung, er hieße Leopold Heim – bis zu Ihrem Transport hierher. Ich werde das nachher mit Ihnen durchsprechen, aber zunächst will ich Ihnen sagen, wo Sie stehen. Sie glauben vielleicht, hier ist ein Rechtsanwalt anwesend, der Ihre Interessen wahrnimmt, aber das ist nicht der Fall. Wie Mr. Horan sagt, hat er Ihnen mitgeteilt, daß er Ihre Vertretung nicht übernehmen kann und auch nicht die Absicht dazu hat. Hat er Ihnen das mitgeteilt?«

»Hm-m.«

»Nuscheln Sie nicht so. Sprechen Sie laut. Hat er Ihnen das mitgeteilt?«

»Ja.«

»Wann?«

»Vor einer halben Stunde ungefähr.«

»Sie wissen also, daß Sie hier ohne juristischen Beistand sind. Es liegen zwei Anklagepunkte gegen Sie vor: Angriff mit geladener Waffe und versuchte Erpressung. Für den ersten Punkt gibt es zwei Zeugen, Fred Durkin und Archie Goodwin – also der Fall liegt klar. Für den zweiten, glauben Sie vielleicht, gäbe es nur einen Zeugen, Saul Panzer alias Leopold Heim; aber da sind Sie im Irrtum. Wir haben jetzt noch eine Aussage, die das erhärtet. Mr. Horan sagt, er habe letzten Freitag abend von einer verläßlichen Person, die es wissen mußte, gehört, daß Sie in ein Erpressungsunternehmen verwickelt seien. Er sagt, sein Einverständnis, Ihre Vertretung zu übernehmen, habe er nur aus einer momentanen Regung heraus gegeben, die er jetzt bedauere. Er sagt, er wolle nicht die Vertretung eines gemeinen Verbrechers übernehmen, wie Sie einer sind. Er . . .«

»So habe ich es nicht gesagt«, sagte Horan mit seiner Piepsstimme. »Ich habe lediglich . . .«

»Schweigen Sie!« fuhr Cramer ihn an. »Noch eine Unterbrechung, und Sie sind draußen. Haben Sie gesagt, man habe Ihnen berichtet, daß Egan zu einer Erpresserbande gehörte? Ja oder nein?«

»Ja.«

»Haben Sie gesagt, daß Sie seine Vertretung nicht übernehmen können?«

»Ja.«

»Haben Sie ihn als gemeinen Verbrecher bezeichnet?«

»Ja.«

»Dann seien Sie also still, wenn Sie hierbleiben wollen.« Cramer wandte sich zu Egan zurück. »Ich war der Ansicht, daß Sie ein Recht haben, zu wissen, was Mr. Horan gesagt hat, aber wir brauchen das gar nicht, um die Erpressung nachzuweisen. Leopold Heim ist nicht der erste gewesen, und glauben Sie nicht etwa, wir könnten nicht noch ein paar von den anderen finden. Darüber mache ich mir gar keine Sorge. Ich möchte Sie in Mr. Horans Gegenwart fragen: Haben Sie ihn vor gestern abend schon mal gesehen?«

Egan kaute auf seiner Zunge herum – oder was es sonst sein mochte. Ein Tropfen Speichel lief ihm aus dem Mundwinkel, und er wischte ihn mit dem Handrücken weg. Während seine Kinnladen noch immer arbeiteten, verschränkte er die Finger und drückte sie fest zusammen. Er war in einer verteufelten Lage.

»Nun?« fragte Cramer.

»Ich muß mal nachdenken«, krächzte Egan.

»Denken Sie aber richtig. Machen Sie sich nichts vor. Mit dem tätlichen Angriff und der Erpressung« – Cramer hob eine Faust empor – »da haben wir Sie *so* dran. Es ist eine einfache Frage: Haben Sie Mr. Horan vor gestern abend schon mal gesehen?«

»Na ja, werde ich wohl haben. Sagen Sie mal, wie wäre es denn mit einem kleinen Tauschgeschäft?«

»Nein. Kein Tauschgeschäft. Wenn der Oberstaatsanwalt und der Richter Ihnen für bereitwillige Aussagen eine gewisse Anerkennung zeigen wollen, so ist das deren Sache. Oft tun sie das. Sie wissen ja.«

»Ja, ich weiß.«

»Dann beantworten Sie die Frage.«

Egan holte tief Atem. »Na, und ob ich den schon mal gesehen habe. Zigmal!« Er grinste Horan tückisch an. »Stimmt's, mein Lieber? Du dreckiger, gemeiner Verräter.«

»Das ist gelogen«, sagte Horan ruhig und hielt dem tückischen Blick stand. Er wandte sich Cramer zu: »Sie haben das herausgefordert, Herr Kommissar. Sie haben ihn darauf gebracht.«

»Dann«, gab Cramer zurück, »will ich ihn noch ein Stück weiterbringen. Wie heißt Mr. Horan mit Vornamen?«

»Dennis.«

»Wo hat er seine Kanzlei?«

»41. Straße Ost 121.«

»Wo wohnt er?«

»Gramercy Park 315.«

»Was für einen Wagen fährt er?«

»Eine 51er Chrysler-Limousine.«

»Farbe?«

»Schwarz.«

»Welche Telefonnummer hat er in seiner Kanzlei?«

»RIdgway 3-4141.«

»Wie ist seine Privatnummer?«

»PAlace 8-6307.«

Cramer wandte sich an mich: »Hat der Mann irgendwie die Möglichkeit gehabt, sich im Lauf der Nacht diese Daten zu besorgen?«

»Das hat er nicht. Kein bißchen.«

»Dann mag das fürs erste reichen. Mr. Horan, Sie sind als wesentlicher Zeuge in einer Mordsache in Schutzhaft genommen. Purley, bringen Sie ihn ins andere Zimmer – wer ist da drin?«

»Durkin und Panzer mit diesem Ervin.«

»Sagen Sie ihnen, sie sollen Horan dabehalten, und kommen Sie wieder her.«

Horan stand auf. Er war ruhig und selbstbewußt. »Ich mache Sie darauf aufmerksam, Kriminalkommissar, daß das ein Mißgriff ist, den Sie noch bereuen werden.«

»Wir werden ja sehen, Mr. Horan. Bringen Sie ihn weg, Purley.«

Die beiden gingen aus dem Zimmer, Horan voran, Stebbins hinterher. Cramer stand auf und trat zu meinem Papierkorb hinüber, warf die Überreste seiner Zigarre hinein und kehrte zu dem roten Ledersessel zurück. Er setzte dazu an, Wolfe etwas zu sagen, sah, daß er mit geschlossenen Augen zurückgelehnt dasaß, und sagte es nicht. Statt dessen fragte er mich, ob man im Nebenzimmer hören könne, was er sage, und ich verneinte das und wies auf die Schallisolierung hin. Purley kam zurück und ging zu seinem Sessel.

Cramer sprach Egan an: »Also jetzt 'raus damit. Hängt Horan in dem Schwindel drin?«

»Ich bin für ein Tauschgeschäft«, sagte Egan hartnäckig.

»Herrgott noch mal.« Cramer war verärgert. »Sie sind doch komplett erledigt. Und wenn ich die ganze Tasche voll Geschäfte hätte, für Sie würde ich keins vergeuden. Wenn Sie einen Pluspunkt haben wollen, dann verdienen Sie ihn sich, und zwar ein bißchen schnell. Hängt Horan in dem Schwindel drin?«

»Ja.«

»Was hat er dabei für eine Funktion?«

»Er sagt mir, wie ich es machen soll, zum Beispiel bei Leuten, die sich aus der Affäre ziehen wollen. Teufel, er ist halt Rechtsanwalt. Manchmal gibt er mir Tips. Den Tip mit Leopold Heim, diesem verdammten Kerl, habe ich auch von ihm.«

»Haben Sie bei ihm Geld abgeliefert?«

»Nein.«

»Niemals?«

»Nein, er kriegt seinen Anteil von Birch. Bisher jedenfalls.«

»Woher wissen Sie das?«

»Hat Birch mir gesagt.«

»Wie sind Sie denn zu der Sache gekommen?«

»Durch Birch. Der hat mir so vor zwei Jahren den Vorschlag gemacht, und da hab' ich's mal probiert. Drei oder vier Monate später war ein Schlamassel mit einem Mann in Brooklyn drüben, und da hat Birch das für mich organisiert, daß ich da bei der Garage einen Rechtsanwalt sprechen konnte, damit der mir sagte, wie ich mich verhalten solle, und der Rechtsanwalt war Horan. Da habe ich ihn das erstemal gesehen. Seitdem habe ich ihn – na, ich weiß nicht, vielleicht zwanzigmal gesehen.«

»Immer in der Garage?«

»Ja, immer. Woanders habe ich ihn nie gesehen, aber ich habe oft am Telefon mit ihm gesprochen.«

»Haben Sie von Horan irgendwas Handschriftliches? Irgendwas, das er Ihnen mal geschickt oder gegeben hat?«

»Nein.«

»Nicht einen Fetzen? Gar nichts?«

»Nein, habe ich gesagt. Von dem zugeknöpften Aas?«

»Ist bei Ihren Zusammenkünften mit Horan sonst noch jemand dabeigewesen?«

»Klar, Birch war oft dabei.«

»Der ist tot. Noch jemand anders?«

Egan mußte nachdenken. »Nein.«

»Niemals?«

»Bei uns da unten im Keller nicht, nein. Der Wachtmann von der Garage, Bud Haskins, der hat ihn natürlich immer gesehen, wenn er kam.« Egans Augen hellten sich auf. »Klar, der Bud hat ihn gesehen.«

»Zweifellos.« Cramer rührte das nicht besonders. »Darauf ist Horan gefaßt, oder er bildet sich es wenigstens ein. Er wird einfach das Wort eines respektierlichen Akademikers und Anwalts gegen das Wort eines gemeinen Verbrechers, wie Sie es sind, ausspielen, das lediglich von einem Kumpanen bekräftigt wird, von dem er behaupten wird, Sie hätten sich mit ihm verabredet. Ich sage nicht, daß Haskins nichts nützen kann. Wir werden ihn holen und wir werden ... Wo gehen Sie denn hin?«

Wolfe hatte seinen Sessel zurückgeschoben, sich erhoben und einen Schritt getan. Er sah zu Cramer hinunter. »Nach oben. Es ist doch neun Uhr.« Er trat zwischen seinem Schreibtisch und Cramer hindurch, ohne sich aufhalten zu lassen.

Cramer protestierte: »Sie wollen tatsächlich – Sie gehen, wenn gerade ...«

»Wenn was?« fragte Wolfe. Schon auf halbem Weg zur Tür, hatte er sich umgedreht. »Sie haben diesen Lumpen jetzt glücklich überführt und hacken noch auf ihm herum, um durch seine Aussage die Beteiligung eines anderen Lumpen, dieses unausstehlichen Horan, an dem widerwärtigsten Unternehmen, das sich ausdenken läßt, nachzuweisen. Ich gebe zu, es ist nötig, ja, es ist sogar bewundernswert; aber ich habe mein Teil dazu beigesteuert, und Sie brauchen mich ja nicht mehr. Außerdem suche ich keine Erpresser, ich suche einen Mörder. Sie kennen meine Tageseinteilung; ich bin um elf Uhr wieder erreichbar. Ich wäre Ihnen dankbar, wenn Sie diese elenden Jammergestalten aus meinen Räumlichkeiten entfernen wollten. Sie können sich anderwärts ebenso wirksam mit ihnen befassen.«

»Und ob ich das kann.« Cramer war aus seinem Sessel aufgesprungen. »Ihre Leute nehme ich auch mit, alle vier. Goodwin, Panzer, Durkin und Cather. Und ich weiß nicht, wann wir mit ihnen fertig sein werden.«

»Die ersten drei können Sie mitnehmen, aber Mr. Cather nicht. Der ist gar nicht hier.«

»Ich brauche ihn. Wo ist er?«

»Sie können ihn nicht haben. Er ist unterwegs. Habe ich Ihnen denn nicht für einen Morgen genug gegeben? Archie, wissen Sie etwa, wo Orrie hingegangen ist?«

»Nein, Mr. Wolfe. Ich könnte mich nicht erinnern, und wenn mein Leben davon abhinge.«

»Gut, Sie brauchen sich auch keine Mühe zu geben.« Er drehte sich um und schritt hinaus.

15

Nie habe ich so viele Bonzen an einem Tage gesehen wie in den folgenden acht Stunden, von neun Uhr früh bis fünf Uhr nachmittags an jenem Dienstag, eine Woche nach dem Tag, an dem Pit Drossos bei uns erschienen war, um Wolfe wegen seines Falles zu Rate zu ziehen. Auf der Wache des Zehnten Reviers war es Polizeivizepräsident Neary. In der Centre Street 240 war es Skinner, der Polizeipräsident. In der Leonard Street 155 war es Oberstaatsanwalt Bowen persönlich, flankiert von dreien seiner Beamten, darunter Mandelbaum.

Es stieg mir aber nicht zu Kopfe, weil ich wohl wußte, daß das nicht am Zauber meiner Persönlichkeit lag. Erstens war der Mord an Mrs. Laura Fromm, der zudem noch mit zwei weiteren Morden verknüpft war, auch nach vier Tagen noch tausend Fässer Tinte und Druckerschwärze täglich wert, ganz abgesehen von den Radiowellen. Zweitens hatten die Vorrunden zu einer Wahl der kommunalen Beamten eingesetzt, und Bowen, Skinner und Neary waren alle bemüht, ihre Schäfchen ins trockene zu bringen. Ein wirklich erstklassiger Mord bietet einige ausgezeichnete Gelegenheiten für einen Mann, der sein Leben so hingebungsvoll dem Dienste der Öffentlichkeit gewidmet hat, zu beweisen, daß er bereit ist, zusätzliche Bürden in einem weiteren Bereich auf sich zu nehmen.

In der Mordkommission Manhattan West, beim Zehnten Revier, wurden wir getrennt, aber das machte nichts. Die einzigen Punkte, die wir aussparten, waren die Überkreuz-Bindemethode, die wir bei Egan angewandt hatten, und sein Notizbuch, und darüber waren Saul und Fred ja im Bilde. Ich verbrachte eine Stunde mit einer Stenotypistin in einem Zimmerchen, um mir meine Aussage mit der Maschine schreiben zu lassen, sie durchzulesen und zu unterschreiben, und wurde dann zu einer Konferenz mit Polizeivizepräsident Neary in Cramers Amtszimmer gebracht. Weder Cramer noch Stebbins waren da. Neary gab sich barsch, war aber trotzdem freundlich. Mit seinem Verhalten ließ er durchblicken, wenn man ihn und mich nur vierzig Minuten lang in Ruhe lassen wollte, würden wir alles unter Dach und Fach haben. Das Dumme war nur, daß er nach kaum der Hälfte dieser Zeit einen Anruf bekam und mich gehen lassen mußte.

Als ich durch einen Gang die Treppe hinunter und hinaus vor die Tür geführt wurde, wo ein Wagen wartete, setzten städtische Beamte, die ich kaum vom Sehen kannte, und andere, die ich mein Lebtag nicht gesehen hatte, ihre Ehre darein, mich zu grüßen. Offenbar hatte sich der Eindruck verbreitet, daß mein Bild in die Zeitung kommen würde, und wer mochte wissen, vielleicht würde ich noch gezwungen, mich als Bürgermeisterkandidat aufstellen zu lassen. Ich erwiderte die Grüße wie einer, der dankbar ist für den Geist, in dem sie entboten wurden, aber schrecklich viel zu tun hat.

In der Leonard Street hatte Bowen selbst, der Oberstaatsanwalt, einen Durchschlag meiner Aussage auf dem Schreibtisch vor sich, und während unseres Gesprächs unterbrach er mich immer wieder, um mit düsterer Miene in dem Protokoll meiner Aussagen die entsprechende Stelle zu suchen und sie mit meinen mündlichen Angaben zu vergleichen, und dann nickte er mir zu, als ob er sagen wollte: »Na ja, vielleicht lügen Sie am Ende doch nicht.«

Er gratulierte mir nicht dazu, daß ich Ervin und Egan dingfest gemacht und Horan in die Falle gelockt hatte. Im Gegenteil, er gab zu verstehen, weil ich sie in Wolfes Haus mitgenommen hatte, anstatt die Polizei zu der Garage zu bitten, hätte ich wahrscheinlich fünf Jahre Knast zu gewärtigen, wenn er nur Zeit hätte, darüber nachzulesen.

Da ich ihn kannte, überhörte ich das und bemühte mich, ihn

nicht aus dem Konzept zu bringen. Der Ärmste hatte an diesem Tag auch ohne mich schon genug um die Ohren. Sein Wochenende war doch wirklich verpfuscht, seine Augen waren rot vor Müdigkeit, sein Telefon klingelte in einem fort, seine Assistenten kamen und gingen immerzu, und eine Morgenzeitung hatte ihn an vierter Stelle auf die Liste der aussichtsreichsten Bürgermeisterkandidaten gesetzt. Und zu all dem stand zu erwarten, daß das FBI sich jetzt wegen des Schwindels, den Saul, Fred und ich ans Licht gebracht hatten, in den Fall Fromm-Birch-Drossos hineinhängen würde, womit sich die peinliche Möglichkeit ergab, daß eben das FBI diese Mordfälle aufklärte. Es war also kein Wunder, daß der Oberstaatsanwalt mich nicht einlud, mit ihm essen zu gehen.

Leider tat das überhaupt niemand. Keiner schien auf den Gedanken zu kommen, daß ich mitunter auch essen mußte. Ich hatte sehr zeitig gefrühstückt. Als die Konferenz in Bowens Zimmer aus war, kurz nach zwölf, stand mir der Sinn nach einem Lokal um die Ecke, in dem ich manchmal verkehrte und dessen Spezialität Eisbein mit Sauerkraut war.

Aber Mandelbaum sagte, er wolle mich etwas fragen, und führte mich den Korridor entlang in sein Zimmer. Er trat hinter seinen Schreibtisch, bot mir einen Platz an und begann: »Also dieses Angebot, das Sie gestern Miss Estey gemacht haben.«

»Mein Gott. Schon wieder?«

»Die Sache sieht jetzt anders aus. Mein Kollege Roy Bonino ist gerade bei Wolfe und erkundigt sich danach. Machen wir doch Schluß mit der Komödie und gehen wir davon aus, daß Wolfe Sie mit diesem Angebot zu ihr geschickt hat. Sie sagen doch selbst, daß daran nichts Unkorrektes gewesen ist – also warum denn nicht?«

Ich hatte Hunger. »Meinetwegen, wenn das der Ausgangspunkt sein soll. Was weiter?«

»Dann stünde zu vermuten, daß Wolfe von dem Erpressungsschwindel gewußt hat, ehe er Sie mit diesem Angebot losschickte. Er hat angenommen, Miss Estey würde ein entscheidendes Interesse daran haben, zu wissen, was Mrs. Fromm Wolfe davon erzählt hatte. Ich erwarte nicht, daß Sie das zugeben. Wir werden ja sehen, was Wolfe zu Bonino sagt. Aber ich will wissen, wie Miss Estey darauf reagiert hat – was sie genau gesagt hat.«

Ich schüttelte den Kopf. »Sie bekämen einen falschen Eindruck davon, wenn ich das als Ausgangspunkt der Diskussion nähme. Ich will mal einen Ausgangspunkt vorschlagen.«

»Bitte.«

»Sagen wir mal, Mr. Wolfe hat von keinem Schwindel was gewußt, sondern die Bande lediglich aufscheuchen wollen. Sagen wir, er hatte es gar nicht besonders auf Miss Estey abgesehen, sie war bloß die erste auf der Liste. Sagen wir, ich habe das Angebot nicht nur ihr gemacht, sondern auch Mrs. Horan, Angela Wright und Vincent Lipscomb, und hätte noch so weitergemacht, wenn mich Wolfe nicht zurückgerufen hätte, weil Paul Kuffner bei uns im Büro war und mich beschuldigte, Miss Wright angebohrt zu haben. Wäre dieser Ausgangspunkt nicht noch interessanter?«

»Allerdings. Hm, ich verstehe. In diesem Fall will ich wissen, was sie alle gesagt haben. Fangen Sie mit Miss Estey an.«

»Ich müßte das erst erfinden.«

»Natürlich, das können Sie ja so gut. Also bitte.«

Damit ging denn der größte Teil einer weiteren Stunde hin. Als ich meine Erfindungen und außerdem eine Reihe von Antworten auf allerlei schlaue Fragen endlich hinter mir hatte, stand Mandelbaum auf, um zu gehen, und ersuchte mich, dort zu warten. Ich sagte, ich wollte etwas essen gehen, doch er sagte, nein, er wolle mich in Reichweite haben. Ich versprach, zu warten, und so gingen wieder zwanzig Minuten hin. Als er endlich zurückkam, sagte er, Bowen wolle mich noch einmal sprechen, und ich möchte doch so freundlich sein, in sein Zimmer zu gehen. Er, Mandelbaum, habe etwas anderes vor.

Als ich in Bowens Zimmer kam, war niemand darin. Wieder warten. Ich hatte eine Weile dagesessen und an Eisbein gedacht, als die Tür aufging und ein junger Mann mit einem Tablett hereinkam. Hurra, dachte ich, also hat doch jemand in dem Laden hier ein menschliches Herz. Aber ohne mich auch nur eines Blickes zu würdigen, ging er auf Bowens Schreibtisch zu, stellte das Tablett auf die Schreibunterlage und entfernte sich.

Als sich die Tür hinter ihm geschlossen hatte, trat ich an den Schreibtisch, lüpfte die Serviette und sah und roch ein appetitliches Sandwich mit warmem Corned-Beef und ein Stück Kirschtorte. Auch eine Halbliterflasche Milch stand dabei. Ich brauchte vielleicht achtzehn Sekunden, um zu meinem Sessel zurückzugehen, das Tablett auf meinem Schoß zurechtzurücken und einen tüchtigen Happen von dem Sandwich abzubeißen. Ich war kaum im Begriff, ihn hinunterzuschlucken, als die Tür aufging und der Oberstaatsanwalt hereinkam.

Um ihm eine Verlegenheit zu ersparen, fing ich sogleich an: »Das ist aber wirklich rührend von Ihnen, daß Sie mir das 'reingeschickt haben, Mr. Bowen. Nicht, daß ich etwa Hunger gehabt hätte, aber Sie kennen ja das alte Sprichwort: Liebe geht durch den Magen. Es lebe Bowen, der neue Bürgermeister.«

Er bewies, aus welchem Holz er geschnitzt war. Ein Mann geringeren Formates hätte mir entweder das Tablett weggerissen oder wäre an seinen Schreibtisch gegangen und hätte ins Telefon gebrüllt, irgend so ein Knülch habe ihm sein Essen ausgespannt und er wolle ein neues. Doch er warf mir lediglich einen giftigen Blick zu, drehte sich um und ging hinaus. Nach ein paar Augenblicken war er mit einem neuen Tablett zurück, das er auf seinen Schreibtisch stellte. Ich weiß nicht, bei wem er es konfisziert hatte.

Er wollte gern fünfundachtzig oder neunzig Punkte an dem Bericht klären, den Mandelbaum ihm gerade gegeben hatte.

Es war also beinahe drei Uhr, als ich mit Geleitschutz in der Centre Street 240 eintraf, und es ging auf vier, als ich in das Allerheiligste von Polizeipräsident Skinner geführt wurde.

Die nächste Stunde war ein bißchen unruhig. Man hätte denken sollen, daß Skinner, wenn er mit einem so bedeutenden Mitbürger wie mir reden wollte, den Befehl erlassen hätte, er wünsche nicht gestört zu werden, wenn es sich nicht gerade um einen Volksaufstand handele. Aber nein. Zwischen den mancherlei Unterbrechungen brachte er es immerhin fertig, mir ein paar entscheidende Fragen zu stellen, etwa: ob es geregnet habe, als ich zu der Garage kam, und ob Horan und Egan Blicke gegenseitigen Erkennens getauscht hätten. Aber wenn er nicht gerade an einem der vier Telefone, die auf seinem Schreibtisch standen, verlangt wurde oder seinerseits jemanden anrief, oder mit einem Störenfried sprach, oder einen Blick auf gerade hereingebrachte Papiere warf, schritt er hauptsächlich im Zimmer auf und ab, einem geräumigen Zimmer mit hoher Decke und stattlichem Mobiliar.

Etwa um fünf Uhr kam Oberstaatsanwalt Bowen herein, begleitet von zwei Untergebenen mit prallen Aktenmappen.

Anscheinend hatte man eine Konferenz auf höchster Ebene vor. Das mochte recht lehrreich sein, sofern ich nicht hinausgefeuert wurde. Ich stand deshalb unauffällig von meinem Sessel neben Skinners Schreibtisch auf und ging zu einem bescheidenen Sessel drüben an der Wand.

Skinner war zu beschäftigt, um mich zu bemerken, und die anderen dachten offensichtlich, er hebe mich zum Nachtisch auf. Sie rückten ihre Stühle und Sessel um den großen Schreibtisch zusammen und legten los.

Ich habe von Natur ein gutes Gedächtnis, und durch die Jahre, die ich bei Nero Wolfe verbracht habe, ist es obendrein gut geschult. Ich könnte daher einen genauen und vollständigen Bericht über alles liefern, was ich in der nächsten halben Stunde hörte, aber das will ich nicht tun. Wenn ich es täte, so würde ich das nächste Mal, wenn ich bei einer Konferenz der Großen Mäuschen zu spielen versuchte, in hohem Bogen hinausfliegen, und schließlich, wer bin ich schon, daß ich das Vertrauen des Volkes in seine hochgestellten Staatsdiener zerstören dürfte?

Aber etwas geschah, das doch berichtet werden muß. Sie waren mitten in einer hitzigen Diskussion darüber, was man dem FBI sagen sollte und was nicht, als eine Unterbrechung kam. Zuerst klingelte das Telefon, und Skinner sprach kurz hinein, dann ging eine Tür auf und ein Besucher trat herein.

Es war Kriminalkommissar Cramer. Indem er auf den Schreibtisch zuschritt, schoß er mir einen Blick zu, aber seine Gedanken hingen an Höherem. Er trat vor die Versammlung hin und brachte heraus: »Dieser Witmer – der Mann, der geglaubt hat, er könnte den Fahrer des Wagens, mit dem der Junge Drossos überfahren worden ist, identifizieren. Aus einer Reihe von Bildern hat er auf Horan getippt. Er meint, er könnte es beschwören.«

Sie glotzten ihn an. »Ist denn das die Möglichkeit?« murmelte Bowen.

»Ja und?« erkundigte sich Skinner brummig.

Cramer sah ihn mit ernster Miene an. »Ich weiß nicht, ich habe es eben erst in dieser Minute gehört. Wenn wir darauf eingehen, bringt uns das von neuem ganz durcheinander. Es kann eigentlich nicht Horan gewesen sein, der am Dienstag mit der Frau im Wagen gefahren ist. Sein Alibi für Dienstag haben wir auch mit einem Traktor kein Handbreit verrücken können, und außerdem nehmen wir doch an, daß es Birch gewesen ist. Warum soll Horan dann den Jungen ermordet haben? Jetzt, nachdem wir ihn auf diese Erpresserei festgenagelt haben, können wir ihn natürlich bearbeiten; aber wenn er einen Mord auf dem Gewissen hat, werden wir ihn nie zum Reden bringen. Wir müssen das halt hinnehmen und der Sache nachgehen, aber es gibt ein schlimmeres Durcheinander als je. Ich kann Ihnen sagen, Herr Präsident, Augenzeugen müßten gesetzlich verboten werden.«

Skinner war immer noch brummig. »Ich glaube, das ist übertrieben ausgedrückt, mein lieber Kriminalkommissar. Augenzeugen sind oftmals höchst nützlich. Vielleicht erweist sich dies jetzt als der ersehnte Silberstreif. Setzen Sie sich hin, und wir wollen die Sache durchsprechen.«

Als Cramer gerade dabei war, sich einen Sessel heranzurükken, klingelte das Telefon. Skinner nahm es ab – das rote, das erste von links –, sprach ein paar Worte hinein und sah dann zu Cramer auf: »Nero Wolfe. Er sagt, es ist wichtig.«

»Ich werde das draußen machen.«

»Nein, machen Sie es nur hier. Mir scheint, er nimmt den Mund ziemlich voll.«

Cramer trat um den Schreibtisch herum neben Skinners Ellbogen und griff nach dem Hörer. »Wolfe? Hier Cramer. Was wollen Sie denn?«

Von da an beschränkte er sich seinerseits hauptsächlich aufs Zuhören. Ich ebenfalls. Als ich sah, wie seine rote Farbe langsam dunkler und seine Augen schmaler und schmaler wurden, wollte ich am liebsten aus meinem Sessel aufspringen und schleunigst nach der 35. Straße abschwirren, hielt es aber für unklug, die Aufmerksamkeit auf mich zu lenken. Ich blieb sitzen und wartete ab. Als er endlich auflegte, stand er mit knirschenden Zähnen und zuckender Nase da.

»Dieser fette Hund!« sagte er. Er trat einen Schritt zurück. »Und *wie* er den Mund vollnimmt. Er sagt, er sei jetzt bereit, sich das Geld zu verdienen, das Mrs. Fromm ihm gezahlt hat. Er verlangt Kriminalinspektor Stebbins und mich. Er verlangt die sechs Hauptpersonen der Affäre. Er verlangt Goodwin und Panzer und Durkin. Er verlangt drei oder vier weibliche Polizeibeamte, aber nicht in Uniform, fünfunddreißig bis vierzig Jahre alt. Er verlangt Goodwin jetzt auf der Stelle. Er verlangt Egan. Weiter verlangt er nichts.«

Cramer sah alle der Reihe nach funkelnd an. »Er sagt, wir werden den Mörder mitbringen. *Den* Mörder, sagt er.«

»Der ist wahnsinnig!« sagte Bowen in bitterem Ton.

»Wie in aller Welt . . .?« fragte Skinner.

»Das kann man sich nicht bieten lassen«, sagte Bowen. »Bringen Sie ihn her.«

»Er wird nicht kommen.«

»Holen Sie ihn!«

»Nicht ohne Haftbefehl.«

»Ich werde einen besorgen.«

»Er würde den Mund nicht aufmachen. Gegen Kaution müßte er freigelassen werden. Dann würde er nach Hause gehen und Einladungen verschicken, aber nicht an uns.«

Sie blickten einander an, und jeder sah auf den Gesichtern der anderen, was ich sah: Einen anderen Weg gab es nicht.

Ich stand von meinem Sessel auf, rief ihnen fidel zu: »Bis nachher, meine Herren«, und ging.

16

Ich habe noch nie mit einer Polizeibeamtin auf intimem Fuß gestanden, aber ich habe hier und da gelegentlich welche zu sehen bekommen, und ich muß sagen, wer die drei ausgesucht hatte, die an diesem Nachmittag an der Versammlung bei Wolfe teilnehmen sollten, der hatte einen guten Blick. Nicht etwa, daß sie Prachtexemplare gewesen wären, aber ich wäre durchaus bereit gewesen, jede einzelne aus diesem Trio in die Kneipe an der Ecke zu führen und ihr eine Cola zu spendieren. Das einzig Negative waren ihre Berufsaugen, aber das konnte man ihnen nicht übelnehmen, denn sie waren ja im Dienst, noch dazu in Anwesenheit eines Kriminalkommissars, und mußten daher selbstverständlich einen aufmerksamen, tüchtigen und energischen Eindruck machen. Sie waren alle wie anständige Leute angezogen, und die eine hatte ein blaues Ding mit feinen weißen Streifen an, das recht hübsch aussah.

Ich war schon vor der Meute hingekommen, um Wolfe über meinen Tagesablauf kurz Bericht zu erstatten, was ihn nicht sehr zu interessieren schien, und um Fritz und Orrie dabei zu helfen, Sessel und Stühle heranzuschleppen und zurechtzustellen. Als die ersten Besucher klingelten, verschwand Orrie im Vorderzimmer und machte die Tür zu. Da ich wegen einiger Stühle drin gewesen war, hatte ich gesehen, was er da bewachte: einen Mann mittleren Alters mit runden Schultern, einer Brille und zu eng geschnalltem Gürtel. Orrie hatte uns miteinander bekannt gemacht, so daß ich wußte, daß er Bernard Levine hieß, aber das war auch alles.

Die Sitzordnung hatte Wolfe vorgeschrieben. Die sechs Damen saßen in einer Reihe vorn, die Polizeibeamtinnen jeweils zwischen Angela Wright, Claire Horan und Jean Estey. Kriminalkommissar Cramer saß in dem roten Ledersessel, Purley Stebbins zu seiner Linken, neben Jean Estey. Hinter Jean Estey saß Lippen-Egan, in Stebbins' Reichweite, falls er etwa nervös würde und jemanden mit Zangen zu behandeln anfinge, und zur Linken von Egan, in der zweiten Reihe, kamen Horan, Lipscomb und Kuffner. Saul Panzer und Fred Durkin saßen hinten.

Cramer, habe ich gesagt, saß in dem roten Ledersessel; zunächst jedoch wurde er für ihn freigehalten. Er hatte unbedingt unter vier Augen mit Wolfe sprechen wollen; die beiden waren im Eßzimmer. Ich weiß nicht, was er wollte, aber als er, gefolgt von Wolfe, ins Zimmer marschiert kam und ich seinen Gesichtsausdruck sah, zweifelte ich daran, daß er es bekommen hatte. Seine Kiefer waren zusammengebissen, seine Lippen verkniffen und sein Gesicht rot. Er blieb der Versammlung zugekehrt stehen, bis Wolfe sich auf seinem Sessel niedergelassen hatte; dann begann er:

»Ich möchte darauf aufmerksam machen«, sagte er, »daß es sich hier nur bis zu einem gewissen Grade um eine offizielle Sitzung handelt. Sie sind durch das Polizeipräsidium mit Genehmigung des Oberstaatsanwalts hierhergebracht worden, woraus sich ein offizieller Charakter ergibt, aber jetzt wird Nero Wolfe auf eigene Verantwortung verfahren, und er hat keine Legitimation, auf Antworten zu bestehen, wenn er Ihnen etwa Fragen stellt. Ist das Ihnen alles klar?«

Ein Murmeln lief um. Cramer sagte: »Also bitte, Wolfe«, und setzte sich hin.

Wolfes Augen wanderten von links nach rechts und wieder zurück. »Es ist ein wenig irritierend für mich«, sagte er im Konversationston. »Ich habe nur zwei von Ihnen schon einmal gesehen, Mr. Horan und Mr. Kuffner. Mr. Goodwin hat mir einen Sitzplan hergelegt, aber ich möchte mich gern überzeugen. Sie sind Miss Jean Estey?«

»Ja.«

»Miss Angela Wright?«

Sie nickte.

»Mrs. Claire Horan?«

»So heiße ich. Ich glaube nicht...«

»Bitte, Mrs. Horan.« Er war brüsk. »Später, wenn es sein muß. Sie sind Mr. Vincent Lipscomb?«

»Jawohl.«

Wolfes Augen gingen wieder hin und her. »Ich danke Ihnen. Ich glaube, dies ist das erstemal, daß ich es unternehme, aus einer Gruppe von Menschen, die mir größtenteils fremd sind, einen als Mörder zu bezeichnen. Das scheint ein wenig vermessen, aber lassen Sie uns zusehen. Mr. Cramer hat Ihnen gesagt, daß ich keine Legitimation besitze, auf Beantwortung meiner Fragen zu bestehen, doch kann ich Sie in dieser Hinsicht beruhigen. Ich habe keine Fragen zu stellen. Nicht eine einzige. Im Verlauf meiner Darlegungen mag sich möglicherweise ein Anlaß dazu ergeben, aber ich möchte es bezweifeln.«

Cramer gab ein tiefes Brummen von sich. Blicke wandten sich ihm zu, aber er bemerkte es nicht. Seine Blicke waren auf Wolfe geheftet.

»Ich werde in der Tat Fragen stellen«, sagte Wolfe, »aber an mich selbst, und ich werde sie auch beantworten. Diese Angelegenheit ist so komplex gelagert, daß es wohl Hunderte werden könnten, aber ich werde mich auf ein Minimum beschränken. Ich weiß zum Beispiel, warum Mrs. Fromm diese goldenen Spinnen an den Ohren getragen hat, als sie Freitag mittag zu mir kam. Sie gehörten zu ihrem Täuschungsversuch. Warum aber hat sie sie auch am Freitag abend bei dem Essen im Hause Horan getragen? Offensichtlich in der Hoffnung, jemanden damit zu überraschen und die Reaktion des Betreffenden zu beobachten. Ein weiteres Beispiel: Warum ist Mr. Horan gestern abend zu dieser Garage gekommen? Weil er wußte, daß er sich von seiner Habgier zu einer unsinnigen Handlung hatte hinreißen lassen – nämlich Egan in diesem kritischen Augenblick Namen und Adresse von Leopold Heim zu geben –, und er war beunruhigt, mit gutem Grund, wie sich ergeben hat. Ich nehme an...«

»Ich protestiere«, piepste Horans Tenor. »Das ist Verleumdung. Kommissar Cramer, Sie sagen, Wolfe spricht auf eigene Verantwortung, aber Sie haben uns hierhergebracht, dafür sind Sie verantwortlich.«

»Sie können ihn ja verklagen«, zischte Cramer.

»Mr. Horan.« Wolfe deutete mit dem Finger auf ihn. »An Ihrer Stelle würde ich es unterlassen, um Ihre Beteiligung an einer Erpresseraffäre auch noch Schaum zu schlagen. In diesem Punkt sind Sie geliefert, und das wissen Sie, und jetzt stehen Sie einer viel größeren Gefahr gegenüber – nämlich der, als der Mörder von Pit Drossos identifiziert zu werden. Einer Gefängnisstrafe können Sie auf keinen Fall entgehen, aber mit meiner Hilfe kommen Sie vielleicht noch mit dem Leben davon. Wenn wir hier fertig sind, werden Sie mir einiges schuldig sein.«

»Allerdings.«

»Gut. Bemühen Sie sich nicht, diese Schuld zu begleichen – weder in Ihrem noch in meinem Sinne. Ich wollte gerade sagen, ich nehme an, daß die meisten von Ihnen nichts von dem Erpressungsunternehmen wissen, das zum Tod von drei Menschen geführt hat. Sie können mir also nicht durchweg folgen, doch das hat Zeit. Einer von Ihnen – dessen darf ich Sie versichern – wird sehr wohl in der Lage sein, mir zu folgen.«

Er beugte sich ein wenig vor. Seine Ellenbogen lagen auf den Armlehnen des Sessels, und seine zehn Fingerspitzen ruhten auf dem Schreibtisch. »Nun denn. Ich behaupte nicht, daß ich den Täter ohne Hilfe ausfindig machen kann, aber ich bin im Besitz gewisser Anhaltspunkte. Einer von Ihnen ist neulich sehr darauf bedacht gewesen, Mr. Goodwin ausführlich darzustellen, was die betreffende Person am Freitag abend und Dienstag nachmittag unternommen hat, obwohl keinerlei Grund vorlag, sich dieserhalb solcher Mühe zu unterziehen. Die gleiche Person hat eine seltsame Bemerkung gemacht, es sei neunundfünfzig Stunden her, seit Mrs. Fromm ermordet worden wäre – eine ungewöhnliche Genauigkeit. Diese beiden Punkte waren es wert, als Hinweis zu Protokoll genommen zu werden, aber als mehr auch nicht.«

Er verschränkte die Hände vor seinem Mittelwulst. »Jedoch gab es da noch zwei wesentliche Anhaltspunkte. Erstens die Ohrringe. Mrs. Fromm hatte sie am 11. Mai gekauft. Eine andere Dame trug sie am 19. Mai. Sie mußte sie von Mrs. Fromm geschenkt oder geliehen bekommen haben oder aber insgeheim ihrer habhaft geworden sein. Auf jeden Fall hatte Mrs. Fromm sie drei Tage später wieder und trug sie am Freitag, dem 22. – und zwar zu welchem Zweck? Um die Rolle derjenigen Frau zu spielen, die sie am Dienstag getragen hatte. Also wußte sie, wer die Frau war, hatte irgendeinen Verdacht gegen sie und war – was als Anhaltspunkt besonders wichtig ist – in der Lage, die Ohrringe, sei es offen oder indem sie sie stahl – wieder an sich zu bringen, um die Rolle spielen zu können.«

»Anhaltspunkt wofür?« verlangte Cramer zu wissen.

»Für die Identität der Dame. Zwar keineswegs schlüssig, aber doch recht vielsagend. Es muß jemand gewesen sein, dessen Person und dessen Besitz für Mrs. Fromm leicht erreichbar war, ganz gleich, ob sie die Ohrringe nun offen oder heimlich wieder an sich gebracht hat. Gewiß war das in Ihre Kalkulation einbegriffen, Mr. Cramer, und Sie haben es bis zum letzten erforscht, jedoch ohne Ergebnis. Ihre ungeheure Ansammlung negativer Feststellungen in dieser Affäre ist für mich von unschätzbarem Wert gewesen. Ihre Fähigkeit, zwei und zwei zu addieren, steht außer Frage. Sie wußten, daß mein Zeitungsinserat nach einer Dame mit Spinnenohrringen Freitag früh erschienen und daß Mrs. Fromm mit diesen Ohrringen Freitag vormittag zu mir gekommen ist. Es war also eine gute Arbeitshypothese, daß sie sie in dieser kurzen Zwischenzeit – zwei oder drei Stunden höchstenfalls – wieder an sich gebracht hatte. Wenn sie einen weiten Weg hätte zurücklegen müssen, um an sie heranzukommen, so hätten Sie das festgestellt und sich diese Feststellung zunutze gemacht, und Sie wären jetzt nicht hier. Stimmt das nicht?«

»Sie sagen das«, brummte Cramer. »Ich habe bis heute morgen nicht gewußt, daß Mrs. Fromm sie gekauft hatte.«

»Aber immerhin haben Sie gewußt, daß solche Spinnenohrringe wahrscheinlich kein zweites Mal vorhanden waren. Übrigens – eine interessante Spekulation mag es sein, warum Mrs. Fromm sie gekauft hat, als sie ihr in einem Schaufenster ins Auge fielen. Mr. Egan hat gesagt, die Frau, die ihn anzurufen pflegte, habe als Kennwort den Satz: ›Sagte die Spinne zur Fliege‹ benutzt. Vielleicht, ja sogar wahrscheinlich hatte Mrs. Fromm dieses merkwürdige Kennwort gelegentlich mit angehört, und das mag in der Tat einer der Beweggründe ihres Verdachtes gewesen sein; und als sie dann die Spinnenohrringe sah, kam ihr plötzlich der Einfall, sie zu einem Experiment zu benutzen.«

Wolfe atmete tief ein, wozu bei seinem Brustkasten mindestens ein halber Kubikmeter nötig war, und ließ die Luft hörbar ausströmen.

»Lassen Sie mich fortfahren. Der Mann, der den Jungen Pit Drossos mit dem Wagen überfahren hat, war eine seltsame Figur, schwer zu schlucken und unmöglich zu verdauen. Die einfachste Theorie ist die, daß *er* es war, der am Vortag mit der Dame im Wagen gesessen hatte und nun fürchtete, der Junge könne und werde ihn wiedererkennen. Diese Theorie hat sich bestätigt, als ich erfuhr, daß der Mann, der mit der Dame im Wagen saß, Matthew Birch gewesen war, der Dienstag nacht ums Leben gekommen ist. Auf jeden Fall war sein Verhalten sonderbar.

Ich will mich einmal in seine Lage versetzen. Gleich aus welchem Grunde, ich entschließe mich, den Jungen zu ermorden, indem ich am hellichten Tage zu dieser Ecke fahre, und, wenn er erscheint und mir dazu Gelegenheit bietet, den Wagen über ihn rollen lasse. Ich müßte schon seltsames Glück haben, wenn sich diese Gelegenheit beim ersten Anhieb ergäbe. Zählen kann ich darauf gewiß nicht. Ich muß damit rechnen, mehrmals, vielleicht viele Male, diesen Straßenabschnitt entlangfahren zu müssen. Rundherum sind natürlich Leute. Aber keiner hat Grund, auf mich besonders aufmerksam zu werden, solange nicht meine Gelegenheit kommt und ich den Jungen überfahre. Beiläufig aber werde ich natürlich von vielen Augen gesehen.«

Er wandte eine Handfläche nach oben. »Was also tue ich? Eine Maske kann ich freilich nicht tragen, doch es gibt noch andere Mittel. Ein falscher Bart wäre ausgezeichnet, aber: Ich verachte sie alle und treffe gar keine Anstalten, mich zu verkleiden. Meinen braunen Anzug am Körper und den Filzhut auf dem Kopf, unternehme ich das riskante und tödliche Abenteuer. Dann bin ich offenbar entweder ein beispielloser Dummkopf – oder ich bin eine Frau. Ich bin eher dafür, daß ich eine Frau bin. Zumindest als Versuchshypothese.

Denn wenn ich eine Frau bin – und zwar eine bestimmte Frau –, verschwinden viele der Komplikationen, denn die meisten der Rollen habe ich ohnehin schon inne. Ich bin in das Erpressungsunternehmen verwickelt, vielleicht leite ich es sogar. Mrs. Fromm bekommt Wind davon – zwar nicht so viel, daß sie deswegen etwas unternimmt, aber doch so viel, daß sie Verdacht schöpft. Sie horcht mich vorsichtig aus. Sie gibt mir die Spinnenohrringe. Dienstag nachmittag treffe ich mich mit Matthew Birch, einem meiner Komplicen. Er läßt mich seinen Wagen fahren, was ungewöhnlich ist, zieht dann plötzlich einen Revolver hervor und drückt mir seine Mündung in die Rippen. Was immer der Grund seines feindseligen Benehmens sein mag, ich kenne seinen Charakter und habe Angst um mein Leben. Er verlangt, daß ich an einen bestimmten Ort fahre. An einer Ecke, an der wir wegen des roten Lichtes halten, tritt ein Junge heran, um mein Fenster abzuwischen, und mit den Lippen sage ich zu seinem Gesicht, das mir in diesem Augenblick so nahe ist: ›Hilfe, hol einen Polizisten!‹ Das grüne Licht kommt, Birch schubst mich, und wir fahren weiter. Ich erhole mich von meinem Schreck, denn auch ich habe Charakter. Irgendwann, irgendwo, gleich, wo das nun sein mag, erwische ich ihn in einem Augenblick der Unachtsamkeit und greife ihn an. Meine Waffe ist ein Hammer, ein Schraubenschlüssel, ein Knüppel, sein eigener Revolver – aber ich schieße nicht auf ihn. Ich habe ihn im Wagen liegen, hilflos, ohne Bewußtsein, und spät am Abend fahre ich zu einer abgelegenen Gasse, werfe ihn hinaus, fahre mit dem Wagen über ihn hinweg, stelle den Wagen irgendwo ab und gehe nach Hause.«

Cramer schnarrte: »So viel hätte ich selbst auch gekonnt. Zeigen Sie mal was Richtiges.«

»Das habe ich vor. Am nächsten Tag gelange ich zu der Ansicht, daß der Junge eine Bedrohung darstellt, die ich nicht ertragen kann. Falls Mrs. Fromm ihren Verdacht auf irgendeine Weise bestätigt finden und meine Verbindung zu Birch bloßgestellt werden sollte, könnte der Junge mich als Birchs Begleiter in dem Wagen identifizieren. Ich bereue bitter meinen Augenblick der Schwäche, in dem ich ihm gesagt habe, er möchte einen Polizisten holen, so daß er sich wunderte und uns anstarrte, und ich kann diese Bedrohung nicht aushalten. Als Mann verkleidet hole ich deshalb den Wagen von der Stelle, wo er parkt, und verfahre wie bereits dargelegt. Diesmal lasse ich den Wagen weit draußen stehen und fahre mit der Untergrundbahn nach Hause.

Mittlerweile bin ich natürlich ein moralischer Idiot, eine krankhaft selbstsüchtige Wildsau mit Eberzähnen. Freitag früh nimmt Mrs. Fromm die Spinnenohrringe, legt sie an und geht damit aus dem Haus. Als sie am späten Nachmittag zurückgekommen ist, hat sie mit mir gesprochen und mir unter anderem erzählt, sie habe Nero Wolfe mit Nachforschungen beauftragt. Das war sehr unvorsichtig; sie hätte wenigstens vermuten können, wie gefährlich ich war. Am gleichen Abend bekam sie den Beweis dafür, obwohl sie davon nichts mehr merkte. Ich ging los, fand ihren Wagen nicht weit von Horans Wohnung geparkt und versteckte mich hinter dem Vordersitz, mit einem schweren Schraubenschlüssel bewaffnet. Horan kam mit ihr herunter, aber ...«

»Halt mal«, zischte Cramer. »Sie beschuldigen Jean Estey des Mordes und haben gar keine Beweise. Ich habe gesagt, daß Sie für alles, was Sie sagen, verantwortlich sind, aber ich habe diese Leute hierhergebracht, und alles hat eine Grenze. Nennen Sie mir eine konkrete Tatsache, oder es ist Schluß.«

Wolfe machte ein Gesicht. »Ich habe nur eine einzige Tatsache, Mr. Cramer, und die ist bis jetzt noch nicht erwiesen.«

»Lassen Sie sie hören.«

»Gut denn. Archie, holen Sie die beiden herein!«

Als ich aufstand, um zu der Verbindungstür zu gehen, die ins Nebenzimmer führte, sah ich, wie Purley Stebbins Wolfe eines der ehrenvollsten Komplimente zollte, die er je bekommen hat. Er wandte den Kopf und ließ den Blick auf Jean Esteys Hände sinken. Wolfe hatte nichts weiter getan als eine Rede gehalten. Er hatte – wie Cramer gesagt hatte – nicht ein Krümchen Beweismaterial vorgebracht. Und Jean Esteys Gesicht ließ kein Anzeichen von Bammel erkennen. Dennoch heftete Stebbins, der neben ihr saß, seine Augen auf ihre Hände. Ich zog die Tür auf und rief: »Na komm, Orrie.«

Einige, aber nicht alle Köpfe drehten sich um, als sie hereinkamen. Orrie blieb im Hintergrund, und ich geleitete Levine durch die Versammlung zu einem Sessel, der auf ihn wartete, an der Ecke meines Schreibtisches, von wo aus er einen ungehinderten Überblick über die vordere Reihe hatte. Er gab sich Mühe, nicht zu zeigen, wie nervös er war, doch als er sich hinsetzte, hockte er kaum auf der Kante des Sessels und ich mußte ihn erst auffordern, es sich doch bequemer zu machen.

Wolfe wandte sich an ihn: »Ihr Name ist Bernard Levine?«

»Ja.« Er fuhr sich mit der Zunge über die Lippen.

»Der Herr hier neben meinem Schreibtisch ist Kriminalkommissar Cramer vom New Yorker Polizeipräsidium. Er ist dienstlich hier, jedoch nur als Beobachter. Ich frage nur von mir aus, und Sie antworten aus freien Stücken. Ist das klar?«

»Ja.«

»Mein Name ist Nero Wolfe. Hatten Sie mich bis zu diesem Augenblick schon einmal gesehen?«

»Nein. Selbstverständlich habe ich von Ihnen gehört ...«

»Was sind Sie von Beruf, Mr. Levine?«

»Ich bin Mitinhaber der Firma B. und S. Levine. Mein Bruder und ich haben ein Herrenbekleidungsgeschäft in Newark, Fillmore Street 514.«

»Weshalb sind Sie hier? Wie ist es dazu gekommen? Erzählen Sie uns das bitte!«

»Ja – da war ein Anruf im Geschäft, und ein Mann hat gesagt ...«

»Verzeihung. Wann?«

»Heut nachmittag, etwa um vier Uhr. Er hat gesagt, seine Frau hätte vorige Woche, vorigen Mittwoch, in unserem Geschäft einen Filzhut und einen braunen Anzug gekauft; ob wir uns daran erinnern könnten? Ich habe gesagt, natürlich könnte ich mich erinnern, ich hätte sie bedient. Da hat er gesagt, ich möchte sie doch beschreiben, damit kein Irrtum passiert, und das habe ich getan. Dann hat er ...«

»Verzeihung. Hat er selbst seine Frau beschrieben oder hat er Sie gebeten, die Kundin zu beschreiben?«

»Wie ich gesagt habe. Er selbst hat sie überhaupt nicht beschrieben. Er hat mich darum gebeten, und ich habe es getan.«

»Bitte fahren Sie fort.«

»Dann hat er gesagt, er wollte kommen und den Hut vielleicht umtauschen, und ob ich da wäre? Ich habe ja gesagt. Ungefähr eine halbe Stunde darauf, vielleicht noch ein bißchen später, kam er an. Er zeigte mir eine Privatdetektiv-Lizenz, in New York ausgestellt, mit seinem Bild und seinem Namen drauf, Orvald Cather, und sagte, die Dame, die den Anzug gekauft hätte, wäre gar nicht seine Frau, er sei bei irgendwelchen Nachforschungen. Er sagte, er arbeitete für Nero Wolfe, den großen Privatdetektiv, und mit dem Anzug und Hut wäre irgendwas los, und ich möchte doch mit nach New York kommen. Na, das war ein Problem. Mein Bruder und ich wollen doch keine Schereteien haben. Wir sind ja keine große Firma, aber wir wollen doch unseren kleinen Laden ehrlich und anständig führen ...«

»Ja. Aber Sie haben sich entschieden, mit ihm mitzugehen?«
»Mein Bruder und ich haben so entschieden.«
»Hat Mr. Cather Ihnen irgendeinen Anreiz gegeben? Hat er Ihnen Geld geboten?«
»Nein, er hat uns nur zugeredet. Reden kann der gut, der Mann. Der gäbe einen guten Vertreter ab. Da sind wir also mit der U-Bahn zusammen losgefahren, und so bin ich mit ihm hierhergekommen.«
»Wissen Sie, zu welchem Zweck?«
»Nein, das hat er nicht genau gesagt. Er hat bloß gesagt, es handelte sich um den Anzug und den Hut, und es wäre sehr wichtig.«
»Er hat Ihnen in keiner Weise angedeutet, daß man Sie ersuchen würde, die Dame zu identifizieren, die den Anzug und den Hut gekauft hat?«
»Nein.«
»Hat er Ihnen etwa Fotografien oder sonstige Bilder irgendwelcher Personen gezeigt?«
»Nein.«
»Oder irgend jemanden beschrieben?«
»Nein.«
»Demnach sind Sie völlig unvoreingenommen, Mr. Levine. Ich frage Sie nunmehr nach der Dame, die vorigen Mittwoch in Ihrem Geschäft einen braunen Anzug und einen Filzhut gekauft hat. Befindet sich jemand hier im Zimmer, der ihr ähnlich sieht?«
»Natürlich, ich habe sie gleich gesehen, als ich mich hingesetzt habe. Die Frau da, die letzte in der Reihe.« Er zeigte auf Jean Estey. »Das ist sie.«
»Wissen Sie das einwandfrei?«
»Hundertprozentig.«
Wolfes Kopf wandte sich herum. »Genügt das als konkrete Tatsache, Mr. Cramer?«
Jean Estey, die da zwischen dem Kriminalinspektor und der Polizeibeamtin saß, hatte natürlich vier oder fünf Minuten Zeit gehabt, sich darüber den Kopf zu zerbrechen. Im selben Augenblick, als sie Levine sah, wußte sie, daß sie als die Käuferin des Anzugs festgenagelt war, denn S. Levine würde B. Levines Angaben selbstverständlich bestätigen. Sie hatte also ihre Antwort parat, und sie wartete nicht ab, daß Cramer sich zu Wolfes Frage äußerte, sondern antwortete selbst darauf.

»Na gut«, sagte sie, »es ist eine Tatsache. Ich bin furchtbar dumm gewesen. Ich habe den Anzug und den Hut für Claire Horan gekauft. Sie hat mich darum gebeten, und ich habe es getan. Ich habe das Paket ...«

Die Sitzordnung, nach der die Polizeibeamtinnen mit den zivilen Damen abwechselten, funktionierte glänzend. Als Mrs. Horan aus ihrem Sessel emporschoß, um auf Jean Estey zuzuspringen, wurde sie so prompt und kräftig aufgehalten, daß sie auf den Schoß der Beamtin an der anderen Seite geschleudert wurde, die sie mit geübter Hand auffing. In der Reihe dahinter waren einige der Männer aufgesprungen, und mehrere Stimmen wurden laut, darunter die von Kriminalkommissar Cramer. Purley Stebbins, jetzt natürlich ein wenig verwirrt, überließ Jean Estey seiner Kollegin und konzentrierte sich auf Dennis Horan, der aufgesprungen war, um seine Frau den Klauen der Beamtin zu entreißen, die sie bei ihrem Fall aufgefangen hatte.

Als Horan Purleys schwere Hand auf seiner Schulter spürte, zuckte er zurück, richtete sich auf und sprach in die Gegend. »Das ist gelogen!« schrie er mit seiner Piepsstimme. Er wies mit zitterndem Finger auf Jean Estey. »Das ist eine Lügnerin und Mörderin!« Er wandte sich und deutete mit dem Finger auf Lippen-Egan. »Sie wissen es doch, Egan. Sie wissen doch, Birch ist dahintergekommen, daß sie Schmu gemacht hat, daß sie ihn übers Ohr gehauen hat, und Sie wissen, was Birch gemeint hat, als er sagte, er würde mit ihr schon fertig werden. Er war schön dumm, sich das einzubilden. Jetzt versucht sie, *mir* einen Mord in die Schuhe zu schieben, und Ihnen wird sie auch noch was einbrocken. Wollen Sie sich das gefallen lassen?«

»Nein«, schrie Egan völlig aufgebracht. »Mir ist schon genug eingebrockt worden. Die kann schmoren, das verrückte Satansweib.«

Horan drehte sich um. »Hol's der Teufel, Wolfe, jetzt haben Sie mich! Ich weiß, wann ich am Ende bin. Meine Frau hat nichts von alledem gewußt, gar nichts, und ich habe von den Morden nichts gewußt. Ich habe vielleicht einen Verdacht gehabt, aber gewußt habe ich es nicht. Jetzt können Sie alles haben, was ich weiß.«

»Ich will es gar nicht haben«, sagte Wolfe ingrimmig. »Ich bin auch am Ende. Mr. Cramer? Wollen Sie dieses Otterngezücht aus meinem Hause schaffen?« Er wandte sich zu den

Versammelten und wechselte den Ton. »Das bezieht sich, meine Damen und Herren, nur auf diejenigen, die es verdient haben.«

Ich zog mein unterstes Schreibtischfach auf, um eine Kamera herauszuholen. Lon Cohen von der *Gazette* hatte sich, schien mir, eine gute Aufnahme von Bernard Levine verdient, wie er in Nero Wolfes Büro saß.

17

Drei Tage später, Freitag früh um elf Uhr, saß ich an meinem Schreibtisch und tippte gerade einen Brief an einen Orchideenzüchter, als Wolfe aus dem Treibhaus herunterkam und ins Zimmer trabte. Aber statt gleich an seinen Schreibtisch zu gehen, trat er an den Safe, machte ihn auf und nahm etwas heraus.

Ich fuhr herum, um danach zu sehen, denn ich habe es nicht gern, wenn er da so herumfummelt. Was er nahm, war Lippen-Egans Notizbuch. Er machte die Safetür zu und wollte hinausgehen.

Ich stand auf, um ihm zu folgen, doch er wandte sich zu mir.

»Nein, Archie. Ich will Sie nicht zum Komplicen bei einem Verbrechen machen – oder ist es ein Vergehen?«

»Unsinn. Ich würde mit Freuden eine Zelle mit Ihnen teilen.«

Er ging in die Küche, holte die große Bratpfanne aus dem Regal, stellte sie auf den Tisch und legte sie säuberlich mit Stanniol aus.

Ich saß auf einem Hocker und sah zu. Er schlug das Notizbuch mit den losen Blättern auf, nahm eine Seite heraus, hielt ein Streichholz daran, warf sie in die Pfanne und legte dann immer wieder neuen Brennstoff dazu, Blatt um Blatt, bis das Buch leer war.

»Da!« sagte er in befriedigtem Ton und trat an das Becken, um sich die Hände zu waschen.

Ich war damals der Meinung, das sei etwas voreilig von ihm, denn es war ja immer noch möglich, daß noch einiges zusätzliches Beweismaterial gebraucht würde. Aber nun ist das viele

Wochen her, und nachdem inzwischen Horan und Egan verurteilt worden sind und sieben männliche und fünf weibliche Geschworene nur vier Stunden gebraucht haben, Jean Estey wegen der Hauptsache, der Morde dranzukriegen – soll mir es recht sein!

GOLDMANN

Der Krimi-Verlag

1952 erschien im Goldmann Verlag
der erste deutsche Taschen-Krimi: Edgar Wallace'
»Der Frosch mit der Maske« war der Startschuß für
das Erfolgsunternehmen »Goldmann-Taschenbücher«
und die legendären »roten« Krimis.

Michael Dibdin
Entführung auf italienisch 5193

Smartt Bell
Ein sauberer Schnitt 5197

Raymond Chandler/Robert
B. Parker, Einsame Klasse 5807

Richard Neely
Tod im Spiegel 4790

Goldmann · Der Taschenbuch-Verlag

GOLDMANN

Stuart Kaminsky

»*Kaminsky schafft im besten Sinne Spannung,
einerseits durch seine beeindruckenden Charaktere,
andererseits durch die Glaubwürdigkeit der Gefahr.
Er zeichnet ein authentisches Rußlandbild.
Kaminsky ist ein phantastischer Autor.*« Washington Post

Zwangsurlaub für
Rostnikow   5801

Roter Regen   5089

Der Mann, der wie ein
Bär ging   5157

Kalte Sonne   5111

Goldmann · Der Taschenbuch-Verlag

GOLDMANN

Der Krimi-Verlag

1952 erschien im Goldmann Verlag
der erste deutsche Taschen-Krimi: Edgar Wallace'
»Der Frosch mit der Maske« war der Startschuß für
das Erfolgsunternehmen »Goldmann-Taschenbücher«
und die legendären »roten« Krimis.

Haftay
Blinder Kurier   5162

Sven Böttcher
Der Auslöser   5175

Thomas Ziegler
Koks und Karneval   5145

Gisbert Haefs
Mord am Millionenhügel   5613

Goldmann · Der Taschenbuch-Verlag

GOLDMANN

Der Krimi-Verlag

*1952 erschien im Goldmann Verlag
der erste deutsche Taschen-Krimi: Edgar Wallace'
»Der Frosch mit der Maske« war der Startschuß für
das Erfolgsunternehmen »Goldmann-Taschenbücher«
und die legendären »roten« Krimis.*

**Der Mann mit den zwei
Gesichtern** 5144

Der Pfad des Teufels 5195

Die Spur des Spielers 5113

Die Dame aus Potsdam 5176

Goldmann · Der Taschenbuch-Verlag

JAPANISCHE AUTORINNEN

MÖRDERISCH GUT!

Masako Togawa Der Kuß des Feuers 5114

»Masako Togawa, Jahrgang 1933, ist in ihrer Heimat eine gefragte Autorin.

Die englische Krimischriftstellerin Ruth Rendell urteilte über die Arbeit der Kollegin: Die Spannung ist erschreckend. Und wenn es um den Kuß des Feuers geht, dann hat Ruth Rendell mit diesem Satz fast noch untertrieben.

Denn die Geschichte um das Geheimnis der drei Kinder ist einfach atemberaubend.«

Frankfurter Rundschau

Masako Togawa
Schwestern der Nacht
5116

Shizuko Natsuki
Zwei Fremde in der
Dunkelheit 5143

GOLDMANN

»Mit Arthur Upfield begann der ethnische Kriminalroman.«
Frankfurter Rundschau

»Seine 30 Krimis gehören zum Besten, was die australische Literatur zu bieten hat.«
Reclams Kriminalromanführer

»Arthur Upfield war ein geborener Geschichtenerzähler. Kaum ein anderer Autor hat es wie er verstanden, eine scheinbar tote Wüste mit solch buntem Leben zu erfüllen, und keinem ist es wie ihm gelungen, die unerwartete Schönheit der australischen Hügel und Wälder und Felsenküsten mitzuteilen.«
Times

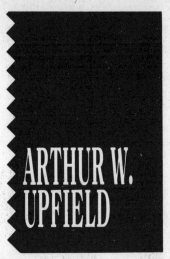

ARTHUR W. UPFIELD

Tödlicher Kult 5132

weitere Bände:

Der sterbende See	(214)
Der neue Schuh	(219)
Die Giftvilla	(180)
Der Kopf im Netz	(167)
Die Leute von nebenan	(198)
Der schwarze Brunnen	(224)
Der streitbare Prophet	(232)
Bony und die schwarze Jungfrau	(1074)
Fremde sind unerwünscht	(1230)
Bony stellt eine Falle	(1168)
Bony wird verhaftet	(1281)
Bony und der Bumerang	(2215)
Todeszauber	(6244)
Höhle des Schweigens	(5147)
Bony und die Todesotter	(2088)

GOLDMANN

GOLDMANN

Frauen lassen morden

»*Marlowes Töchter*« (Der Spiegel) *schreiben Spannung mit Pfiff, Intelligenz und dem sicheren Gefühl dafür, daß die leise Form des Schreckens die wirkungsvollere ist.*

Robyn Carr, Wer mit dem
Fremden schläft   42042

Melodie Johnson Howe,
Schattenfrau   41240

Doris Gercke, Weinschröter,
du mußt hängen   9971

Ruth Rendell,
Die Werbung   42015

Goldmann · Der Taschenbuch-Verlag